感悟名家经典

人妖

郁达夫◎著

三环出版社
SANHUAN PUBLISHING HOUSE

图书在版编目（CIP）数据

人妖 / 郁达夫著 . -- 海口：三环出版社（海南）
有限公司，2024. 8. --（感悟名家经典）. -- ISBN 978-
7-80773-269-3

Ⅰ . I247.7

中国国家版本馆 CIP 数据核字第 20248BA417 号

感悟名家经典 人妖
GANWU MINGJIA JINGDIAN RENYAO

著　　　者	郁达夫
责任编辑	刘金玲
责任校对	朱静楠
装帧设计	立丰天
出版发行	三环出版社（海口市金盘开发区建设三横路 2 号）
	邮　　编 570216　邮　　箱 sanhuanbook@163.com
社　　　长	王景霞　　总 编 辑 张秋林
印刷装订	三河市金兆印刷装订有限公司
书　　　号	ISBN 978-7-80773-269-3
印　　　张	13
字　　　数	250 千字
版　　　次	2024 年 8 月第 1 版
印　　　次	2024 年 8 月第 1 次印刷
开　　　本	787 mm × 960 mm　1/16
定　　　价	68.00 元

关 于 作 者

郁达夫（1896—1945）原名郁文，字达夫。浙江富阳（今杭州市富阳区）人。早年留学日本。1921年与郭沫若等发起组织创造社。出版小说集《沉沦》。回国后从事新文学创作，参与主编《创造季刊》《洪水》等刊物，并先后在北京大学、武昌大学、中山大学等校任教。1928年与鲁迅合编《奔流》杂志，致力于外国文学的翻译介绍。抗日战争时期在新加坡主编《星洲日报·文艺副刊》，积极从事抗日宣传工作。新加坡陷落后流亡到苏门答腊，1945年被日军杀害。1952年被中华人民共和国中央人民政府追认为烈士。早期小说大都表现五四青年的爱国情绪、社会遭遇和内心忧郁，对封建道德礼教作大胆挑战，情调感伤激愤。20世纪30年代后转以散文、游记创作为主，文风趋于清隽洒脱；所作旧体诗词成就甚高。著有《忏余集》《达夫散文集》《达夫日记集》《达夫全集》（7卷）等。

目　录

人　妖

一

　　自己今年已经十七岁了，而母亲还把自己当作小孩子看。自己在学校里已经要念原本的西洋史了，而母亲好象还在把自己当作一个初读国语读本的小学生看。他对于这事，胸中每抱着不平，但这些不平到如今却未尝表现出来过，不过今天的不平太大了，他怎么也想对他母亲反抗一下。

　　象这样不寒不热的初冬的午后，天上也没有云，又没有风，太阳光照得格外温暖的这午后，谁愿意坐在家里？虽则说伤寒病刚好，身体衰弱，不能出外，但是已经吃了一礼拜多的干饭，下床之后，也有十多天了。自己觉得早已回复了原状，可以到户外去逛逛，而母亲偏不准自己出去。

　　"若是我不许出去，那么你们又何以要出去呢？难道你们是人，我不是人么？"

　　他想起了午膳后母亲刚要出去之先命令他的几句话，心里愈觉得气愤：

　　"乖宝，你今天乖些，一个人就在家里玩罢，娘要上市场去买一点东西，一忽儿就回来的！"

　　他当时就想硬吵着跟母亲出去的，但是听了他母亲的这几句软话，就也不能闹脾气了。并且母亲临去时对他的那一番爱抚，和贴上他颊上来的那一张柔腻的脸子，使他不得不含了微笑，送她上车。他站在门口，看见自家家里的车影，在胡同的拐角上消失的时候，心里忽而感得了一种寂寞，这种寂寞，一瞬间后，又变成了一种不平。母亲的洋车，在拐角上折向南去之后，他忽而想哭叫着追赶上去，但是已经来不及了。不得已他只好闷闷的回到上屋里来。

　　在屋里坐了一忽，从玻璃窗里看出去，看见了院子里的阳光和清朗的天空，他的不平之念，又一时增长了起来。

　　"要反抗，要反抗！"

　　他心里这样的想着，两脚就站了起来，在屋里走来走去的走了几遍。他觉得屋里的器具，都是使他发恼的东西。尤其是坐在套间里做针线的那两个老妈子，是他的狱卒，是他的仇敌。他恨恨的走了几圈，对套间里看了几眼，就从上屋里走到院子外的门口去了。

二

走出了大门，看看胡同里的行人，和路上的太阳光，他心里虽感着了一种被解放的愉快，但同时又起了一种恐惧：

"我竟反抗了，今天不要遇着坏事才好！"

他心里这样的疑惑了一下，又想遵了母亲的命令跑回家去，但他脚还没有走转，背后却来了一乘人力车，一个中年的车夫，对他笑着说：

"坐车！拉您去！"

模模糊糊坐上了车，车夫问他往什么地方去，他想了想，一时计无所出，只说了一声"城南游艺园"。车夫就放开脚步往南跑前去了。

正是午后两点多钟，北京城内的住民上市的时候，洋车一走到四牌楼大街，他就看见了许多四向分跑的车辆行人，坐在车上的，也有中年的男子，也有少年的女人，他觉得一条大街，今天对他特别有趣味。因为他有一个多月伏居在纸窗粉壁的屋里，不上这大街上来了，所以路上来往的行人，和两旁的店铺招牌，在他眼里都觉得新奇得很，非但如此，就是覆在他头上的一弯青淡的晴空，和前面一直看到顺治门为止的这条长街的远景，也好象是梦里的情形，也觉得非常熟悉，同时又觉得非常生疏似的。

车过顺治门的时候，他病前常感得的那种崇高雄大的印象，和人类忙碌的感想，又回复转来了，本来是肥白的他的脸色，经了这一回久病，更白得爱人。大约因为阳光温暖的缘故，他的嘴唇，今天比平时更红艳得可怜。额上乱覆在那里的一排黑长的头发，与炯炯的两只大眼的目光相映，使见他的人，每能感得一种英敏的印象。穿在瘦弱的身上的那件淡灰色的半旧鸡皮绉灰鼠皮袍，和脚上的那双黑缎子的双夹梁鞋，完成了他的少年特有的那一种高尚的美。他坐躺在车上，一路被拉出城去，往北来的行人，无论男女老幼，没有一个不定神看他几眼的。

在游艺园门前下了车，向口袋里一摸，他摸不出小毛钱和铜子来，没有办法，只好伸手到袍子里面夹袄袋里去取出那张十圆的新钞票来兑了。这张钞票，系前天晚上母亲向 C 银行取来的新发行的票子。因为新洁可爱，且背面的花纹很好玩，他当时向母亲要了收藏在那里的，在买门票的地方买了一张票子，拿了找还的零钱，仍复回出来付了两毛钱给车夫，他就慢慢的踏进游艺场去，往各处走了一遍。他的心里，终觉得不大安泰，母亲的那一副含愁的面貌，时时在他的目前隐现：

"还是回去了吧！母亲怕已回到了家里。"但是一阵锣鼓的声响，却把这自悔的柔情搅乱了。进了包厢坐定之后，他看见戏台上空空洞洞，什么也没有，台角上的锣鼓，倒敲得非常起劲，停了一会，锣鼓声息了，一个穿红裤的美人，反绑了手跟着两个兵士，走了出来。

"难道他们要杀她么？可怜可怜！不知她犯的究竟是什么罪？"

他看看她的凄艳的态度，听听她的哀切的歌音，竟为她抱了十二分的冤屈，心里只在哀求赦免这将受死刑的少女。

三

他受了戏中情节的感动，不知不觉竟忘了心中违背母亲的忧虑，看完了两出悲剧。最后一出的头上带雉毛，背后拖狐尾的胡子上台的时候，他听见背后忽而发了几声高叫，朝转头去向背后一望，他觉得后面一排妇女的眼睛，双双都挂在自己的面上。立时涨红了脸，把头朝转来屏气静坐了几分钟，他听见背后的一阵狂叫又起来了，他的头不知不觉的又想朝转后面去看看这样在狂叫的究竟是什么人；但头只朝转了一半，他便想起了刚才那些娘儿们的眼睛，脸上起了一层更深的红晕。正想中途把头仍复朝回原处的时候，他举目一看，又看见了一排坐在他右手旁边的娘儿们，她们也在定睛看他。他心里忽而觉得怕羞起来了。把头朝转，坐在那里动也不动的向戏台注视了一会，他终觉得旁边后面，女人的目光都注射在自己的脸上，心里难受得很。同时他又想起了母亲的愁容，更觉得不能安然坐在那种叫唤声里听戏。偷眼把旁边的一排女人看了一看，他就俯了首，走上戏场的外面来。

初冬的短日，已经是垂暮的时候了。他从廊上走出到了前面院子里，看看天空早变成了灰暗，庭前的草木桥庭，和散在院于里的几个游客，也是模糊隐约，好象隔着一层薄纱帏帐的样子。深深的向天空呼了一口气，在庭前走了几转，他忽而于水边离他二三丈的前头，发见了一个少女的背形。已经是不大看得清楚的时候了，但她上边穿的确是一件玫瑰紫颜色的大袖时式的衣裳，松开的短裙下咯咯地响着的却是一双高底的皮靴，更有那种蓬松的头发，他虽说不出是什么形状，但只觉得缥缈多情，有使人不得不爱的地方。由她行动的姿势看来，她上下四肢的分寸，竟可说是一个完全均称的创造物。身材也不长不短，不肥不瘦，正与他不相上下。他举起头来看了一眼，只觉得这背形与他非常熟悉，仿佛是时常在一块共起居的样子。但在什么地方常常看见的呢？他又想不起来。一边默默的在想着，一边他尽跟了这背形走去。

她走尽了水沟沿，折向北的那扇大门口出去，他也跟了出去。走出了游艺园，在门口忽有一乘光亮的包月车跑近了她的身边。她并不言语，上车坐定之后，那乘车就往北的跑了。他赶上门口的时候，那乘车离开他约有四五丈路。同丧失了理性的人一样，他跑到门前的大道上，见了一乘兜揽买卖的车，便跳了上去。那车夫问他上什么地方，他因为全身的注意力，集中在前面的那乘车上，所以没有听见，车夫见他光着两眼，尽在呆看前面的车，就以为他与她是一起的，便拼命的追了上去。他几次想和车夫说明，叫他拉回西城家里去，但一则怕被前面车上的她听见，倒觉得难以为情，二则他将错就错的跟追上去，心里也没有什么不快乐，所以就糊里糊涂的由车夫去了。

四

正是白天与暗夜交界的时候，路上来往的车辆，拥挤得很。街上两旁的店铺，都已上灯了。他张大了两眼，头俯向前，集中了注意力，尽向她领上露出的颈项注视。她的细腻洁白的皮肉，也被他看出来了。他一见了那块同米粉似的皮肉，和肉上簇生在那里的黑发，心头就乱跳了起来。呼吸也急促起来，他觉得自家的双颊，同伏在火炉上似的烧起来了。车出珠宝市北口，迎面吹来了一阵北风，他又闻着了一种醉人的温热香气。他把背脊向车背一倒，觉得自己的肢体，都已溶解，再也不能动弹的样子。走到东交民巷口，后边哺哺的来了一乘汽车。他的车往左边让了一步，汽车前头的灯光，便射上了她右半的头部身部，他只见她一丝丝的头发，都在那里放光，她的头上，竟同中国古画里的佛像一样，烘出了一圈金光来。他一边呼呼的掀张鼻孔，在追闻那种温热的香味，一边却希望那汽车走慢一点，好让他多看一忽她的颈项和她的头发。

他那车夫，赶上了她的那乘车，就放松了脚步，不再飞奔了，但他心里，只在怨恨车夫，不肯再赶上两步，跑上前去使他得看看她的面貌。

她的车过了霞公府，穿过大街，弯来弯去，指东北的方向尽往冷静的地方奔跑。空中愈走愈黑，路上愈走愈没有人遇见了。他在黑暗里看看前面她的车的轮廓，听听两个车夫跑路的足音，觉得有些害怕起来了。却好这时候他的车夫站住了脚，向前面叫了一声：

"站住！我们点上灯罢！"

在前面车上坐着的她，听了这声叫声，也回头来看了一眼。但那时候她的车已经前进了几步，与他的距离隔远了，所以他终究没有看清她的面貌。不过在黑暗中隐约可以看得出来的是她那一张瘦削的脸儿和一双黑晶晶的大眼。车夫点上了灯，想上前再走，但她的那乘车已折往北去看不见了。车夫问他说：

"前面的车怎么不等一等啊？"

他听了这话，一霎时的红起脸来，只好吞吞吐吐的回答车夫说：

"我……我和她们本来不是一起的。"

"不是一起的？那么你要上哪儿去啊？"

车夫却吃了一惊，就很不愿意似的问他。

"我……我住在西城××××，这儿是什么地方？"

"那么怎么不早说啊？已经快到齐化门了哩！"

"您拉我回去罢，好多给你几吊钱。"

（原载一九二三年十二月一日北京《晨报副镌·晨报五周年纪念增刊》，未完）

沉　沦

一

他近来觉得孤冷得可怜。

他的早熟的性情，竟把他挤到与世人绝不相容的境地去，世人与他的中间介在的那一道屏障，愈筑愈高了。

天气一天一天地清凉起来，他的学校开学之后，已经快半个月了。那一天正是九月的二十二日。

晴天一碧，万里无云，终古常新的皎日，依旧在她的轨道上，一程一程地在那里行走。从南方吹来的微风，同醒酒的琼浆一般，带着一种香气，一阵阵地拂上面来。在黄苍未熟的稻田中间，在弯曲同白线似的乡间的官道上面，他一个人手里捧了一本六寸长的 Wordsworth[①] 的诗集，尽在那里缓缓地独步。在这大平原内，四面并无人影。不知从何处飞来的一声两声的远吠声，悠悠扬扬地传到他耳膜上来。他眼睛离开了书，同做梦似的向有犬吠声的地方看去，但看见了一丛杂树，几处人家，同鱼鳞似的屋瓦上，有一层薄薄的蜃气楼，同轻纱似的，在那里飘荡。

"Oh, you serene gossamer! You beautiful gossamer!"[②]

这样地叫了一声，他的眼睛里就涌出了两行清泪来，他自己也不知道是什么缘故。

呆呆地看了好久，他忽然觉得背上有一阵紫色的气息吹来，"息索"的一响，道旁的一枝小草，竟把他的梦境打破了。他回转头来一看，那枝小草还是颠摇不已，一阵带着紫罗兰气息的和风，温微微地喷到他那苍白的脸上来。在这清和的早秋的世界里，在这澄清透明的以太（ether）中，他的身体觉得同陶醉似的酥软起来。他好像是睡在慈母怀里的样子。他好像是梦到了桃花源里的样子。他好像是在南欧的海岸，躺在情人膝上，在那里贪午睡的样子。

他看看四边，觉得周围的草木，都在那里对他微笑。看看苍空，觉得悠久无穷的大自然，微微地在那里点头。一动也不动地向天看了一会，他觉得

---

① 英文：华兹华斯，英国浪漫主义诗人。
② 英文：哦，你这安详的薄纱！你这美丽的薄纱！

天空中，有一群小天神，背上插着了翅膀，肩上挂着了弓箭，在那里跳舞。他觉得乐极了，便不知不觉开了口，自言自语地说：

"这里就是你的避难所。世间的一般庸人都在那里妒忌你，轻笑你，愚弄你；只有这大自然，这终古常新的苍空皎日，这晚夏的微风，这初秋的清气，还是你的朋友，还是你的慈母，还是你的情人，你也不必再到世上去与那些轻薄的男女共处去，你就在这大自然的怀里，这纯朴的乡间终老了罢。"

这样地说了一遍，他觉得自家可怜起来，好像有万千哀怨，横亘在胸中，一口说不出来的样子。含了一双清泪，他的眼睛又看到他手里的书上去。

Behold her, single in the field,
You solitary Highland lass !
Reaping and singing by herself;
Stop here, or gently pass !
Alone she cuts, and binds the grain,
And sings a melancholy strain;
Oh, listen ! For the vale profound,
Is overflowing with the sound.

看了这一节之后，他又忽然翻过一张来，脱头脱脑地看到那第三节去。

Will no one tell me what she sings ?
Perhaps the plaintive numbers flow
For old, unhappy, far-off things,
And battles long ago :
Or is it some more humble lay,
Familiar matter of today ?
Some natural sorrow, loss, or pain,
That has been and may be again !

这也是他近来的一种习惯，看书的时候，并没有次序的。几百页的大书，更可不必说了，就是几十页的小册子，如爱美生 [①] 的《自然论》（ Emerson's On Nature ），沙罗 [②] 的《逍遥游》（ Thoreau's Excursion ）之类，

---

① 爱美生：今译"爱默生"，美国思想家，诗人。
② 沙罗：今译"棱罗"，《瓦尔登湖》的作者。

也没有完完全全从头至尾地读完一篇过。当他起初翻开一册书来看的时候，读了四行五行或一页二页，他每被那一本书感动，恨不得要一口气把那一本书吞下肚子里去的样子，到读了三页四页之后，他又生起一种怜惜的心来，他心里似乎说：

"像这样的奇书，不应该一口气就把它念完，要留着细细儿地咀嚼才好。一下子就念完了之后，我的热望也就不得不消灭，那时候我就没有好望，没有梦想了，怎么使得呢？"

他的脑里虽然有这样的想头，其实他的心里早有一些儿厌倦起来，到了这时候，他总把那本书收过一边，不再看下去。过几天或者过几个钟头之后，他又用了满腔的热忱，同初读那一本书的时候一样的，去读另外的书去，几日前或者几点钟前那样地感动他的那一本书，就不得不被他遗忘了。

放大了声音把渭迟渥斯^①的那两节诗读了一遍之后，他忽然想把这一首诗用中国文翻译出来。

"孤寂的高原刈稻者"，他想想看，The solitary reaper，诗题只有如此的译法。

> 你看那个女孩儿，她只一个人在田里，
> 你看那边的那个高原的女孩儿，她只一个人，冷清清地！
> 她一边刈稻，一边在那儿唱着不已；
> 她忽而停了，忽而又过去了，轻盈体态，风光细腻！
> 她一个人，刈了，又重把稻儿捆起，
> 她唱的山歌，颇有些儿悲凉的情味；
> 听呀听呀！这幽谷深深，
> 全充满了她的歌唱的清音。
> ……
> 有人能说否，她唱的究竟是什么？
> 或者她那万千的痴话
> 是唱着前代的哀歌，
> 或者是前朝的战事，千兵万马，
> 或者是些坊间的俗曲
> 便是目前的家常闲说？
> 或者是些天然的哀怨，必然的丧苦，自然的悲楚。
> 这些事虽是过去的回思，将来想亦必有人指诉。

他一口气译了出来之后，忽又觉得无聊起来，便自嘲自骂地说道：

---

① 渭迟渥斯：即前文 Wordsworth，今译"华兹华斯"。

沉沦

郁达夫

7

"这算是什么东西呀，岂不同教会里的赞美歌一样的乏味么？

"英国诗是英国诗，中国诗是中国诗，又何必译来对去呢！"

这样地说了一句，他不知不觉便微微儿地笑了起来。向四边一看，太阳已经打斜了；大平原的彼岸，西边的地平线上，有一座高山，浮在那里，饱受了一天残照，山的周围酝酿成一层朦朦胧胧的岚气，反射出一种紫不紫红不红的颜色来。

他正在那里出神呆看的时候，"喀"地咳嗽了一声，他的背后忽然来了一个农夫。回头一看，他就把他脸上的笑容改装成一副忧郁的面色，好像他的笑容是怕被人看见的样子。

二

他的忧郁症愈闹愈甚了。

他觉得学校里的教科书，真同嚼蜡一般，毫无半点生趣。天气清朗的时候，他每捧了一本爱读的文学书，跑到人迹罕至的山腰水畔，去贪那孤寂的深味去。在万籁俱寂的瞬间，在天水相映的地方，他看看草木虫鱼，看看白云碧落，便觉得自家是一个孤高傲世的贤人，一个超然独立的隐者。有时在山中遇着一个农夫，他便把自己当作了 Zarathustra①，把 Zarathustra 所说的话，也在心里对那农夫讲了。他的 megalomania② 也同他的 hypochondria③ 成了正比例，一天一天地增加起来。他竟有接连四五天不上学校去听讲的时候。

有时候到学校里去，他每觉得众人都在那里凝视他的样子。他避来避去想避他的同学，然而无论到了什么地方，他的同学的眼光，总好像怀了恶意，射在他的背脊上的样子。

上课的时候，他虽然坐在全班学生的中间，然而总觉得孤独得很；在稠人广众之中感得的这种孤独，倒比一个人在冷清的地方，感得的那种孤独还更难受。看看他的同学，一个个都是兴高采烈地在那里听先生的讲义，只有他一个人身体虽然坐在讲堂里头，心思却同飞云逝电一般，在那里作无边无际的空想。

好容易下课的钟声响了！先生退去之后，他的同学说笑的说笑，谈天的谈天，个个都同春来的燕雀似的，在那里作乐；只有他一个人锁了愁眉，舌根好像被千钧的巨石锤住的样子，兀地不作一声。他也很希望他的同学来对他讲些闲话，然而他的同学却都自家管自家地去寻欢乐去，一见了他那一副

---

① 英文：查拉图斯特拉，拜火教创始人。

② 英文：妄想自大。

③ 英文：忧郁病。

愁容，没有一个不抱头奔散的，因此他愈加怨他的同学了。

"他们都是日本人，他们都是我的仇敌，我总有一天来复仇，我总要复他们的仇。"

一到了悲愤的时候，他总这样想的，然而到了安静之后，他又不得不嘲骂自家说：

"他们都是日本人，他们对你当然是没有同情的，因为你想得到他们的同情，所以你怨他们，这岂不是你自家的错误么？"

他的同学中的好事者，有时候也有人来向他说笑的，他心里虽然非常感激，想同哪一个人谈几句知心的话，然而口中总说不出什么话来，所以有几个解他的意的人，也不得不同他疏远了。

他的同学日本人在那里欢笑的时候，他总疑他们是在那里笑他，他就一霎时地红起脸来。他们在那里谈天的时候，若有偶然看他一眼的人，他又忽然红起脸来，以为他们是在那里讲他。他同他同学中间的距离，一天一天地远悖起来。他的同学都以为他是爱孤独的人，所以谁也不敢来近他的身。

有一天放课之后，他挟了书包回到他的旅馆里来，有三个日本学生同他同路的。将要到他寄寓的旅馆时，前面忽然来了两个穿红裙的女学生。在这一区市外的地方，从没有女学生看见的，所以他一见了这两个女子，呼吸就紧缩起来。他们四个人同那两个女子擦身过的时候，他的三个日本的同学都问她们说：

"你们上哪儿去？"

那两个女学生就作起娇声来回答说：

"不知道！"

"不知道！"

那三个日本学生都高声笑起来，好像是很得意的样子；只有他一个人似乎是他自家同她们讲了话似的，匆匆跑回旅馆里来。进了他自家的房，把书包用力地向席上一丢，他就在席上躺下了——日本室内都铺的席子，坐也席地而坐，睡也睡在席上的——他的胸前还在那里乱跳。用了一只手枕着头，一只手按着胸口，他便自嘲自骂地说：

"你这卑怯者！

"你既然怕羞，何以又要后悔？

"既要后悔，何以当时你又没有那样的胆量，不同她们去讲一句话？

"Oh, coward①, coward！"

说到这里，他忽然想起刚才那两个女学生的眼波来了。那两双活泼泼的眼睛！

那两双眼睛里，确有惊喜的意思含在里头。然而再仔细想了一想，他又

---

① 英文：胆小鬼。

忽然叫起来说：

"呆人呆人！她们虽有意思，与你有什么相干？她们所送的秋波，不是单送给那三个日本人的么？唉！唉！她们已经知道了，已经知道我是支那人了，否则她们何以不来看我一眼呢！复仇复仇，我总要复他们的仇。"

说到这里，他那火热的颊上忽然滚了几颗冰冷的眼泪下来。他是伤心到极点了。这一天晚上，他记的日记说：

我何苦要到日本来，我何苦要求学问。既然到了日本，那自然不得不被他们日本人轻侮的。中国呀中国！你怎么不富强起来，我不能再隐忍过去了。

故乡岂不有明媚的山河，故乡岂不有如花的美女？我何苦要到这东海的岛国里来！

到日本来倒也罢了，我何苦又要进这该死的高等学校。他们留了五个月学回去的人，岂不在那里享荣华安乐么？这五六年的岁月，叫我怎么能挨得过去。受尽了千辛万苦，积了十数年的学识，我回国去，难道定能比他们来胡闹的留学生更强么？

人生百岁，年少的时候，只有七八年的光景，这最纯最美的七八年，我就不得不在这无情的岛国里虚度过去，可怜我今年已经是二十一了。

槁木的二十一岁！

死灰的二十一岁！

我真还不如变了矿物质的好，我大约没有开花的日子了。

知识我也不要，名誉我也不要，我只要一个安慰我体谅我的"心"。一副白热的心肠！从这一副心肠里生出来的同情！从同情而来的爱情！

我所要求的就是爱情！

若有一个美人，能理解我的苦楚，她要我死，我也肯的。

若有一个妇人，无论她是美是丑，能真心真意地爱我，我也愿意为她死的。

我所要求的就是异性的爱情！

苍天呀苍天，我并不要知识，我并不要名誉，我也不要那些无用的金钱，你若能赐我一个伊甸园内的"伊扶①"，使她的肉体与心灵，全归我有，我就心满意足了。

三

他的故乡，是富春江上的一个小市，去杭州水程不过八九十里。这一条

————

① 伊扶：英文 Eva 音译，夏娃。

江水，发源安徽，贯流全浙，江形曲折，风景常新，唐朝有一个诗人赞这条江水说"一川如画"。他十四岁的时候，请了一位先生写了这四个字，贴在他的书斋里，因为他的书斋的小窗，是朝着江面的。虽则这书斋结构不大，然而风雨晦明、春秋朝夕的风景，也还抵得过滕王高阁。在这小小的书斋里过了十几个春秋，他才跟了他的哥哥到日本来留学。

他三岁的时候就丧了父亲，那时候他家里困苦得不堪。好容易他长兄在日本 W 大学卒了业，回到北京，考了一个进士，分发在法部当差，不上两年，武昌的革命起来了。那时候他已在县立小学堂卒了业，正在那里换来换去地换中学堂。他家里的人都怪他无恒性，说他的心思太活；然而依他自己讲来，他以为他一个人同别的学生不同，不能按部就班地同他们同在一处求学。所以他进了 K 府中学之后，不上半年又忽然转到了 H 府中学来；在 H 府中学住了三个月，革命就起来了。H 府中学停学之后，他依旧只能回到那小小的书斋里来。第二年的春天，正是他十七岁的时候，他就进了 H 大学的预科。这大学是在杭州城外，本来是美国长老会捐钱创办的，所以学校里浸润了一种专制的弊风，学生的自由，几乎被压缩得同针眼儿一般的小。礼拜三的晚上有什么祈祷会，礼拜日非但不准出去游玩，并且在家里看别的书也不准的，除了唱赞美诗祈祷之外，只许看新旧约书。每天早晨从九点钟到九点二十分，定要去做礼拜，不去做礼拜，就要扣分数记过。他虽然非常爱那学校近旁的山水景物，然而他的心里，总有些反抗的意思，因为他是一个爱自由的人，对那些迷信的管束，怎么也不甘心服从。住不上半年，那大学里的厨子，托了校长的势，竟打起学生来。学生中间有几个不服的，便去告诉校长，校长反说学生不是。他看看这些情形，实在是太无道理了，就立刻去告了退，仍复回家，到那小小的书斋里去，那时候已经是六月初了。

在家里住了三个多月，秋风吹到富春江上，两岸的绿树，就快凋落的时候，他又坐了帆船，下富春江，上杭州去。却好那时候石牌楼的 W 中学正在那里招插班生，他进去见了校长 M 氏，把他的经历说给了 M 氏夫妻听，M 氏就许他插入最高的班里去。这 W 中学原来也是一个教会学校，校长 M 氏，也是一个糊涂的美国宣教师。他看看这学校的内容倒比 H 大学不如了。与一位很卑鄙的教务长——原来这一位先生就是 H 大学的卒业生——闹了一场，第二年的春天，他就出来了。出了 W 中学，他看看杭州的学校，都不能如他的意，所以他就打算不再进别的学校去。

正是这个时候，他的长兄也在北京被人排斥了。原来他的长兄为人正直得很，在部里办事，铁面无私，并且比一般部内的人物又多了一些学识，所以部内上下，都忌惮他。有一天某次长^①的私人，来问他要一个位置，他执意不肯，因此次长就同他闹起意见来，过了几天他就辞了部里的职，改到司

---

① 次长：某些国家和地区副部职务，辅助部长处理部务。

法界去做司法官去了。他的二兄那时候正在绍兴军队里做军官，这一位二兄军人习气颇深，挥金如土，专喜结交侠少。他们弟兄三人，到这时候都不能如意之所为，所以那一小市镇里的闲人都说他们的风水破了。

他回家之后，便镇日镇夜地蛰居在他那小小的书斋里。他父祖及他长兄所藏的书籍，就做了他的良师益友。他的日记上面，一天一天地记起诗来。有时候他也用了华丽的文章作起小说来，小说里就把他自己当作了一个多情的勇士，把他邻近的一家寡妇的两个女儿，当作了贵族的苗裔，把他故乡的风物，全编作了田园的情景。有兴的时候，他还把他自家的小说，用单纯的外国文翻译起来。他的幻想，愈演愈大了，他的忧郁病的根苗，大约也就在这时候培养成功的。

在家里住了半年，到了七月中旬，他接到他长兄的来信说：

院内近有派予赴日本考察司法事务之意，予已许院长以东行，大约此事不日可见命令。渡日之先，拟返里小住。三弟居家，断非上策，此次当偕伊赴日本也。

感悟名家经典

他接到了这一封信之后，心中日日盼他长兄南来，到了九月下旬，他的兄嫂才自北京到家。住了一月，他就同他的长兄长嫂同到日本去了。

到了日本之后，他的 dreams of the romantic age① 尚未醒悟，模模糊糊地过了半载，他就考入了东京第一高等学校。这正是他十九岁的秋天。

第一高等学校将开学的时候，他的长兄接到了院长的命令，要他回去。他的长兄便把他寄托在一家日本人的家里，几天之后，他的长兄长嫂和他的新生的侄女儿就回国去了。

东京第一高等学校里有一班预备班，是为中国学生特设的。

在这预科里预备一年，卒业之后，才能入各地高等学校的正科，与日本学生同学。他考入预科的时候，本来填的是文科，后来将在预科卒业的时候，他的长兄定要他改到医科去，他当时亦没有什么主见，就听了他长兄的话把文科改了。

预科卒业之后，他听说 N 市的高等学校是最新的，并且 N 市是日本产美人的地方，所以他就要求到 N 市的高等学校去。

四

他的二十岁的八月二十九日的晚上，他一个人从东京的中央车站乘了夜行车到 N 市去。

————————

① 英文：浪漫年龄里的幻梦。

那一天大约刚是旧历的初三四的样子，同天鹅绒似的又蓝又紫的天空里，洒满了一天星斗。半痕新月，斜挂在西天角上，却似仙女的蛾眉，未加翠黛的样子。他一个人靠着了三等车的车窗，默默地在那里数窗外人家的灯火。火车在暗黑的夜气中间，一程一程地进去，那大都市的星星灯火，也一点一点地朦胧起来，他的胸中忽然生了万千哀感，他的眼睛里就忽然觉得热起来了。

"Sentimental, too sentimental！[①]"

这样地叫一声，把眼睛揩了一下，他反而自家笑起自家来。

"你也没有情人留在东京，你也没有弟兄知己住在东京，你的眼泪究竟是为谁洒的呀！或者是对于你过去的生活的伤感，或者是对你二年间的生活的余情，然而你平时不是说不爱东京的么？

"唉，一年人住岂无情。

"黄莺住久浑相识，欲别频啼四五声！"

胡思乱想地寻思了一会，他又忽然想到初次赴新大陆去的清教徒的身上去。

"那些十字架下的流人，离开他故乡海岸的时候，大约也是悲壮淋漓，同我一样的。"

火车过了横滨，他的感情方才渐渐儿地平静起来。呆呆地坐了一忽，他就取了一张明信片出来，垫在海涅（Heine）的诗集上，用铅笔写了一首诗寄他东京的朋友。

> 蛾眉月上柳梢初，又向天涯别故居。
> 四壁旗亭争赌酒，六街灯火远随车。
> 乱离年少无多泪，行李家贫只旧书。
> 夜后芦根秋水长，凭君南浦觅双鱼。

在朦胧的电灯光里，静悄悄地坐了一会，他又把海涅的诗集翻开来看了。

> Ledet wohl, ihr glatten Saale,
> Glatte herren, glatte, Frauen！
> Auf die berge will ich steigen,
> Lac end auf euch niederschauen！
> Aus Heines *Buch der Lieder*[②]

---

① 英文：敏感啊，太敏感了。
② 德文：海涅《哈尔茨小游记》。

沉沦

郁达夫

13

浮薄的尘寰，无情的男女，
你看那隐隐的青山，我欲乘风飞去，
且住且住，
我将从那绝顶的高峰，笑看你终归何处。

单调的轮声，一声声连连续续地飞到他的耳膜上来，不上三十分钟，他竟被这催眠的车轮声引诱到梦幻的仙境里去了。

早晨五点钟的时候，天空渐渐儿地明亮起来。在车窗里向外一望，他只见一线青天还被夜色包住在那里。探头出去一看，一层薄雾，笼罩着一幅天然的画图，他心里想了一想：

"原来今天又是清秋的好天气，我的福分真可算不薄了。"

过了一个钟头，火车就到了 N 市的停车场。

下了火车，在车站上遇见了个日本学生。他看看那学生的制帽上也有两条白线，便知道他也是高等学校的学生。他走上前去，对那学生脱了一脱帽，问他说：

"第 × 高等学校是在什么地方的？"

那学生回答说：

"我们一路去罢。"

他就跟了那学生跑出火车站来，在火车站的前头，乘了电车。

时光还早得很，N 市的店家都还未曾起来。他同那日本学生坐了电车，经过了几条冷清的街巷，就在鹤舞公园前面下了车。他问那日本学生说：

"学校还远得很么？"

"还有二里多路。"

穿过了公园，走到稻田中间的细路上的时候，他看看太阳已经起来了，稻上的露滴，还同明珠似的挂在那里。前面有一丛树林，树林荫里，疏疏落落地看得见几椽农舍。有两三条烟囱筒子，突出在农舍的上面，隐隐约约地浮在清晨的空气里。一缕两缕的青烟，同炉香似的在那里浮动，他知道农家已在那里炊早饭了。

到学校近边的一家旅馆去一问，他一礼拜前头寄出的几件行李，早已经到在那里。原来那一家人家是住过中国留学生的，所以主人待他也很殷勤。在那一家旅馆里住下了之后，他觉得前途好像有许多欢乐在那里等他的样子。

他的前途的希望，在第一天的晚上，就不得不被目前的实情嘲弄了。原来他的故里，也是一个小小的市镇。到了东京之后，在人山人海的中间，他虽然时常觉得孤独，然而东京的都市生活，同他幼时的习惯尚无十分龃龉的地方。如今到了这 N 市的乡下之后，他的旅馆，是一家孤立的人家，四面并无邻舍，左首门外便是一条如发的大道，前后都是稻田，西面是一方池水，并且因为学校还没有开课，别的学生还没有到来，这一间宽旷的旅馆里，只住了他一个客人。白天倒还可以支吾过去，一到了晚上，他开窗一望，四面都是沉沉的黑影，并且因 N 市的附近是一大平原，所以望眼连天，四面并无遮障之处，远远里有一点灯火，明灭无常，森然有些鬼气。天花板里，又有许多虫鼠，"息栗索落"地在那里争食。窗外有几株梧桐，微风动叶，飒飒地响得不已，因为他住在二层楼上，所以梧桐的叶战声，近在他的耳边。他觉得害怕起来，几乎要哭出来了。他对于都市的怀乡病（nostalgia）从未有比那一晚更甚的。

学校开了课，他朋友也渐渐儿地多起来。感受性非常强烈的他的性情，也同天空大地丛林野水融和了。不上半年，他竟变成了一个大自然的宠儿，一刻也离不了那天然的野趣了。

他的学校是在 N 市外，刚才说过 N 市的附近是一大平原，所以四边的地平线，界限广大得很。那时候日本的工业还没有十分发达，人口也还没有增加得同目下一样，所以他的学校的近边，还多是丛林空地，小阜低岗。除了几家与学生做买卖的文房具店及菜馆之外，附近并没有居民。荒野的中间，只有几家为学生设的旅馆，同晓天的星影似的，散缀在麦田瓜地的中央。晚饭毕后，披了黑的缦斗（le manteau），拿了爱读的书，在迟迟不落的夕照中间，散步逍遥，是非常快乐的。他的田园趣味，大约也是在这 idyllic wanderings① 的中间养成的。

在生活竞争不十分猛烈，逍遥自在，同中古时代一样的时候，在风气纯良，不与市井小人同处，清闲雅淡的地方，过日子正如做梦一般。他到了 N 市之后，转瞬之间，已经有半载多了。

熏风日夜地吹来，草色渐渐儿地绿起来，旅馆近旁麦田里的麦穗，也一寸一寸地长起来了。草木虫鱼都化育起来，他的从始祖传来的苦闷也一日一日地增长起来。他每天早晨，在被窝里犯的罪恶，也一次一次地加起来了。

他本来是一个非常爱高尚爱洁净的人，然而一到了这邪念发生的时候，他的智力也无用了，他的良心也麻痹了，他从小服膺的"身体发肤，不敢毁伤"的圣训，也不能顾全了。他犯了罪之后，每深自痛悔，切齿地说，下次总不再犯了，然而到了第二天的那个时候，种种幻想，又活泼泼地到他的眼前来。他平时所看见的"伊扶"的遗类，都赤裸裸地来引诱他。中年以后的 madam② 的形体，在他的脑里，比处女更有挑发他情动的地方。他苦闷一场，恶斗一场，终究不得不做她们的俘虏。这样的一次成了两次，两次之后，就成了习惯了。他犯罪之后，每到图书馆里去翻出医书来看，医书上都千篇一律地说，于身体最有害的就是这一种犯罪。从此之后，他的恐惧心也

---

① 英文：田园般的流浪。
② 英文：女士。

一天一天地增加起来了。有一天他不知道从什么地方得来的消息，好像是一本书上说，俄国近代文学的创设者 Gogol[①] 也犯这一宗病，他到死竟没有改过来。他想到了 Gogol，心里就宽了一宽，因为这《死了的灵魂》[②] 的著者，也是同他一样的。然而这不过自家对自家的宽慰而已，他的胸里，总有一种非常的忧虑存在那里。

因为他是非常爱洁净的，所以他每天总要去洗澡一次，因为他是非常爱惜身体的，所以他每天总要去吃几个生鸡子[③] 和牛乳；然而他去洗澡或吃牛乳鸡子的时候，他总觉得惭愧得很，因为这都是他的犯罪的证据。

他觉得身体一天一天地衰弱起来，记忆力也一天一天地减退了，他又渐渐儿地生了一种怕见人面的心思，见了妇人女子的时候，他觉得更加难受。学校的教科书，也渐渐地嫌恶起来，法国自然派的小说，和中国那几本有名的诲淫小说，他念了又念，几乎记熟了。

有时候他忽然作出一首好诗来，他自家便喜欢得非常，以为他的脑力还没有破坏。那时候他每对着自家起誓说：

"我的脑力还可以使得，还能作得出这样的诗，我以后绝不再犯罪了。过去的事实是没法，我以后总不再犯罪了。若从此自新，我的脑力，还是很可以的。"

然而到了紧迫的时候，他的誓言又忘了。

每礼拜四五，或每月的二十六七的时候，他索性尽意地贪起欢来。他的心里想，自下礼拜一或下月初一起，我总不犯罪了。有时候正合到礼拜六或月底的晚上，去剃头洗澡去，以为这就是改过自新的记号，然而过几天，他又不得不吃鸡子和牛乳了。

他的自责心同恐惧心，竟一日也不使他安闲，他的忧郁症也从此厉害起来了。这样的状态继续了一二个月，他的学校里就放了暑假。暑假的两个月内，他受的苦闷，更甚于平时。到了学校开课的时候，他的两颊的颧骨更高起来，他的青灰色的眼窝更大起来，他的一双灵活的瞳仁，变了同死鱼眼睛一样了。

五

秋天又到了。浩浩的苍空，一天一天地高起来。他的旅馆旁边的稻田，都带起黄金色来。朝夕的凉风，同刀也似的刺到人的心骨里去，大约秋冬的佳日，也不远了。

---

① 英文：果戈理，19 世纪俄国作家。
② 《死了的灵魂》：今译作《死灵魂》。
③ 鸡子：鸡蛋。

一礼拜前的有一天午后，他拿了一本 Wordsworth 的诗集，在田塍路上逍遥漫步了半天。从那一天以后，他的循环性的忧郁症，尚未离他的身过。前几天在路上遇着的那两个女学生，常在他的脑里，不使他安静，想起那一天的事情，他还是一个人要红起脸来。

　　他近来无论上什么地方去，总觉得有坐立难安的样子。他上学校去的时候，觉得他的日本同学都似在那里排斥他。他的几个中国同学，也许久不去寻访了，因为去寻访了回来，他心里反觉得空虚。他的几个中国同学，怎么也不能理解他的心理。他去寻访的时候，总想得些同情回来的，然而谈了几句以后，他又不得不自悔寻访错了。有时候讲得投机，他就任了一时的热意，把他的内外的生活都讲了出来，然而到了归途，他又自悔失言，心里的责备，倒反比不去访友的时候，更加厉害。他的几个中国朋友，因此都说他是染了神经病了。他听了这话之后，对了那几个中国同学，也同对日本学生一样，起了一种复仇的心。他同他的几个中国同学，一日一日地疏远起来。虽在路上，或在学校里遇见的时候，他同那几个中国同学，也不点头招呼。中国留学生开会的时候，他当然是不去出席的。因此他同他的几个同胞，竟宛然成了两家仇敌。

　　他的中国同学的里边，也有一个很奇怪的人，因为他自家的结婚有些道德上的罪恶，所以他专喜讲人家的丑事，以掩己之不善，说他是神经病，也是这一位同学说的。

　　他交游离绝之后，孤冷得几乎到将死的地步，幸而他住的旅馆里，还有一个主人的女儿，可以牵引他的心，否则他真只能自杀了。他旅馆的主人的女儿，今年正是十七岁，长方的脸儿，眼睛大得很，笑起来的时候，面上有两颗笑靥，嘴里有一颗金牙，看得出来，因为她的笑容非常可爱，所以她也时常在那里笑的。

　　他心里虽然非常爱她，然而她送饭来或来替他铺被的时候，他总装出一种兀不可犯的样子来。他心里虽想对她讲几句话，然而一见了她，他总不能开口。她进他房里来的时候，他的呼吸竟急促到吐气不出的地步。他在她的面前实在是受苦不起了，所以近来她进他的房里来的时候，他每不得不跑出房外去。然而他思慕她的心情，却一天一天地浓厚起来。有一天礼拜六的晚上，旅馆里的学生，都上 N 市去行乐去了。他因为经济困难，所以吃了晚饭，上西面池上去走了一回，就回到旅舍里来枯坐。

　　回家来坐了一会，他觉得那空旷的二层楼上，只有他一个人在家。静悄悄地坐了半晌，坐得不耐烦起来的时候，他又想跑出外面去。然而要跑出外面去，不得不由主人的房门口经过，因为主人和他女儿的房，就在大门的边上。他记得刚才进来的时候，主人和他的女儿正在那里吃饭。他一想到经过她面前的时候的苦楚，就把跑出外面去的心思丢了。

拿出了一本 G.Gissing① 的小说来读了三四页之后，静寂的空气里，忽然传了几声沙沙的泼水声音过来。他静静儿地听了一听，呼吸又一霎时地急了起来，面色也涨红了。迟疑了一会，他就轻轻地开了房门，拖鞋也不拖，幽脚幽手地走下扶梯去。轻轻地开了便所的门，他尽兀兀地站在便所的玻璃窗口偷看。原来他旅馆里的浴室，就在便所的间壁，从便所的玻璃窗看去，浴室里的动静了了可看。他起初以为看一看就可以走的，然而到了一看之后，他竟同被钉子钉住的一样，动也不能动了。

那一双雪样的乳峰！

那一双肥白的大腿！

这全身的曲线！

呼气也不呼，仔仔细细地看了一会，他面上的筋肉都发起痉挛来了。愈看愈颤得厉害，他那发颤的前额部竟同玻璃窗撞击了一下。被蒸气包住的那赤裸裸的"伊扶"便发了娇声问说：

"是谁呀……"

他一声也不响，急忙跳出了便所，就三脚两步地跑上楼上去了。

他跑到了房里，面上同火烧的一样，口也干渴了。一边他自家打自家的嘴巴，一边就把他的被窝拿出来睡了。他在被窝里翻来覆去，总睡不着，便立起了两耳，听起楼下的动静来。他听听泼水的声音也息了，浴室的门开了之后，他听见她的脚步声好像是走上楼来的样子。用被包着了头，他心里的耳朵明明告诉他说：

"她已经立在门外了。"

他觉得全身的血液，都在往上奔注的样子。心里怕得非常，羞得非常，也喜欢得非常。然而若有人问他，他无论如何，总不肯承认说，这时候他是喜欢的。

他屏住了气息，尖着了两耳听了一会，觉得门外并无动静，又故意咳嗽了一声，门外亦无声响。他正在那里疑惑的时候，忽听见她的声音，在楼下同她的父亲在那里说话。他手里捏了一把冷汗，拼命想听出她的话来，然而无论如何总听不清楚。停了一会，她的父亲高声地笑了起来，他把被蒙头地一罩，咬紧了牙齿说：

"她告诉了他了！她告诉了他了！"

这一天的晚上，他一睡也不曾睡着。第二天的早晨，天亮的时候，他就惊心吊胆地走下楼来。洗了手面，刷了牙，趁主人和他的女儿还没有起来之先，他就同逃也似的出了那个旅馆，跑到外面来。

官道上的沙尘，染了朝露，还未曾干着。太阳已经起来了。他不问皂白，便一直地往东走去，远远有一个农夫，拖了一车野菜慢慢地走来。那农

---

① 英文：乔治·吉辛，19 世纪英国小说家。

夫同他擦过的时候，忽然对他说：

"你早啊！"

他倒惊了一跳，那清瘦的脸上，又起了一层红潮，胸前又乱跳起来，他心里想：

"难道这农夫也知道了么？"

无头无脑地跑了好久，他回转头来看看他的学校，已经远得很了。太阳也升高了。他摸摸表看，那银饼大的表，也不在身边。从太阳的角度看起来，大约已经是九点钟前后的样子。他虽然觉得饥饿得很，然而无论如何，总不愿意再回到那旅馆里去，同主人和他的女儿相见。想去买些零食充一充饥，然而他摸摸自家的袋看，袋里只剩了一角二分钱在那里。他到一家乡下的杂货店内，尽那一角二分钱，买了些零碎的食物，想去寻一处无人看见的地方去吃。走到了一处两路交叉的十字路口，他朝南地一望，只见与他的去路横交的那一条自北趋南的路上，行人稀少得很。那一条路是向南斜低下去的，两面更有高壁在那里，他知道这路是从一条小山中开辟出来的。他刚才走来的那条大道，便是这山的岭脊，十字路当作了中心，与岭脊上的那条大道相交的横路，是两边低斜下去的。在十字路口迟疑了一会，他就取了那一条向南斜下的路走去。走尽了两面的高壁，他的去路就穿入大平原去，直通到彼岸的市内。平原的彼岸有一簇深林，划在碧空的心里，他心里想：

"这大约就是 A 神宫了。"

他走尽了两面的高壁，向左手斜面上一望，见沿高壁的那山面上有一道女墙，围住着几间茅舍，茅舍的门上悬着了"香雪海"三字的一方匾额。他离开了正路，走上几步，到那女墙的门前，顺手地向门一推，那两扇柴门竟自开了。他就随随便便地踏了进去。门内有一条曲径，自门口通过了斜面，直达到山上去的。曲径的两旁，有许多老苍的梅树种在那里，他知道这就是梅林了。顺了那一条曲径，往北从斜面上走到山顶的时候，一片同图画似的平地，展开在他的眼前。这园自从山脚起，跨有朝南的半山斜面，同顶上的一块平地，布置得非常幽雅。

山顶平地的西面是千仞的绝壁，与隔岸的绝壁相对峙，两壁的中间，便是他刚走过的那一条自北趋南的通路。背临着了那绝壁，有一间楼屋、几间平屋造在那里。因为这几间屋，门窗都闭在那里，他所以知道这定是为梅花开日，卖酒食用的。楼屋的前面，有一块草地，草地中间，有几方白石，围成了一个花园，园子里，卧着一枝老梅，那草地的南尽头，山顶的平地正要向南斜下去的地方，有一块石碑立在那里，系记这梅林的历史的。他在碑前的草地上坐下之后，就把买来的零食拿出来吃了。

吃了之后，他兀兀地在草地上坐了一会。四面并无人声，远远的树枝上时有一声两声的鸟鸣声飞来。他仰起头来看看澄清的碧空，同那皎洁的日轮，觉得四面的树枝房屋，小草飞禽，都一样地在和平的太阳光里受大自然的化育。他那昨天晚上的犯罪的记忆，正同远海的帆影一般，不知消失到哪里去了。

这梅林的平地上和斜面上，又来又去的曲径很多。他站起来走来走去地走了一会，方晓得斜面上梅树的中间，更有一间平屋造在那里。从这一间房屋往东地走去几步，有眼古井，埋在松叶堆中。他摇摇井上的唧筒看，呷呷地响了几声，却抽不起水来。他心里想：

"这园大约只有梅花开的时候，开放一下，平时总没有人住的。"

到这时他又自言自语地说：

"既然空在这里，我何妨去向园主人去借住借住。"

想定了主意，他就跑下山来，打算去寻园主人去。他将走到门口的时候，却好遇见了一个五十来岁的农夫走进园来。他对那农夫道歉之后，就问他说：

"这园是谁的，你可知道？"

"这园是我经管的。"

"你住在什么地方的？"

"我住在路的那面。"

一边这样地说，一边那农民指着通路西边的一间小屋给他看。他向西一看，果然在西边的高壁尽头的地方，有一间小屋在那里。他点了点头，又问说：

"你可以把园内的那间楼屋租给我住住么？"

"可是可以的，你只一个人么？"

"我只一个人。"

"那你可不必搬来的。"

"这是什么缘故呢？"

"你们学校里的学生，已经有几次搬来过了，大约都因为冷静不过，住不上十天，就搬走的。"

"我可同别人不同，你但能租给我，我是不怕冷静的。"

"这样哪里有不租的道理，你想什么时候搬来？"

"就是今天午后罢。"

"可以的，可以的。"

"请你就替我扫一扫干净，免得搬来之后着忙。"

"可以可以。再会！"

"再会！"

六

搬进了山上梅园之后，他的忧郁症（hypochondria）又变起形状来了。

他同他的北京的长兄，为了一些儿细事，竟生起龃龉来。他发了一封长长的信，寄到北京，同他的长兄绝了交。

那一封信发出之后，他呆呆地在楼前草地上想了许多时候。他自家想想看，他便是世界上最不幸的人了。其实这一次的决裂，是发始于他的。同室操戈，事更甚于他姓之相争，自此之后，他恨他的长兄竟同蛇蝎一样，他被他人欺侮的时候，每把他长兄拿出来作比：

"自家的弟兄，尚且如此，何况他人呢！"

他每达到这一个结论的时候，必尽把他长兄待他苛刻的事情，细细回想出来。把各种过去的事迹列举出来之后，就把他长兄判决是一个恶人，他自家是一个善人。他又把自家的好处列举出来，把他所受的苦处夸大地细数起来。他证明得自家是一个世界上最苦的人的时候，他的眼泪就同瀑布似的流下来。他在那里哭的时候，空中好像有一种柔和的声音在对他说：

"啊呀，哭的是你么？那真是冤屈了你了。像你这样的善人，受世人的那样的虐待，这可真是冤屈了你了。罢了罢了，这也是天命，你别再哭了，怕伤害了你的身体！"

他心里一听到这一种声音，就舒畅起来。他觉得悲苦的中间，也有无穷的甘味在那里。

他因为想复他长兄的仇，所以就把所学的医科丢弃了，改入文科里去。他的意思，以为医科是他长兄要他改的，仍旧改回文科，就是对他长兄宣战的一种明示，并且他由医科改入文科，在高等学校须迟卒业一年。他心里想，迟卒业一年，就是早死一岁，你若因此迟了一年，就到死可以对你长兄含一种敌意。因为他恐怕一二年之后，他们兄弟两人的感情，仍旧要和好起来，所以这一次的转科，便是帮他永久敌视他长兄的一个手段。

气候渐渐儿地寒冷起来，他搬上山来之后，已经有一个月了。几日来天气阴郁，灰色的层云，天天挂在空中。寒冷的北风吹来的时候，梅林的树叶，已将凋落起来。

初搬来的时候，他卖了些旧书，买了许多烩饭的器具，自家烧了一个月饭，因为天冷了，他也懒得烧了。他每天的伙食，就一切包给了山脚下的园丁家包办，所以他近来只同退院的闲僧一样，除了怨人骂己之外，更没有别的事情了。

有一天早晨，他侵早①地起来，把朝东的窗门开了之后，他看见前面的地平线上有几缕红云，在那里浮荡。东天半角，返照出一种银红的灰色。因为昨天下了一天微雨，所以他看了这清新的旭日，比平日更添了几分欢喜。他走到山的斜面上，从那古井里汲了水，洗了手面之后，觉得满身的气力，

---

① 侵早：天刚亮，拂晓。

一霎时都回复了转来的样子。他便跑上楼去，拿了一本黄仲则^①的诗集下来，一边高声朗读，一边尽在那梅林的曲径里，跑来跑去地跑圈子。不多一会，太阳起来了。

从他住的山顶向南方看去，眼下看得出一大平原。平原里的稻田都尚未收割起。金黄的谷色，以绀碧的天空作了背景，反映着一天太阳的晨光，那风景正同看密来^②的田园清画一般。

他觉得自家好像已经变了几千年前的原始基督教徒的样子，对了这自然的默示，他不觉笑起自家的气量狭小起来。

"饶赦了！饶赦了！你们世人得罪于我的地方，我都饶赦了你们罢！来，你们来，都来同我讲和罢！"

手里拿着了那一本诗集，眼里浮着了两泓清泪，正对了那平原的秋色，呆呆地立在那里想这些事情的时候，他忽听见他的近边，有两人在那里低声地说：

"今晚上你一定要来的哩！"

这分明是男子的声音。

"我是非常想来的，但是恐怕……"

他听了这娇滴滴的女子的声音之后，好像是被电气贯穿了的样子，觉得自家的血液循环都停止了。原来他的身边有一丛长大的苇草生在那里，他立在苇草的右面，那一对男女，大约是在苇草的左面，所以他们两个还不晓得隔着苇草，有人站在那里。那男人又说：

"你心真好，请你今晚上来罢，我们到如今还没在被窝里睡过觉。"

"……"

他忽然听见两人的嘴唇，灼灼地好像在那里吮吸的样子。他正同偷了食的野狗一样，就惊心吊胆地把身子屈倒去听了。

"你去死罢，你去死罢，你怎么会下流到这样的地步！"

他心里虽然如此地在那里痛骂自己，然而他那一双尖着的耳朵，却一言半语也不愿意遗漏，用了全副精神在那里听着。

地上的落叶"索息索息"地响了一下。

解衣带的声音。

男人嘶嘶地吐了几口气。

舌尖吮吸的声音。

女人半轻半重，断断续续地说：

"你！……你！……你快……快××罢。……别……别……别被人……被人看见了。"

---

① 黄仲则：即黄景仁，清代诗人，黄庭坚后裔。
② 密来：19世纪法国画家，善画乡村风景，今译"米勒"。

他的面色，一霎时地变了灰色了。他的眼睛同火也似的红了起来。他的上颚骨同下颌骨呷呷地发起颤来。他再也站不住了。他想跑开去，但是他的两只脚，总不听他的话。他苦闷了一场，听听两人出去了之后，就同落水的猫狗一样，回到楼上房里去，拿出被窝来睡了。

七

他饭也不吃，一直在被窝里睡到午后四点钟的时候才起来。那时候夕阳洒满了远近。平原的彼岸的树林里，有一带苍烟，悠悠扬扬地笼罩在那里。他跟跟跄跄地走下了山，上了那一条自北趋南的大道，穿过了那平原，无头无绪地尽是向南走去。走尽了平原，他已经到了 A 神宫前的电车停留处了。那时候却恰好从南面有一乘电车到来，他不知不觉就跳了上去，既不知道他究竟为什么要乘电车，也不知道这电车是往什么地方去的。

走了十五六分钟，电车停了，开车的叫他换车，他就换了一乘车。走了二三十分钟，电车又停了，他听见说是终点了，他就走了下来。他的前面就是筑港了。

前面一片汪洋的大海，横在午后的太阳光里，在那里微笑。超海而南有一条青山，隐隐地浮在透明的空气里，西边是一脉长堤，直驰到海湾的心里去。堤外有一处灯台，同巨人似的立在那里。几艘空船和几只舢板，轻轻地在系着的地方浮荡。海中近岸的地方，有许多浮标，饱受了斜阳，红红的，浮在那里。远处风来，带着几句单调的话声，既听不清楚是什么话，也不知道是从哪里来的。

他在岸边上走来走去走了一会，忽听见那一边传过了一阵击磬的声来。他跑过去一看，原来是为唤渡船而发的。他立了一会，看有一只小火轮从对岸过来了。跟着了一个四五十岁的工人，他也进了那只小火轮去坐下了。

渡到东岸之后，上前走了几步，他看见靠岸有一家大庄子在那里。大门开得很大，庭内的假山花草，布置得楚楚可爱。他不问是非，就踱了进去。走不上几步，他忽听得前面家中有女人的娇声叫他说：

"请进来吓！"

他不觉惊了一下，就呆呆地站住了。他心里想：

"这大约就是卖酒食的人家，但是我听见说，这样的地方，总有妓女在那里的。"

一想到这里，他的精神就抖擞起来，好像是一桶冷水浇上身来的样子。他的面色立时变了。要想进去又不能进去，要想出来又不得出来，可怜他那同兔儿似的小胆，同猿猴似的淫心，竟把他陷到一个大大的难境里去了。

"进来吓！请进来吓！"里面又娇滴滴地叫了起来，带着笑声。

"可恶东西，你们竟敢欺我胆小么？"

这样地怒了一下，他的面色更同火也似的烧了起来。咬紧了牙齿，把脚在地上轻轻地蹬了一蹬，他就捏了两个拳头向前进去，好像是对了那几个年轻的侍女宣战的样子。但是他那青一阵红一阵的面色，和他的面上微微儿在那里振动的筋肉，他总隐藏不过。他走到那几个侍女的面前的时候，几乎要同小孩似的哭出来了。

"请上来！"

"请上来！"

他硬了头皮，跟了一个十七八岁的侍女走上楼去，那时候他的精神已经有些镇静下来了。走了几步，经过一条暗暗的夹道的时候，一阵恼人的花粉香气，同日本女人特有的一种肉的香味，和头发上的香油气息合作了一处，扑上他的鼻孔里来。他立刻觉得头晕起来，眼睛里看见了几颗火星，向后边跌也似的退了一步。他再定睛一看，只见他的前面黑暗暗的中间，有一长圆形的女人的粉面，堆着了微笑在那里问他说：

"你！你还是上靠海的地方呢？还是怎样？"

他觉得女人口里吐出来的气息，也热和和地喷上他的面来。他不知不觉把这气息深深地吸了一口。他的意识，感觉到他这行为的时候，他的面色又立刻红了起来。他不得已只能含含糊糊地答应她说：

"上靠海的房间里去。"

进了一间靠海的小房间，那侍女便问他要什么菜。他就回答说：

"随便拿几样来罢。"

"酒要不要？"

"要的。"

那侍女出去之后，他就站起来推开了纸窗，从外边放了一阵空气进来。因为房里的空气沉浊得很，他刚才在夹道中闻过的那一阵女人的香味，还剩在那里，他实在是被这一阵气味压迫不过了。

一湾大海，静静地浮在他的面前。外边好像是起了微风的样子，一片一片的海浪，受了阳光的返照，同金鱼的鱼鳞似的，在那里微动。他立在窗前看了一会，低声地吟了一句诗出来：

"夕阳红上海边楼。"

他向西地一望，见太阳离西南的地平线只有一丈多高了。呆呆地看了一会，他的心思怎么也离不开刚才的那个侍女。她的口里的头上的面上的和身体上的那一种香味，怎么也不容他的心思去想别的东西。他才知道他想吟诗的心是假的，想女人的肉体的心是真的了。

停了一会，那侍女把酒菜搬了进来，跪坐在他的面前，亲亲热热地替他上酒。他心里想仔仔细细地看她一看，把他的心里的苦闷都告诉了她，然而他的眼睛怎么也不敢平视她一眼，他的舌根怎么也不能摇动一摇动。他不过同哑子一样，偷看看她那搁在膝上一双纤嫩的白手，同衣缝里露出来的一条粉红的围裙角。

　　原来日本的妇人都不穿裤子，身上贴肉只围着一条短短的围裙。外边就是一件长袖的衣服，衣服上也没有纽扣，腰里只缚着一条一尺多宽的带子，后面结着一个方结。她们走路的时候，前面的衣服每一步一步地掀开来，所以红色的围裙，同肥白的腿肉，每能偷看。这是日本女子特别的美处。他在路上遇见女子的时候，注意的就是这些地方。他切齿地痛骂自己，畜生！狗贼！卑怯的人！也便是这个时候。

　　他看了那侍女的围裙角，心头便乱跳起来。愈想同她说话，但愈觉得讲不出话来。大约那侍女是看得不耐烦起来了，便轻轻地问他说：

　　"你府上是什么地方？"

　　一听了这一句话，他那清瘦苍白的面上，又起了一层红色；含含糊糊地回答了一声，他讷讷地总说不出清晰的回话来。可怜他又站在断头台上了。

　　原来日本人轻视中国人，同我们轻视猪狗一样。日本人都叫中国人作"支那人"，这"支那人"三字，在日本，比我们骂人的"贱贼"还更难听，如今在一个如花的少女前头，他不得不自认说"我是支那人"了。

　　"中国呀中国，你怎么不强大起来！"

　　他全身发起抖来，他的眼泪又快滚下来了。

　　那侍女看他发颤发得厉害，就想让他一个人在那里喝酒，好叫他把精神安静安静，所以对他说：

　　"酒就快没有了，我再去拿一瓶来罢？"

　　停了一会，他听得那侍女的脚步声又走上楼来。他以为她是上他这里来的，所以就把衣服整了一整，姿势改了一改。但是他被她欺骗了。她原来是领了两三个另外的客人，上间壁的那一间房间里去的。那两三个客人都在那里对那侍女取笑，那侍女也娇滴滴地说：

　　"别胡闹了，间壁还有客人在那里。"

　　他听了就立刻发起怒来。他心里骂他们说：

　　"狗才！俗物！你们都敢来欺侮我么？复仇复仇，我总要复你们的仇。世间哪里有真心的女子！那侍女的负心东西，你竟敢把我丢了么？罢了罢了，我再也不爱女人了，我再也不爱女人了。我就爱我的祖国，我就把我的祖国当作了情人罢。"

　　他马上就想跑回去发愤用功。但是他的心里，却很羡慕那间壁的几个俗物。他的心里，还有一处地方在那里盼望那个侍女再回到他这里来。

　　他按住了怒，默默地喝干了几杯酒，觉得身上热起来。打开了窗门，他看看太阳就快要下山去了。又连饮了几杯，他觉得他面前的海景都朦胧起来。西面堤外的那灯台的黑影，长大了许多。一层茫茫的薄雾，把海天融混作了一处。在这一层混沌不明的薄纱影里，西方那将落不落的太阳，好像在那里惜别的样子。他看了一会，不知道是什么缘故，只觉得好笑。呵呵地笑了一回，他用手擦擦自家那火热的双颊，便自言自语地说：

"醉了醉了！"

那侍女果然进来了。见他红了脸，立在窗口在那里痴笑，便问他说：

"窗开了这样大，你不冷的么？"

"不冷不冷，这样好的落照，谁舍得不看呢？"

"你真是一个诗人呀！酒拿来了。"

"诗人！我本来是一个诗人。你去把纸笔拿了来，我马上写首诗给你看看。"

那侍女出去了之后，他自家觉得奇怪起来。他心里想：

"我怎么会变了这样大胆的？"

痛饮了几杯新拿来的热酒，他更觉得快活起来，又禁不得呵呵地笑了一阵。他听见间壁房间里的那几个俗物，高声地唱起日本歌来，他也放大了嗓子唱着说：

醉拍阑干酒意寒，江湖寥落又冬残。
剧怜鹦鹉中州骨，未拜长沙太傅官。
一饭千金图报易，五噫几辈出关难。
茫茫烟水回头望，也为神州泪暗弹。

高声地念了几遍，他就在席上醉倒了。

八

一醉醒来，他看看自家睡在一条红绸的被里，被上有一种奇怪的香气。这一间房间也不很大，但已不是白天的那一间房间了。房中挂着一盏十烛光的电灯，枕头边上摆着一壶茶，两只杯子。他倒了二三杯茶，喝了之后，就跟跟跄跄地走到房外去。他开了门，却好白天的那侍女也跑过来了。她问他说：

"你！你醒了么？"

他点了一点头，笑微微地回答说：

"醒了。厕所是在什么地方的？"

"我领你去罢。"

他就跟了她去。他走过日间的那条夹道的时候，电灯点得明亮得很。远近有许多歌唱的声音，三弦的声音，大笑的声音，传到他耳朵里来。白天的情节，他都想出来了。一想到酒醉之后，他对那侍女说的那些话的时候，他觉得面上又发起烧来。

从厕所回到房里之后，他问那侍女说：

感
悟
名
家
经
典

26

"这被是你的么？"

侍女笑着说：

"是的。"

"现在是什么时候了？"

"大约是八点四五十分的样子。"

"你去开了账来罢！"

"是。"

他付清了账，又拿了一张纸币给那侍女，他的手不觉微颤起来。那侍女说：

"我是不要的。"

他知道她是嫌少了。他的面色又涨红了，袋里摸来摸去，只有一张纸币了，他就拿了出来给她说：

"你别嫌少了，请你收了罢。"

他的手震动得更加厉害，他的话声也颤动起来了。那侍女对他看了一眼，就低声地说：

"谢谢！"

他一直地跑下了楼，套上了皮鞋，就走到外面来。

外面冷得非常，这一天，大约是旧历的初八九的样子。半轮寒月，高挂在天空的左半边。淡青的圆形盖里，也有几点疏星，散在那里。

他在海边上走了一回，看看远岸的渔灯，同鬼火似的在那里招引他。细浪中间，映着了银色的月光，好像是山鬼的眼波，在那里开闭的样子。不知是什么道理，他忽想跳入海里去死了。

他摸摸身边看，乘电车的钱也没有了。想想白天的事情看，他又不得不痛骂自己。

"我怎么会走上那样的地方去的？我已经变了一个最下等的人了。悔也无及，悔也无及。我就在这里死了罢。我所求的爱情，大约是求不到的了。没有爱情的生涯，岂不同死灰一样么？唉，这干燥的生涯，这干燥的生涯，世上的人又都在那里仇视我，欺侮我，连我自家的亲弟兄，自家的手足，都在那里挤我出去到这世界外去。我将何以为生，我又何必生存在这多苦的世界里呢！"

想到这里，他的眼泪就连连续续地滴了下来。他那灰白的面色，竟同死人没有分别了。他也不举起手来揩揩眼泪，月光射到他的面上，两条泪线倒变了叶上的朝露一样放起光来。他回转头来看看他自家的又瘦又长的影子，不觉心痛起来。

"可怜你这清影，跟了我二十一年，如今这大海就是你的葬身地了，我的身子，虽然被人家欺辱，我可不该累你也瘦弱到这地步的。影子呀影子，你饶了我罢！"

他向西面一看，那灯台的光，一霎变了红一霎变了绿的，在那里尽它的本职。那绿的光射到海面上的时候，海面就现出一条淡青的路来。再向西天一看，他只见西方青苍苍的天底下，有一颗明星，在那里摇动。

"那一颗摇摇不定的明星的底下，就是我的故国，也就是我的生地。我在那一颗星的底下，也曾送过十八个秋冬，我的乡土吓，我如今再不能见你的面了。"

他一边走着，一边尽在那里自伤自悼地想这些伤心的哀话。走了一会，再向那西方的明星看了一眼，他的眼泪便同骤雨似的落下来了。他觉得四边的景物，都模糊起来。把眼泪揩了一下，立住了脚，长叹了一声，他便断断续续地说：

"祖国呀祖国！我的死是你害我的！

"你快富起来！强起来罢！

"你还有许多儿女在那里受苦呢！"

一九二一年五月九日改作

薄　奠

上

一天晴朗的春天的午后，我因为天气太好，坐在家里觉得闷不过，吃过了较迟的午饭，带了几个零用钱，就跑出外面去逛去。北京的晴空，颜色的确与南方的苍穹不同。在南方无论如何晴快的日子，天上总有一缕薄薄的纤云飞着，并且天空的蓝色，总带着一道很淡很淡的白味。北京的晴空却不是如此，天色一碧到底，你站在地上对天注视一会，身上好像能生出两翼翅膀来，就要一扬一摆地飞上空中去的样子。这可是单指不起风的时候而讲，若一起风，则人在天空下眼睛都睁不开，更说不到晴空的颜色如何了。那一天的午后，空气非常澄清，天色真青得可怜。我在街上夹在那些快乐的北京人士中间，披了一身和暖的阳光，不知不觉竟走到了前门外最热闹的一条街上。踏进了一家卖灯笼的店里，买了几张奇妙的小画，重新回上大街缓步的时候，我忽而听出了一阵中国戏园特有的那种原始的锣鼓声音来。我的两只脚就受了这声音的牵引，自然而然地踏了进去。听戏听到了第三出，外面忽而起了呜呜的大风，戏园的屋顶也有些儿摇动。戏散之后，推来让去地走出戏园，扑面就来一阵风沙。我眼睛闭了一忽，走上大街来雇车，车夫都要我七角六角大洋，不肯按照规矩折价。那时候天虽则还没有黑，但因为风沙飞满在空中，所以沉沉的大地上，已经现出了黄昏前的急景。店家的电灯，也都已上火，大街上汽车马车洋车挤塞在一处。一种车铃声叫唤声，并不知从何处来的许多杂音，尽在那里奏错乱的交响乐。大约是因为夜宴的时刻逼近，车上的男子定是去赴宴会，奇装的女子想来是去陪席的。

一则因为大风，二则因为正是一天中间北京人士最繁忙的时刻，所以我雇车竟雇不着，一直地走到了前门大街。为了上举的两种原因，洋车夫强索昂价，原是常有的事情，我因零用钱花完，袋里只有四五十枚铜子，不能应他们的要求，所以就下了决心，想一直走到西单牌楼再雇车回家。走下了正阳桥边的步道，被一辆南行的汽车喷满了一身灰土，我的决心，又动摇起来，含含糊糊地向道旁停着的一辆洋车问了一句："嗳！四十枚拉巡捕厅儿胡同拉不拉？"那车夫竟然恭恭敬敬地向我点了点头说：

"坐上罢，先生！"

坐上了车，被他向北地拉去，那么大的风沙，竟打不上我的脸来，我知道那时候起的是南风了。我不坐洋车则已，若坐洋车的时候，总爱和洋车夫谈闲话，想以我的言语来缓和他的劳动之苦；因为平时我们走路，若有一个朋友和我们闲谈着走，觉得不费力些。我从自己的这种经验着想，老是在实行浅薄的社会主义，一边高踞在车上，一边向前面和牛马一样在奔走的我的同胞攀谈些无头无尾的话。这一天，我本来不想开口的，但看看他的弯曲的背脊，听听他嘿嘿的急喘，终觉得心里难受，所以轻轻地对他说：

"我倒不忙，你慢慢地走罢，你是哪儿的车？"

"我是巡捕厅胡同西口儿的车。"

"你在哪儿住家吓？"

"就在那南顺城街的北口，巡捕厅胡同的拐角儿上。"

"老天爷不知怎么的，每天刮这么大的风。"

"是啊！我们拉车的也苦，你们坐车的老爷们也不快活，这样的大风天气，真真是招怪吓！"

这样地一路讲，一路被他拉到寄住的寓舍门口的时候，天已经快黑了。下车之后，我数铜子给他，他却和我说起客气话来，他一边拿出了一条黑黝黝的手巾来擦头上身上的汗，一边笑着说：

"您带着罢，我们是街坊，还拿钱么？"

被他这样地一说，我倒觉得难为情了，所以虽只应该给他四十枚铜子的，而到这时候却不得不把尽我所有的四十八枚铜子都给了他。他道了谢，拉着空车在灰黑的道上向西边他的家里走去，我呆呆地目送了他一程，心里却在空想他的家庭。——他走回家去，他的女人必定远远地闻声就跑出来接他。把车斗里的铜子拿出，将车交还了车行，他回到自己屋里打一盆水洗洗手脸，吸几口烟，就可在洋灯下和他的妻子享受很健康的夜膳。若他有兴致，大约还要喝一二个铜子的白干。喝了微醉，讲些东西南北的废话，他就可以抱了他的女人小孩，钻进被去酣睡。这种酣睡，大约是他们劳动阶级的唯一的享乐。

"啊啊！……"

空想到了此地，我的伤感病又发了。

"啊啊！可怜我两年来没有睡过一个整整的全夜！这倒还可以说是因病所致，但是我的远隔在三千里外的女人小孩，又为了什么，不能和我在一处享受吃苦呢？难道我们是应该永远隔离的么！难道这也是病么？……总之是我不好，是我没有能力养活妻子。啊啊，你这车夫，你这向我道谢，被我怜悯的车夫，我不如你吓，我不如你！"

我在门口灰暗的空气里呆呆地立了一会，忽而想起了自家的身世，就不知不觉地心酸起来，红润的眼睛，被我所依赖的主人看见，是大不好的，因此我就复从门口走了下来，远远地跟那洋车走了一段。跟它转了弯，看那车夫进了胡同拐角上的一间破旧的矮屋，我又走上平则门大街去跑了一程，等天黑了，才走回家来吃晚饭。

自从这一回后，我和他的洋车，竟有了缘分，接连地坐了它好几次。他和我渐渐地熟起来了。

中

平则门外，有一道城河。河道虽比不上朝阳门外的运河那么宽，但春秋雨霁，绿水粼粼，也尽可以浮着锦帆，乘风南下。两岸的垂杨古道，倒影入河水中间，也大有板渚隋堤的风味。河边隙地，长成一片绿芜，晚来时候，老有闲人在那里调鹰放马。太阳将落未落之际，站在这城河中间的渡船上，往北望去，看得出西直门的城楼，似烟似雾的，融化成金碧的颜色，飘扬在两岸垂杨夹着的河水高头。春秋佳日，向晚的时候，你若一个人上城河边上来走走，好像是在看后期印象派的风景画，几乎能使你忘记是身在红尘十丈的北京城外。西山数不尽的诸峰，又如笑如眠，带着紫苍的暮色，静躺在绿荫起伏的春野西边；你若叫它一声，好像是这些远山，都能慢慢地走上你身边来的样子。西直门外有几处养鹅鸭的庄园，所以每天午后，城河里老有一对一对的白鹅在那里游泳。夕阳最后的残照，从杨柳荫中透出一两条光线来，射在这些浮动的白鹅背上时，愈能显得这幅风景的活泼鲜灵，别饶风致。我一个人渺焉一身，寄住在人海的皇城里，衷心郁郁，老感着无聊。无聊之极，不是从城的西北跑往城南，上戏园茶楼，娼寮酒馆，去夹在许多快乐的同类中间，忘却我自家的存在，和他们一样地学习醉生梦死，便独自一个跑出平则门外，去享受这本地的风光。玉泉山的幽静，大觉寺的深邃，并不是对我没有魔力，不过一年有三百五十九日穷的我，断没有余钱，去领略它们的高尚的清景。五月中旬的有一天午后，我又无端感着了一种悲愤，本想上城南的快乐地方，去寻些安慰的，但袋里连几个车钱也没有了，所以只好走出平则门外，去坐在杨柳荫中，尽量地呼吸呼吸西山的爽气。我守着西天的颜色，从浓蓝变成了淡紫，一忽儿，天的四周围又染得深红了，远远的法国教会堂的屋顶和许多绿树梢头，刹那间反射了一阵赤赭的残光，又一忽儿空气就变得澄苍静肃，视野内召唤我注意的物体，什么也没有了。四周的物影，渐渐散乱起来，我也感着了一种日暮的悲哀，无意识地滴了几滴眼泪，就慢慢地真是非常缓慢，好像在梦里游行似的，走回家来。进平则门往南一拐，就是南顺城街，南顺城街路东的第一条胡同便是巡捕厅胡同。我走到胡同的西口，正是进胡同的时候，忽而从角上的一间破屋里漏出几声大声来。这声音我觉得熟得很，稍微用了一点心力，回想了一想，我马上就记起那个身材瘦长、脸色黝黑、常拉我上城南去的车夫来。我站住静听了一会，听得他好像在和人拌嘴。我坐过他许多次数的车，他的脾气是很好的，所以听到他在和人拌嘴，心里倒很觉得奇怪。看他的样子，好像有五十多岁的光景，但他自己说今年只有四十二岁。他平常非常沉默寡言，不过你和他说话的时候，他却总来回答你一句两句。他身材本来很高，但是不晓是因为社会的压迫呢，还是因他天生的病症，背脊却是弯着，看去好像不十分高。他脸上浮着的一种谨慎的劳动者特有的表情，我怎么也形容不出来，他好像是在默想他的被社会虐待的存在是应该的样子，又好像在这沉默的忍苦中间，在表示他的无限的反抗，和不断的挣扎的样子。总之，他那一种沉默忍受的态度，使人家见了便能生出无限的感慨来。况且是和他社会的地位相去无几，而受的虐待又比他更甚的我，平常坐他的车，和他谈话的时候，总要感着一种抑郁不平的气，横上心来；而这种抑郁不平之气，他也无处去发泄，我也无处去发泄，只好默默地闷受着，即使闷受不过，最多亦只能向天长啸一声。有一天我在前门外喝醉了酒，往一家相识的人家去和衣睡了半夜，醒来的时候，已经是下弦月上升的时刻了。我从韩家潭雇车雇到西单牌楼，在西单牌楼换车的时候，又遇见了他。半夜酒醒，从灰白死寂，除了一乘两乘汽车飞过搅起一阵灰来，此外别无动静的长街上，慢慢被拖回家来。这种悲哀的情调，已尽够我消受的了，况又遇着了他，一路上听了他许多不堪再听的话……他说这个年头儿真叫人生存不得。他说洋车价涨了一个两个铜子，而煤米油盐，都要各涨一倍。他说洋车出租的东家，真会挑剔，一根骨子弯了一点，一个小钉不见了，就要赔很多钱。他说他一天到晚拉车，拉来的几个钱还不够供洋车租主的绞榨，皮带破了，弓子弯了的时候，更不必说了。他说他的女人不会治家，老要白花钱。他说他的大小孩今年八岁，二小孩今年三岁了。……我默默地坐在车上，看看天上惨澹的星月，经过了几条灰黑静寂的狭巷，细听着他的一条条的诉说，觉得这些苦楚，都不是他一个人的苦楚。我真想跳下车来，同他抱头痛哭一场，但是我着在身上的一件竹布长衫，和盘在脑里的一堆教育的绳矩，把我的真率的情感缚住了。自从那一晚以后，我心里就存了一种怕与他相见的思想，所以和他不见了半个多月。这一天日暮，我自平则门走回家来，听了他在和人吵闹的声音，心里竟起了一种自责的心思，好像是不应该躲避开这个可怜的朋友，至半月之久的样子。我静听了一忽，才知道他吵闹的对手，是他的女人。一时心情被他的悲惨的声音所挑动，我竟不待回思，一脚就踏进了他住的那所破屋。他的住屋，只有一间小屋，小屋的一半，却被一个大炕占据了去。在外边天色虽还没有十分暗黑，但在他矮小的屋内，却早已黑影沉沉，辨不出物体来了。他一手叉在腰里，一手指着炕上缩成一堆、坐在那里的一个妇人，一声两声地在那里数骂。两个小孩爬在炕的里边。我一进去时，只见他自家一个站着的背影，他的女人和小孩都看不出来。后来招呼了他，向他手指着的地方看去，才看出了一个女人，又站了一忽，我的眼睛在黑暗里经惯了，重复看出了他的两个小孩。我进去叫了他一声，问他为什么要这样地动气，他就把手一指，指着炕沿上的那女人说：

"这臭东西把我辛辛苦苦积下来的三块多钱，一下子就花完了，去买了这些捆尸体的布来。……"

说着他用脚一踢，地上果然滚了一包白色的布出来。他一边向我问了寒暄话，一边就蹙紧了眉头说："我的心思，他们一点儿也不晓得，我要积这几块钱干什么？我不过想自家去买一辆旧车来拉，可以免掉那车行的租钱呀！天气热了，我们穷人，就是光着脊肋儿，也有什么要紧？她却要去买这些白洋布来做衣服。你说可气不可气啊？"

我听了这一段话，心里虽则也为他难受，但口上只好安慰他说：

"做衣服倒也是要紧的，积几个钱，是很容易的事情，你但须忍耐着，三四块钱是不难再积起来的。"

我说完了话，忽而在沉沉的静寂中，从炕沿上听出了几声暗泣的声音来。这时候我若袋里有钱，一定要全部拿出来给他，请他息怒。但是我身边一摸，却摸不出一个铜银的货币。呆呆地站着，心里打算了一会，我觉得终究没有方法好想。正在着恼的时候，我里边小裤袋里唧唧响着的一个银表的针步声，忽而敲动了我的耳膜。我知道若在此时，当面把这银表拿出来给他，他是一定不肯受的。迟疑了一会，我想出一个主意，趁他不注意的时候，悄悄地把表拿了出来；和他讲着些慰劝他的话，一边我走上前去了一步，顺手把表搁在一张半破的桌上。随后又和他交换了几句言语，我就走出来了。我出到了门外，走进胡同，心里感得的一种沉闷，比午后上城外去的时候更甚了。我只恨我自家太无能力，太没有勇气。我仰天看看，在深沉的天空里，只看出了几颗星来。

第二天的早晨，我刚起床，正在那里刷牙漱口的时候，听见门外有人打门，出去一看，就看见他拉着车站在门口。他问了我一声好，手向车斗里一摸，就把那个表拿出来，问我说：

"先生，这是你的罢？你昨晚上掉下的罢？"

我听了脸上红了一红，马上就说：

"这不是我的，我并没有掉表。"

他连说了几声奇怪，把那表的来历说了一阵，见我坚不肯认，就也没有方法，收起了表，慢慢地拉着空车向东走了。

下

夏至以后，北京接连下了半个多月的雨。我因为一天晚上，没有盖被睡觉，惹了一场很重的病，直到了二礼拜前才得起床。起床后第三天的午后，我看看久雨新霁，天气很好，就拿了一根手杖踏出门去。因为这是病后第一次的出门，所以出了门就走往西边，依旧想到我平时所爱的平则门外的河边去闲行。走过那胡同角上的破屋的时候，我只看见门口立了一群人，在那里看热闹。屋内有人在低声啜泣。我以为那拉车的又在和他的女人吵闹了，所以也就走了过去，去看热闹，一边我心里却暗暗地想着：

"今天若他们再因金钱而争吵，我却可以解决他们的问题。"

因为那时候我家里寄出来为我作医药费的钱还没有用完，皮包里还有几张五元钱的钞票收藏着在哩。我踏近前去一看，破屋里并没有拉车的影子，只有他的女人坐在炕沿上哭，一个小一点的小孩，坐在地上他母亲的脚跟前，也在陪着她哭。看了一会，我终摸不着头脑，不晓得她为什么要哭。和我一块儿站着的人，有的唧唧地在那里叹息，有的也拿出手巾来在擦眼泪说："可怜哪，可怜哪！"我向一个立在我旁边的中年妇人问了一番，才知道她的男人，前几天在南下洼的大水里淹死了。死了之后，她还不晓得，直到第二天的傍晚，由拉车的同伴认出了他的相貌，才跑回来告诉她。她和她的两个儿子，得了此信，冒雨走上南横街南边的尸场去一看，就大哭了一阵。后来她自己也跳在附近的一个水池里自尽过一次，经她儿子的呼救，附近的居民，费了许多气力，才把她捞救上来。过了一会，由那地方的慈善家，出了钱把她的男人埋葬完毕，且给了她三十斤面票，八十吊铜子，方送她回来。回来之后，她白天晚上只是哭，已经哭了好几天了。我听了这一番消息，看了这一场光景，心里只是难受。同一两个月前头，半夜从前门回来，坐在她男人的车上，听他的诉说时一样，觉得这些光景，绝不是她一个人的。我忽而想起了我的可怜的女人，又想起了我的和那在地上哭的小孩一样大的儿女，也觉得眼睛里热起来痒起来了。我心里正在难受，忽而从人丛里挤来了一个八九岁的小孩赤足袒胸地跑了进来。他小手里拿了几个铜子蹑手蹑脚地对她说：

"妈，你瞧，这是人家给我的。"

看热闹的人，看了他那小脸上的严肃的表情，和他那小手的滑稽的样子，有几个笑着走了，只有两个以手巾擦着眼泪的老妇人，还站在那里。我看看周围的人数少了，就也踏近去问她说：

"你还认得我么？"

她举起肿红的眼睛来，对我看了一眼，点了一点头，仍复伏倒头在哀哀地哭着。我想叫她不哭，但是看看她的情形，觉得是不可能的，所以只好默默地站着，眼睛看见她的瘦削的双肩一起一缩地在抽动。我这样地静立了三五分钟，门外又忽挤出许多人拢来看我。我觉得被他们看得不耐烦了，就走出了一步对他们说：

"你们看什么热闹？人家死了人在这里哭，你们有什么好看？"

那八岁的孩子，看我心里发了恼，就走上门口，把一扇破门关上了。"喀丹"一响，屋里忽而暗了起来。他的哭着的母亲，好像也为这变化所惊动，一时止住哭声，擎起眼来看她的孩子和离门不远呆立着的我。我趁此机会，就劝她说：

"看养孩子要紧，你老是哭也不是道理，我若可以帮你的忙，我总没有不为你出力的。"

　　她听了这话，一边啜泣，一边断断续续地说：

　　"我……我……别的都不怪，我……只……只怪他何以死得那么快。也……也不知他……他是自家沉河的呢，还是……"

　　她说了这一句又哭起来了，我没有方法，就从袋里拿出了皮包，取了一张五块钱的钞票递给她说：

　　"这虽然不多，你拿着用罢！"

　　她听了这话，又止住了哭，啜泣着对我说：

　　"我……我们……是不要钱用，只……只是他……他死得……死得太可怜了。……他……他活着的时候，老……老想自己买一辆车，但是……但是这心愿儿终究没有达到。……前天我，我到冥衣铺去订一辆纸糊的洋车，想烧给他，那一家掌柜的要我六块多钱，我没有定下来，你……你老爷心好，请你，请你老爷去买一辆好好的纸车来烧给他罢！"

　　说完她又哭了。我听了这一段话，心里愈觉得难受，呆呆地立了一忽，只好把刚才的那张钞票收起，一边对她说：

　　"你别哭了罢！他是我的朋友，那纸糊的洋车，我明天一定去买了来，和你一块去烧到他的坟前去。"

　　又对两个小孩说了几句话，我就打开门走出来。我从来没有办过丧事，所以寻来寻去，总寻不出一家冥衣铺来定那纸糊的洋车。后来直到四牌楼附近，找定了一家，付了他钱，要他赶紧为我糊一辆车。

　　二天之后，那纸洋车糊好了，恰巧天气也不下雨，我早早吃了午饭，就雇了四辆洋车，同她及两个小孩一道去上她男人的坟。车过顺治门内大街的时候，因为我前面的一乘人力车上只载着一辆纸糊的很美丽的洋车和两包锭子，大街上来往的红男绿女，只是凝目地在看我和我后面车上的那个眼睛哭得红肿、衣服褴褛的中年妇人。我被众人的目光鞭挞不过，心里起了一种不可抑遏的反抗和诅咒的毒念，只想放大了喉咙向着那些红男绿女和汽车中的贵人狠命地叫骂着说：

　　"猪狗！畜生！你们看什么？我的朋友，这可怜的拉车者，是为你们所逼死的呀！你们还看什么？"

薄奠

郁达夫

35

一九二四年八月十四日作于北京

过　去

　　空中起了凉风，树叶沙沙地同雹片似的飞掉下来，虽然是南方的一个小港市里，然而也像能够使人感到冬晚的悲哀的一天晚上，我和她，在临海的一间高楼上吃晚饭。

　　这一天的早晨，天气很好，中午的时候，只穿得住一件夹衫。但到了午后三四点钟，忽而由北面飞来了几片灰色的层云，把太阳遮住，接着就刮起风来了。

　　这时候，我为疗养呼吸器病的缘故，只在南方的各港市里流寓。十月中旬，由北方南下，十一月初到了C省城；恰巧遇着了C省的政变，东路在打仗，省城也不稳，所以就迁到H港去住了几天。后来又因为H港的生活费太昂贵，便又坐了汽船，一直地到了这M港市。

　　说起这M港，大约是大家所知道的，是中国人应许外国人来互市的最初的地方的一个，所以这港市的建筑，还带着些当时的时代性，很有一点中古的遗意。前面左右是碧油油的海湾，港市中，也有一座小山，三面滨海的通衢里，建筑着许多颜色很沉郁的洋房。商务已经不如从前的盛了，然而富室和赌场很多，所以处处有庭园，处处有别墅。沿港的街上，有两列很大的榕树排列在那里。在椿树下的长椅上休息着的，无论中国人外国人，都带有些舒服的态度。正因为商务不盛的原因，这些南欧的流人，寄寓在此地的，也没有那一种殖民地的商人的紧张横暴的样子。一种衰颓的美感，一种使人可以安居下去，于不知不觉的中间消沉下去的美感，在这港市的无论哪一角地方，都感觉得出来。我到此港不久，心里头就暗暗地决定"以后不再迁徙了，以后就在此地住下去罢"。谁知住不上几天，却又偏偏遇见了她。

　　实在是意想以外的奇遇，一天细雨蒙蒙的日暮，我从西面小山上的一家小旅馆内走下山来，想到市上去吃晚饭去。经过行人很少的那条P街的时候，临街的一间小洋房的棚门口，忽而从里面慢慢地走出了一个女人来。她身上穿着灰色的雨衣，上面张着洋伞，所以她的脸我看不见。大约是在棚门内，她已经看见了我了——因为这一天我并不带伞——所以我在她前头走了几步，她忽而问我：

　　"前面走的是不是李先生？李白时先生！"

　　我一听了她叫我的声音，仿佛是很熟，但记不起是哪一个了，同触了电气似的急忙回转头来一看，只看见了衬映在黑洋伞上的一张灰白的小脸。已经是夜色朦胧的时候了，我看不清她的颜面全部的组织，不过她的两只大眼睛，却闪烁得厉害，并且不知从何处来的，和一阵冷风似的一种电力，把我的精神摇动了一下。

"你……？"我半吞半吐地问她。

"大约认不清了罢！上海民德里的那一年新年，李先生可还记得？"

"噢！唉！你是老三么？你何以会到这里来的？这真奇怪！这真奇怪极了！"

说话的中间，我不知不觉地转过身来逼近了一步，并且伸出手来把她那只戴轻皮手套的左手握住了。

"你上什么地方去？几时来此地的？"她问。

"我打算到市上去吃晚饭去，来了好几天了，你呢？你上什么地方去？"

她经我一问，一时间回答不出来，只把嘴颚往前面一指，我想起了在上海的时候的她的那种怪脾气，所以就也不再追问，和她一路地向前边慢慢地走去。两人并肩默走了几分钟，她才幽幽地告诉我说：

"我是上一位朋友家去打牌去的，真想不到此地会和你相见。李先生，这两三年的分离，把你的容貌变得极老了，你看我怎么样？也完全变过了罢？"

"你倒没什么，唉，老三，我吓，我真可怜，这两三年来……"

"这两三年来的你的消息，我也知道一点。有的时候，在报纸上就看见过一二回你的行踪。不过李先生，你怎么会到此地来的呢？这真太奇怪了。"

"那么你呢？你何以会到此地来的呢？"

"前生注定是吃苦的人，譬如一条水草，浮来浮去，总生不着根，我的到此地来，说奇怪也是奇怪，说应该也是应该的。李先生，住在民德里楼上的那一位胖子，你可还记得？"

"嗯，……是那一位南洋商人不是？"

"哈，你的记性真好！"

"他现在怎么样了？"

"是他和我一道来此地呀！"

"噢！这也是奇怪。"

"还有更奇怪的事情哩！"

"什么？"

"他已经死了！"

"这……这么说起来，你现在只剩了一个人了啦？"

"可不是么！"

"唉！"

两人又默默地走了一段，走到去大市街不远的三岔路口了。她问我住在什么地方，打算明天午后来看我。我说还是我去访她，她却很急促地警告我说：

"那可不成，那可不成，你不能上我那里去。"

出了 P 街以后，街上的灯火已经很多，并且行人也繁杂起来了，所以两个人没有握一握手、笑一笑的机会。到了分别的时候，她只约略点了一点头，就向南面的一条长街上跑了进去。

经了这一回奇遇的挑拨，我的平稳得同山中的静水湖似的心里，又起了些波纹。回想起来，已经是三年前的旧事了，那时候她的年纪还没有二十岁，住在上海民德里我在寄寓着的对门的一间洋房里。这一间洋房里，除了她一家的三四个年轻女子以外，还有二楼上的一家华侨的家族在住。当时我也不晓得谁是房东，谁是房客，更不晓得她们几个姐妹的生计是如何维持的。只有一次，是我和她们的老二认识以后，约有两个月的时候，我在她们的厢房里打牌，忽而来了一位穿着很阔绰的中老绅士，她们为我介绍，说这一位是她们的大姐夫。老大见他来了，果然就抛弃了我们，到对面的厢房里去和他攀谈去了，于是老四就坐下来替了她的缺。听她们说，她们都是江西人，而大姐夫的故乡却是湖北。他和她们大姐的结合，是当他在九江当行长的时候。

我当时刚从乡下出来，在一家报馆里当编辑。民德里的房子，是报馆总经理友人陈君的住宅。当时因为我对上海情形不熟，不能另外去租房子住，所以就寄住在陈君的家里。陈家和她们对门而居，时常往来，因此我也于无意之中，和她们中间最活泼的老二认识了。

听陈家的底下人说：

"她们的老大，仿佛是那一位银行经理的小。她们一家四口的生活费，和她们一位弟弟的学费，都由这位银行经理负担的。"

她们姐妹四个，都生得很美，尤其活泼可爱的，是她们的老二。大约因为生得太美的原因，自老二以下，她们姐妹三个，全已到了结婚的年龄，而仍找不到一个适当的配偶者。

我一边在回想这些过去的事情，一边已经走到了长街的中心，最热闹的那一家百货商店的门口了。在这一个黄昏细雨里，只有这一段街上的行人还没有减少。两旁店家的灯火照耀得很明亮，反照出了些离人的孤独的情怀。向东走尽了这条街，朝南一转，右手矗立着一家名叫望海的大酒楼。这一家的三四层楼上，一间一间的小室很多，开窗看去，看得见海里的帆樯，是我到 M 港后去的次数最多的一家酒馆。

我慢慢地走到楼上坐下，叫好了酒菜，点着烟卷，朝电灯光呆看的时候，民德里的事情又重新开展在我的眼前。

她们姐妹中间，当时我最爱的是老二。老大已经有了主顾，对她当然更不能生出什么邪念来，老三有点阴郁，不像一个年轻的少女，老四年纪和我相差太远——她当时只有十六岁——自然不能发生相互的情感，所以当时我所热心崇拜的，只有老二。

她们的脸形，都是长方，眼睛都是很大，鼻梁都是很高，皮色都是很细白，以外貌来看，本来都是一样的可爱的。可是各人的性格，却相差得很远。老大和蔼，老二活泼，老三阴郁，老四——说不出什么，因为当时我并没有对老四注意过。

老二的活泼，在她的行动、言语、嬉笑上，处处都在表现。凡当时在民德里住的年纪在二十七八上下的男子，和老二见过一面的人，总没一个不受她的播弄的。

她的身材虽则不高，然而也够得上我们一般男子的肩头，若穿着高底鞋的时候，走路简直比西洋女子要快一倍。说话不顾什么忌讳，比我们男子的同学中间的日常言语还要直率。若有可笑的事情，被她看见，或在谈话的时候，听到一句笑话，不管在她面前的是生人不是生人，她总是露出她的两列可爱的白细牙齿，弯腰捧肚，笑个不了，有时候竟会把身体侧倒，扑倚上你的身来。陈家有几次请客，我因为受她的这一种态度的压迫受不了，每有中途逃席，逃上报馆去的事情。因此我在民德里住不上半年，陈家的大小上下，却为我取了一个别号，叫我作"老二的鸡娘"。因为老二像一只雄鸡，有什么可笑的事情发生的时候，总要我做她的倚柱，扑上身来笑个痛快。并且平时她总拿我来开玩笑，在众人的面前，老喜欢把我的不灵敏的动作和我说错的言语重述出来作哄笑的资料。不过说也奇怪，她像这样地玩弄我，轻视我，我当时不但没有恨她的心思，并且还时以为荣耀，快乐。我当一个人在默想的时候，每把这些琐事回想出来，心里倒反非常感激她，爱慕她。后来甚至于打牌的时候，她要什么牌，我就非打什么牌给她不可。

万一我有违反她命令的时候，她竟毫不客气地举起她那只肥嫩的手，啪啪地打上我的脸来。而我呢，受了她的痛责之后，心里反感到一种不可名状的满足，有时候因为想受她这一种施与的原因，故意地违反她的命令，要她来打，或用了她那一只尖长的皮鞋脚来踢我的腰部。若打得不够踢得不够，我就故意地说："不痛！不够！再踢一下！再打一下！"她也就毫不客气地，再举起手来或脚来踢打。我被打得两颊绯红，或腰部感到酸痛的时候，才柔柔顺顺地服从她的命令，再来做她想我做的事情。像这样的时候，倒是老大或老三每在旁边喝止她，叫她不要太过分了，而我这被打责的，反而要很诚恳地央告她们，不要出来干涉。

记得有一次，她要出门去和一位朋友吃午饭，我正在她们家里坐着闲谈，她要我去上她姐姐房里把一双新买的皮鞋拿来替她穿上。这一双皮鞋，似乎太小了一点，我捏了她的脚替她穿了半天，才穿上了一只。她气得急了，就举起手来，向我的伏在她小腹前的脸上、头上、脖子上乱打起来。我替她穿好第二只的时候，脖子上已经有几处被她打得青肿了。到我站起来，对她微笑着，问她"穿得怎么样"的时候，她说："右脚尖有点痛！"我就挺了身子，很正经地对她说：

"踢两脚吧！踢得宽一点，或者可以好些！"

说到她那双脚，实在不由人不爱。她已经有二十多岁了，而那双肥小的脚，还同十二三岁的小女孩的脚一样。我也曾为她穿过丝袜，所以她那双肥嫩皙白、脚尖很细、后跟很厚的肉脚，时常要作我的幻想的中心。从这一双脚，我能够想出许多离奇的梦境来。譬如在吃饭的时候，我一见了粉白糯润的香稻米饭，就会联想到她那双脚上去。"万一这碗里，"我想，"万一这碗里盛着的，是她那双嫩脚，那么我这样地在这里咀吮，她必要感到一种奇怪的痒痛。假如她横躺着身体，把这一双肉脚伸出来任我咀吮的时候，从她那两条很曲的口唇线里，必要发出许多真不真假不假的喊声来。或者转起身来，也许狠命地在头上打我一下的……"我一想到此地，饭就要多吃一碗。

像这样活泼放达的老二，像这样柔顺蠢笨的我，这两人中间的关系，在半年里发生出来的这两人中间的关系，当然可以想见得到了。况我当时，还未满二十七岁，还没有娶亲，对于将来的希望，也还很有自负心哩！

当在陈家起坐室里说笑话的时候，我的那位友人的太太，也曾向我们说起过："老二，李先生若做了你的男人，那他就天天可以替你穿鞋着袜，并且还可以做你的出气洞，白天晚上，都可以受你的踢打，岂不很好么？"老二听到这些话，总老是笑着，对我斜视一眼说："李先生不行，太笨，他不会伺候人。我倒很愿意受人家的踢打，只叫有一位能够命令我，叫我心服的男子就好了。"在这样的笑谈之后，我心里总满感着忧郁，要一个人跑到马路去走半天，才能把胸中的郁闷遣散。

有一天礼拜六的晚上，我和她在大马路市政厅听音乐出来。老大老三都跟了一位她们大姐夫的朋友看电影去了。我们走到一家酒馆的门口，忽而吹来了两阵冷风。这时候正是九十月之交的晚秋的时候，我就拉住了她的手，颤抖着说："老二，我们上去吃一点热的东西再回去吧！"她也笑了一笑说："去吃点热酒吧！"我在酒楼上吃了两杯热酒之后，把平时的那一种木讷怕羞的态度除掉了，向前后左右看了一看，看见空洞的楼上，一个人也没有，就挨近了她的身边对她媚视着，一边发着颤声，一句一逗地对她说："老二！我……我的心，你可能了解？我，我，我很想……很想和你长在一块儿！"她举起眼睛来看了我一眼，又曲了嘴唇的两条线在口角上含着播弄人的微笑，回问我说："长在一块便怎么啦？"我大了胆，便摆过嘴去和她亲了一个嘴，她竟劈面地打了我一个嘴巴。楼下的伙计，听了啪的这一声大响声，就急忙地跑了上来，问我们："还要什么酒菜？"我忍着眼泪，还是微微地笑着对伙计说："不要了，打手巾来！"等到伙计下去的时候，她仍旧是不改常态地对我说："李先生，不要这样！下回你若再干这些事情，我还要打得凶哩！"我也只好把这事当作了一场笑话，很不自然地把我的感情压住了。

凡我对她的这些感情，和这些感情所催发出来的行为动作，旁人大约是看得很清楚的。所以老三虽则是一个很沉郁，脾气很特别，平时说话老是阴阳怪气的女子，对我与老二中间的事情，有时却很出力地在为我们拉拢。有时见了老二那一种打得我太狠，或者嘲弄得我太难堪的动作，也着实为我打过几次抱不平，极婉曲周到地说出话来非难过老二。而我这不识好丑的笨伯，当这些时候心里头非但不感谢老三，还要以为她是多事，出来干涉人家的自由行动。

　　在这一种情形之下，我和她们四姐妹，对门而住，来往交际了半年多。那一年的冬天，老二忽然与一个新自北京来的大学生订婚了。

　　这一年旧历新年前后的我的心境，当然是惑乱得不堪，悲痛得非常。当沉闷的时候，邀我去吃饭，邀我去打牌，有时候也和我去看电影的，倒是平时我所不大喜欢，常和老二两人叫她作"阴私鬼"的老三。而这一个老三，今天却突然地在这个南方的港市里，在这一个细雨蒙蒙的秋天的晚上，偶然遇见了。

　　想到了这里，我手里拿着的那支纸烟，已经烧剩了半寸的灰烬，面前杯中倒上的酒，也已经冷了。糊里糊涂地喝了几口酒，吃了两三筷菜，伙计又把一盘生翅汤送了上来。我吃完了晚饭，慢慢地冒雨走回旅馆来，洗了手脸，换了衣服，躺在床上，翻来覆去，终于一夜没有合眼。我想起了那一年的正月初二，老三和我两人上苏州去的一夜旅行。我想起了那一天晚上，两人默默地在电灯下相对的情形。我想起了第二天早晨起来，她在她的帐子里叫我过去，为她把掉在地下的衣服捡起来的声气。然而我当时终于忘不了老二，对于她的这种种好意的表示，非但没有回报她一二，并且简直没有接受她的余裕。两个人终于白旅行了一次，感情终于没有接近起来，那一天午后，就匆匆地依旧同兄妹似的回到上海来了。过了元宵节，我因为胸中苦闷不过，便在报馆里辞了职，和她们姐妹四人，也没有告别，一个人连行李也不带一件，跑上北京的冰天雪地里去，想去把我的过去的一切忘了，把我的全部烦闷葬了。嗣后两三年来，东漂西泊，却还没有在一处住过半年以上。无聊之极，也学学时髦，把我的苦闷写出来，做点小说卖卖。

　　然而于不知不觉的中间，终于得了呼吸器的病症。现在漂流到了这极南的一角，谁想得到再会和这老三相见于黄昏的路上呢！啊，这世界虽说很大，实在也是很小，两个浪人，在这样的天涯海角，也居然再能重见，你说奇也不奇。我想前想后，想了一夜，到天色有点微明，窗下有早起的工人经过的时候，方才昏昏地睡着。也不知睡了几久，在梦里忽而听到几声咯咯的叩门声。急忙夹着被条，坐起来一看，夜来的细雨，已经晴了，南窗里有两条太阳光线，灰黄黄地晒在那里。我含糊地叫了一声："进来！"而那扇房门却老是不往里开。再等了几分钟，房门还是不向里开，我才觉得奇怪了，就披上衣服，走下床来。等我两脚刚立定的时候，房门却慢慢地开了。跟着门进来的，一点儿也不错，依旧是阴阳怪气，含着半脸神秘的微笑的老三。

"啊，老三！你怎么来得这样早？"我惊喜地问她。

"还早么？你看太阳都斜了啊！"

说着，她就慢慢地走进了房来，向我的上下看了一眼，笑了一脸，就仿佛害羞似的去窗面前站住，望向窗外去了。窗外头夹一重走廊，遥遥望去，底下就是一家富室的庭园，太阳很柔和地晒在那些未凋落的槐花树和杂树的枝头上。

她的装束和从前不同了。一件芝麻呢的女外套里，露出了一条白花丝的围巾来，上面穿的是半西式的八分短袄，裙子系黑印度缎的长套裙。一顶淡黄绸的女帽，深盖在额上，帽子的卷边下，就是那一双迷人的大眼，瞳仁很黑，老在凝视着什么似的大眼。本来是长方的脸，因为有那顶帽子深覆在眼上，所以看去仿佛是带点圆味的样子。

两三年的岁月，又把她那两条从鼻角斜拖向口角去的纹路刻深了。苍白的脸色，想是昨夜来打牌辛苦了的原因。本来是中等身材不肥不瘦的躯体，大约是我自家的身体缩矮了罢，看起来仿佛比从前高了一点。她背着我呆立在窗前。我看看她的肩背，觉得是比从前瘦了。

"老三，你站在那里干什么？"我扣好了衣裳，向前挨近了一步，一边把右手拍上她的肩去，劝她脱外套，一边就这样问她。她也前进了半尺，把我的右手轻轻地避脱，转过来笑着说：

"我在这里算账。"

"一清早起来就算账？什么账？"

"昨晚上的赢账。"

"你赢了么？"

"我哪一回不赢？只有和你来的那回却输了。"

"噢，你还记得那么清？输了多少给我？哪一回？"

"险些儿输了我的性命！"

"老三！"

"……"

"你这脾气还没有改过，还爱讲这些死话。"

以后她只是笑着不说话，我拿了一把椅子，请她坐了，就上西角上的水盆里去漱口洗脸。

一忽儿她又叫我说：

"李先生！你的脾气，也还没有改过，老爱吸这些纸烟。"

"老三！"

"……"

"幸亏你还没有改过，还能上这里来。要是昨天遇见的是老二哩，怕她是不肯来了。"

"李先生，你还没有忘记老二么？"

"仿佛还有一点记得。"

"你的情义真好！"

"谁说不好来着！"

"老二真有福分！"

"她现在在什么地方？"

"我也不知道，好久不通信了，前二三个月，听说还在上海。"

"老大老四呢？"

"也还是那一个样子，仍复在民德里。变化最多的，就是我吓！"

"不错，不错，你昨天说不要我上你那里去，这又为什么来着？"

"我不是不要你去，怕人家要说闲话。你应该知道，阿陆的家里，人是很多的。"

"是的，是的，那一位华侨姓陆吧。老三，你何以又会看中了这一位胖先生的呢？"

"像我这样的人，哪里有看中看不中的好说，总算是做了一个怪梦。"

"这梦好么？"

"又有什么好不好，连我自己都莫名其妙。"

"你莫名其妙，怎么又会和他结婚的呢？"

"什么叫结婚呀。我不过当了一个礼物，当了一个老大和大姐夫的礼物。"

"老三！"

"……"

"他怎么会这样的早死的呢？"

"谁知道他，害人的。"

因为她说话的声气消沉下去了，我也不敢再问。等衣服换好，手脸洗毕的时候，我从衣袋里拿出表来一看，已经是二点过了三个字了。我点上一支烟卷，在她的对面坐下，偷眼向她一看，她那脸神秘的笑容，已经看不见一点踪影。下沉的双眼，口角的深纹，和两颊的苍白，完全把她画成了一个新寡的妇人。我知道她在追怀往事，所以不敢打断她的思路，默默地呼吸了半刻钟烟。她忽而站起来说："我要去了！"她说话的时候，身体已经走到了门口。我追上去留她，她脸也不回转来看我一眼，竟匆匆地出门去了。我又追上扶梯跟前叫她等一等，她到了楼梯底下，才把那双黑漆漆的眼睛向我看了一眼，并且轻轻地说：

"明天再来吧！"

自从这一回之后，她每天差不多总抽空上我那里来。两人的感情，也渐渐地融洽起来了。可是无论如何，到了我想再逼近一步的时候，她总马上设法逃避，或筑起城堡来防我。到我遇见她之后，约莫将十几天的时候，我的头脑心思，完全被她搅乱了。听说有呼吸器病的人，欲情最容易兴奋，这大约是真的。那时候我实在再也不能忍耐了，所以那一天的午后，我怎么也不放她回去，一定要她和我同去吃晚饭。

那一天早晨，天气很好。午后她来的时候，却热得厉害。到了三四点钟，天上起了云障，太阳下山之后，空中刮起风来了。她仿佛也受了这天气变化的影响，看她只是在一阵阵地消沉下去，她说了几次要去，我拼命地强留着她，末了她似乎也觉得无可奈何，就俯了头，尽坐在那里默想。

太阳下山了，房角落里，阴影爬了出来。南窗外看见的暮天半角，还带着些微紫色。同旧棉花似的一块灰黑的浮云，静静地压到了窗前。风声呜呜地从玻璃窗里传透过来，两人默坐在这将黑未黑的世界里，觉得我们以外的人类万有，都已经死灭尽了。在这个沉默的、向晚的、暗暗的悲哀海里，不知沉浸了几久，忽而电灯像雷击似的放光亮了。我站起了身，拿了一件她的黑呢旧斗篷，从后边替她披上，再伏下身去，用了两手，向她的胛下一抱，想乘势从她的右侧，把头靠向她的颊上去的，她却同梦中醒来似的蓦地站了起来，用力把我一推。我生怕她要再跑出门，跑回家去，所以马上就跑上房门口去拦住。她看了我这一种混乱的态度，却笑起来了。虽则兀立在灯下的姿势还是严不可犯的样子，然而她的眼睛在笑了，脸上的筋肉的紧张也松懈了，口角上也有笑容了。因此我就大了胆，再走近她的身边，用一只手夹斗篷似的围抱住她，轻轻地在她耳边说：

"老三！你怕么？你怕我么？我以后不敢了，不再敢了，我们一道上外面去吃晚饭去吧！"

她虽是不响，一面身体却很柔顺地由我围抱着。我挽她出了房门，就放开了手。由她走在前头，走下扶梯，走出到街上去。

我们两人，在日暮的街道上走，绕远了道，避开那条 P 街，一直到那条 M 港最热闹的长街的中心止，不敢并着步讲一句话。街上的灯火，全都灿烂地在放寒冷的光，天风还是呜呜地吹着，街路树的叶子，"息索息索"很零乱地散落下来。我们两人走了半天，才走到望海酒楼的三楼上一间滨海的小室里坐下。

坐下来一看，她的头发已经为凉风吹乱，瘦削的双颊，尤显得苍白。她要把斗篷脱下来，我劝她不必，并且叫伙计马上倒了一杯白兰地来给她喝。她把热茶和白兰地喝了，又用手巾在头上脸上擦了一擦，静坐了几分钟，才把常态恢复。那一脸神秘的笑和炯炯的两道眼光，又在寒冷的空气里散放起电力来了。

"今天真有点冷啊！"我开口对她说。

"你也觉得冷的么？"

"怎么我会不觉得冷的呢？"

"我以为你是比天气还要冷些。"

"老三！"

"……"

"那一年在苏州的晚上，比今天怎么样？"

"我想问你来着！"

"老三！那是我的不好，是我，我的不好。"

"……"

　　她尽是沉默着不响，所以我也不能多说。在吃饭的中间，我只是献着媚，低着声，诉说当时在民德里的时候的情形。她到吃完饭的时候止，总共不过说了十几句话。我想把她的记忆唤起，把当时她对我的旧情复燃起来，然而看看她脸上的表情，却终于是不曾为我所动。到末了我被她弄得没法了，就半用暴力，半用含泪的央告，一定要求她不要回去，接着就同拖也似的把她挟上了望海酒楼间壁的一家外国旅馆的楼上。

　　夜深了，外面的风还在萧骚地吹着。五十支的电光，到了后半夜加起亮来，反照得我心里异常寂寞。室内的空气，也增加了寒冷，她还是穿了衣服，隔着一条被，朝里床躺在那里。我扑过去了几次，总被她推翻了下来，到最后的一次她却哭起来了，一边哭，一边又断断续续地说：

　　"李先生！我们的……我们的事情，早已……早已经结束了。那一年，要是那一年……你能……你能够像现在一样地爱我，那我……我也……不会……不会吃这一种苦的。我……我……你晓得……我……我……这两三年来……！"

　　说到这里，她抽咽得更加厉害，把被窝蒙上头去，索性任情哭了一个痛快。我想想她的身世，想想她目下的状态，想想过去她对我的情节，更想想我自家的沦落的半生，也被她的哀泣所感动，虽则滴不下眼泪来，但心里也尽在酸一阵痛一阵地难过。她哭了半点多钟，我在床上默坐了半点多钟，觉得她的眼泪，已经把我的邪念洗清，心里头什么也不想了。又静坐了几分钟，我听听她的哭声，也已经停止，就又伏过身去，诚诚恳恳地对她说：

　　"老三！今天晚上，又是我不好，我对你不起，我把你的真意误会了。我们的时期，的确已经过去了。我今晚上对你的要求，的确是卑劣得很。请你饶了我，噢，请你饶了我，我以后永也不再干这一种卑劣的事情了，噢，请你饶了我！请你把你的头伸出来，朝我转来，对我说一声，说一声饶了我吧！让我们把过去的一切忘了，请你把今晚上的我的这一种卑劣的事情忘了。噢，老三！"

　　我斜伏在她的枕头边上，含泪地把这些话说完之后，她的头还是尽朝着里床，身子一动也不肯动。我静候了好久，她才把头朝转来，举起一双泪眼，好像是在怜惜我又好像是在怨恨我地看了我一眼。得到了她这泪眼的一瞥，我心里也不晓怎么地起了一种比死刑囚遇赦的时候还要感激的心思。她仍复把头朝里转去，我也在她的被外头躺下了。躺下之后，两人虽然都没有睡着，然而我的心里却很舒畅，默默地直躺到了天明。

早晨起来，约略梳洗了一番，她又同平时一样地和我微笑了，而我哩，脸上虽在笑着，心里头却尽是一滴苦泪一滴苦泪地在往喉头鼻里咽送。

两人从旅馆出来，东方只有几点红云罩着，夜来的风势，把一碧的长天扫尽了。太阳已出了海，淡薄的阳光晒着的几条冷静的街上，除了些被风吹堕的树叶和几堆灰土之外，也比平时洁净得多。转过了长街送她到了她自家的门口，将要分别的时候，我只紧握了她一双冰冷的手，轻轻地对她说：

"老三！请你自家珍重一点，我们以后见面的机会，恐怕很少了。"

我说出了这句话之后，心里不晓怎么的忽儿绞割了起来，两只眼睛里同雾天似的起了一层蒙障。她仿佛也深深地朝我看了一眼，就很急促地抽了她的两手，飞跑地奔向屋后去了。

这一天的晚上，海上有一弯眉毛似的新月照着，我和许多言语不通的南省人杂处在一舱里吸烟。舱外的风声浪声很大，大家只在电灯下计算着这海船航行的速度，和到 H 港的时刻。

一九二七年一月十日在上海

茑萝行

　　同居的人全出外去后的这沉寂的午后的空气中独坐着的我，表面上虽则同春天的海面似的平静，然而我胸中的寂寥，我脑里的愁思，什么人能够推想得出来？现在是三点三十分了。外面的马路上大约有和暖的阳光夹着了春风，在那里助长青年男女的游春的兴致；但我这房里的透明的空气，何以会这样的沉重呢？龙华附近的桃林草地上，大约有许多穿着时式花样的轻绸绣缎的恋爱者在那里对着苍空发愉乐的清歌；但我的这从玻璃窗里透过来的半角青天，何以总带着一副嘲弄我的形容呢？啊啊，在这样薄寒轻暖的时候，当这样有作有为的年纪，我的生命力，我的活动力，何以会同冰雪下的草芽一样，一些儿也生长不出来呢？啊啊，我的女人！我的不能爱而又不得不爱的女人！我终觉得对你不起！

　　计算起来你的列车大约已经驶过松江驿了，但你一个人抱了小孩在车窗里呆看陌生行人的景状，我好像在你旁边看守着的样子。可怜你一个弱女子，从来没有单独出过门，你此刻呆坐在车里，大约在那里回忆我们两人同居的时候，我虐待你的一件件的事情了罢！啊啊，我的女人，我的不得不爱的女人，你不要在车中滴下眼泪来，我平时虽则常常虐待你，但我的心中却在哀怜你的，却在痛爱你的；不过我在社会上受来的种种苦楚、压迫、侮辱，若不向你发泄，叫我更向谁去发泄呢！啊啊，我的最爱的女人，你若知道我这一层隐衷，你就该饶恕我了。

　　唉，今天是旧历的二月二十一日，今天正是清明节呀！大约各处的男女都出到郊外去踏青的，你在车窗里见了火车路线两旁郊野里在那里游行的夫妇，你能不怨我的么？你怨我也罢了，你倘能恨我怨我，怨得我望我速死，那就好了。但是办不到的，怎么也办不到的，你一边怨我，一边又必在原谅我的，啊啊，我一想到你这一种优美的灵心，叫我如何能忍得过去呢！

　　细数从前，我同你结婚之后，共享的安乐日子，能有几日？我十七岁去国之后，一直地在无情的异国蛰住了八年。这八年中间就是暑假寒假也不回国来的原因，你知道么？我八年间不回国来的事实，就是我对旧式的、父母主张的婚约的反抗呀！这原不是你的错，也不是我的错，作孽者是你的父母和我的母亲。但我在这八年之中，不该默默地无所表示的。

　　后来看到了我们乡间的风习的牢不可破，离婚的事情的万不可能，又因你家父母的日日的催促，我的母亲的含泪的规劝，大前年的夏天，我才勉强应承了与你结婚。但当时我提出的种种苛刻的条件，想起来我在此刻还觉得心痛。我们也没有结婚的种种仪式，也没有证婚的媒人，也没有请亲朋来喝酒，也没有点一对蜡烛、放几声花炮。你在将夜的时候，坐了一乘小轿从去城六十里的你的家乡到了县城里的我的家里，我的母亲陪你吃了一碗晚饭，你就一个人摸上楼上我的房里去睡了。那时候听说你正患疟疾，我到夜半拿了一支蜡烛上床来睡的时候，只见你穿了一件白纺绸的单衫，在暗黑中朝里床睡在那里。你听见了我上床来的声音，却朝转来默默地对我看了一眼。啊！那时候的你的憔悴的形容，你的水汪汪的两眼，神经常在那里颤动的你的小小的嘴唇，我就是到死也忘不了的。我现在想起来还要滴眼泪哩！

在穷乡僻壤生长的你，自幼也不曾进过学校，也不曾呼吸过通都大邑的空气，提了一双纤细缠小了的足，抱了一箱家塾里念过的《列女传》《女四书》等旧籍，到了我的家里。既不知女人的娇媚是如何装作，又不知时样的衣裳是如何剪裁，你只奉了"柔顺"两字，作了你的行动的规范。

结婚之后，因为城中天气暑热的缘故，你就同我同上你家去住了几天，总算过了几天安乐的日子；但无端又遇了你侄儿的暴行，淘了许多说不出来的闲气，滴了许多拭不干净的眼泪。我与你在你侄儿闹事的第二天就匆匆地回到了城里的家中。过了两三天我又害起病来，你也疟疾复发了。我就决定挨着病离开了我那空气沉浊的故乡。将行的前夜，你也不说什么，我也没有什么话好对你说。我从朋友家里喝醉了酒回来，睡在床上，只见你呆呆地坐在灰黄的灯下。可怜你一直到第二天的早晨我将要上船的时候止，终没有横到我床边上来睡一忽儿，也没有讲一句话。第二天天刚亮的时候，母亲就来催我起身，说轮船已到鹿山脚下了。

从此一别，又同你远隔了两年。你常常写信来说家里的老祖母在那里想念我，暑假寒假若有空闲，叫我回家来探望探望祖母母亲，但我因为异乡的花草，和年轻的朋友挽留我的缘故，终究没有回来。

唉唉！那两年中间的我的生活！红灯绿酒的沉湎，荒妄的邪游，不义的淫乐。在中宵酒醒的时候，在秋风凉冷的月下，我也曾想念及你，我也曾痛哭过几次。但灵魂丧失了的那一群妩媚的游女，和她们的娇艳动人的假笑佯啼，终究把我的天良迷住了。

前年秋天我虽回国了一次，但因为朋友邀我上 A 地去了，我又没有回到故乡来看你。在 A 地住了三个月，回到上海来过了旧历的除夕，我又回东京去了。直到了去年的暑假前，我提出了卒业论文，将我的放浪生活作了个结束，方才拖了许多饥不能食寒不能衣的破书旧籍回到了中国。一踏了上海的岸，生计问题就逼紧到我的眼前来，缚在我周围的运命的铁锁圈，就一天一天地扎紧起来了。

留学的时候，多谢我们孱弱无能的政府，和没有进步的同胞，像我这样的一个生则于世无补、死亦于人无损的零余者，也考得了一个官费生的资格。虽则每月所得不能敷用，是租了屋没有食、买了食没有衣的状态，但究竟每月还有几十块钱的出息①，调度得好也能勉强免于死亡。并且又可进了病院向家里勒索几个医药费，拿了书店的发票向哥哥乞取几块买书钱，所以在繁华的新兴国的首都里，我却过了几年放纵的生活。如今一定的年限已经到了，学校里因为要收受后进的学生，再也不能容我在那绿树阴森的图书馆里，做白昼的痴梦了。并且我们国家的金库，也受了几个磁石心肠的将军和大官的吮吸，把供养我们一班不会作乱的割势者的能力丧失了，所以我在去年的六月就失了我的维持生命的根据，那时候我的每月的进款已经没有了。以年纪讲起来，像我这样二十六七的青年，正好到社会去奋斗，况且又在外国国立大学里卒业了的我，谁更有这样厚的面皮，再去向家中年老的母亲，或狷洁自爱的哥哥，乞求养生的资料。我去年暑假里一到上海流寓了一个多月没有回家来的原因，你知道了么？我现在索性对你讲明了罢，一则虽因为一天一天地挨过了几天，把回家的旅费用完了，其他我更有这一段不能回家的苦衷在的呀，你可能了解？

啊啊，去年六月在灯火繁华的上海市外，在车马喧嚷的黄浦江边，我一边念着 Housman 的 *A Shropshire Lad*② 里的

Come you home a hero

Or come not home at all,

The lads you leave will mind you

Till Ludlow tower shall fall.

几句清诗，一边呆呆地看着江中黝黑混浊的流水，曾经发了几多的叹声，滴了几多的眼泪。你若知道我那时候的绝望的情怀，我想你去年的那几封微有怨意的信也不至于发给我了。——啊，我想起了，你是不懂英文的，这几句诗我顺便替你译出罢。

汝当衣锦归，
否则永莫回，
令汝别后之儿童
望到拉德罗塔毁。

平常责任心很重，并且在不必要的地方，反而非常隐忍持重的我，当留学的时候，也不曾著过一书，立过一说。天性胆怯，从小就害着自卑狂的我，在新闻杂志或稠人广众之中，从不敢自家吹一点小小的气焰。不在图书馆内，便在咖啡店里、山水怀中过活的我，当那些现代的青年当作科场看的

① 出息：获利。
② 英文：霍斯曼的《什罗浦郡的浪荡儿》。

群众运动起来的时候，绝不会去慷慨悲歌地演说一次，出点无意义的风头。赋性愚鲁、不善交游、不善钻营的我，平心讲起来，在生活竞争剧烈、到处有陷阱设伏的现在的中国社会里，当然是没有生存的资格的。去年六月间，寻了几处职业失败之后，我心里想我自家若想逃出这恶浊的空气，想解决这生计困难的问题，最好唯有一死。但我若要自杀，我必须先弄几个钱来，痛饮饱吃一场，大醉之后，用了我的无用的武器，至少也要击杀一二个世间的人类——若他是比我富裕的时候，我就算替社会除了一个恶；若他是和我一样或比我更苦的时候，我就算解决了他的困难，救了他的灵魂——然后从容就死。我因为有这一种想头，所以去年夏天在睡不着的晚上，拖了沉重的脚，上黄浦江边去了好几次，仍复没有自杀。到了现在我可以老实地对你说了，我在那时候，我并不曾想到我死后的你将如何地生活过去。我的八十五岁的祖母，和六十来岁的母亲，在我死后又当如何的种种问题，当然更不在我的脑里了。你读到这里，或者要骂我没有责任心，丢下了你，自家一个去走干净的路。但我想这责任不应该推给我负的，第一我们的国家社会，不能用我去做他们的工，使我有了气力不能卖钱来养活我自家和你，所以现代的社会，就应该负这责任。即使退一步讲，第二你的父母不能教育你，使你独立营生，便是你父母的坏处，所以你的父母也应该负这责任。第三我的母亲戚族，知道我没有养活你的能力，要苦苦地劝我结婚，他们也应该负这责任。这不过是现在我写到这里想出来的话，当时原是没有想到的。

上海的 T 书局和我有些关系，是你所知道的。你今天午后不是从这 T 书局编辑所出发的么？去年六月经理的 T 君看我可怜不过，却为我关说了几处，但那几处不是说我没有声望就嫌我脾气太大，不善趋奉他们的旨意，不愿意用我。我当初把我身边的衣服金银器具一件一件地典当之后，在烈日蒸照、灰土很多的上海市街中，整日地空跑了半个多月。几个有职业的先辈，和在东京曾经受过我的照拂的朋友的地方，我都去访问了。他们有的时候，也约我上菜馆去吃一次饭；有的时候，知道我的意思便也陪我作了一副忧郁的形容，且为我筹了许多没有实效的计划。我于这样的晚上，不是往黄浦江边去徘徊，便是一个人跑上法国公园的草地上去呆坐，在那时候，我一个人看看天上悠久的星河，听听远远从那公园的跳舞室里飞过来的舞曲的琴音，老有放声痛哭的时候，幸亏在黄昏的时节，公园的四周没有人来往，所以我得尽情地哭泣，有时候哭得倦了，我也曾在那公园的草地上露宿过的。

阳历六月十八的晚上——是我忘不了的一晚，T 君拿了一封 A 地的朋友寄来的信到我住的地方来。平常只有我去找他，没有他来找我的，T 君一进我的门，我就知道一定有什么机会了。他在我用的一张破桌子前坐下之后，果然把信里的事情对我讲了。他说：

"A 地仍复想请你去教书，你愿不愿意去？"

教书是有识无产阶级的最苦的职业，你和我已经住过半年，我的如何不愿意教书，教书的如何苦法，想是你所知道的，我在此处不必说了。况且 A 地的这学校里又有许多黑暗的地方，有几个想做校长的野心家，又是忌刻心很重的。像这样的地方的教席，我也不得不承认下去的当时的苦况，大约是你所意想不到的。因为我那时候同在伦敦的屋顶下挨饿的 Chatterton① 一样，一边虽在那里吃苦，一边我写回来的家信上还写得娓娓有致，说什么地方也在请我，什么地方也在聘我哩！

啊啊！同是血肉造成的我，我原是有虚荣心，有自尊心的呀！请你不要骂我作墦间乞食的齐人罢！唉，时运不济，你就是骂我，我也甘心受骂的。

我们结婚后，你给我的一个钻石戒指，我在东京的时候，替你押卖了，这是你当时已经知道的。我当 T 君将 A 地某校的聘书交给我的时候，身边值钱的衣服器具已经典当尽了。在东京学校的图书馆里，我记得读过一个德国薄命诗人 Grabbe② 的传记。一贫如洗的他想上京去求职业去，同我一样贫穷的他的老母将一副祖传的银的食器交给了他，做他的求职的资斧。他到了孤冷的首都里，今日吃一个银匙，明日吃一把银刀，不上几日，就把他那副祖传的食器吃完了。我记得 Heine③ 还嘲笑过他的。去年六月的我的穷状，可是比 Grabbe 更甚了。最后的一点值钱的物事，就是我在东京买来，预备送你的一个天赏堂④ 制的银的装照相的架子，我在穷急的时候，早曾打算把它去换几个钱用，但一次一次的难关都被我打破，我决心把这一点微物，总要安安全全地送到你的手里。殊不知到了最后，我接到了 A 地某校的聘书之后，仍不得不把它去押在当铺里，换成了几个旅费，走回家来探望年老的祖母母亲，探望怯弱可怜同绵羊一样的你。

去年六月，我于一天晴朗的午后，从杭州坐了小汽船，在风景如画的钱塘江中跑回家来。过了灵桥里山等绿树连天的山峡，将近故乡县城的时候，我心里同时感着了一种可喜可怕的感觉。立在船舷上，呆呆地凝望着春江第一楼前后的山景，我口里虽在微吟"近乡情更怯，不敢问来人"的二句唐诗，我的心里却在这样地默祷：

"……天帝有灵，当使埠头一个我的认识的人也不在！要不使他们知道才好，要不使他们知道我今天沦落了回来才好……"

船一靠岸，我左右手里提了两只皮箧，在晴日的底下从乱杂的人丛中伏倒了头，同逃也似的走向家来。我一进门看见母亲还在偏间的膳室里喝酒。我想张起喉音来亲亲热热地叫一声母亲的，但一见了亲人，我就把回国以来受的社会的侮辱想了出来，所以我的咽喉便哽住了。我只能把两只皮箧朝凳

---

① 英文：查特顿，18 世纪英国诗人。
② 英文：格拉贝，19 世纪德国戏剧家。
③ 英文：海涅，19 世纪德国诗人。
④ 天赏堂：东京银座 1872 年开业的老店。

上一抛，马上就匆匆地跑上楼上的你的房里来，好把我的没有丈夫气、到了伤心的时候就要流泪的坏习惯藏藏躲躲。谁知一进你的房，你却流了一脸的汗和眼泪，坐在床前呜咽地暗在啜泣。我动也不动地呆看了一忽，方提起了干燥的喉音，幽幽地问你为什么要哭。你听了我这句问话反哭得更加厉害，暗泣中间却带起几声压不下去的唏嘘声来了。我又问你究竟为什么，你只是摇头不说。本来是伤心的我，又被你这样地引诱了一番，我就不得不抱了你的头同你对哭起来。喝不上一碗热茶的工夫，楼下的母亲就大骂着说：

"……什么的公主娘娘，我说着这几句话，就要上楼去摆架子。……轮船埠头谁对你这小畜生讲了，在上海逛了一个多月，走将家来，一声也不叫，狠命地把皮箧在我面前一丢……这算是什么行为！……你便是封了王回来，也没有这样的行为的呀！……两夫妻暗地里通通信，商量商量，……你们好来谋杀我的。"

我听见了母亲的骂声，反而止住不哭了。听到"封了王回来"的这一句话，我觉得全身的血流都倒注了上来。在炎热的那盛暑的时候，我却同在寒冬的夜半似的手脚都发了抖。啊啊，那时候若没有你把我止住，我怕已经冒了大不孝的罪名，要永久地和我那年老的母亲诀别了。若那时候我和我母亲吵闹一场，那今年的祖母的死，我也是送不着的，我为了这事，也不得不重重地感谢你的呀！

那一天我的忽而从上海的回来，原是你也不知道，母亲也不知道的。后来母亲的气平了下去，你我的悲感也过去了的时候，我才知道我没有到家之先，母亲因为我久住上海不回家来的原因，在那里发脾气骂你。啊啊，你为了我的缘故，害骂害说的事情大约总也不止这一次了。也难怪你当我告诉你说我将于几日内动身到 A 地去的时候，哀哀地哭得不住的。你那柔顺的性质，是你一生吃苦的根源。同我的对于社会的虐待，丝毫没有反抗能力的性质，却是一样。啊啊！反抗反抗，我对于社会何尝不晓得反抗，你对于加到你身上来的虐待也何尝不晓得反抗，但是怯弱的我们，没有能力的我们，叫我们从何处反抗起呢？

到了痛定之后，我看看你的形容，比前年患疟疾的时候更消瘦了。到了晚上，我捏到你的下腿，竟没有那一段肥突的脚肚，从脚后跟起，到脚弯膝止，完全是一条直线。啊啊！我知道了，我知道白天我对你说我要上 A 地去的时候你就流眼泪的原因了。

我已经决定带你同往 A 地，将催 A 地的学校里速汇二百元旅费来的快信寄出之后，你我还不敢将这计划告诉母亲，怕母亲不赞成我们。到了旅费汇到的那天晚上，你还是疑惑不决地说：

"万一外边去不能支持，仍要回家来的时候，如何是好呢！"

可怜你那被威权压服了的神经，竟好像是希腊的巫女，能预知今天的劫运似的。唉，我早知道有今天的一段悲剧，我当时就不该带你出来了。

我去年暑假郁郁地在家里和你住了几天，竟不料就会种下一个烦恼的种子的。等我们同到了 A 地将房屋什器安顿好的时候，你的身体已经不是平常的身体了，吃几口饭就要呕吐，每天只是懒懒地在床上躺着。头一个月我因为不知底细，曾经骂过你几次，到了三四个月上，你的身体一天一天地重起来，我的神经受了种种激刺，也一天一天地粗暴起来了。

第一因为学校里的课程干燥无味，我天天去上课就同上刑具被拷问一样，胸中只感着一种压迫。

第二因为我在杂志上发表了一篇旧作的文字，淘了许多无聊的闲气。更有些忌刻我的恶劣分子，就想以此来作我的葬歌，纷纷地攻击我起来。

第三我平时原是挥霍惯了的，一想到辞了教授的职后，就又不得不同六月间一样，尝那失业的苦味。况且现在又有了家室，又有了未来的儿女，万一再同那时候一样地失起业来，岂不要比曩时更苦。

我前面也已经提起过了，在社会上虽是一个懦弱的受难者的我，在家庭内却是一个凶恶的暴君。在社会上受的虐待、欺凌、侮辱，我都要一一回家来向你发泄的。可怜你自从去年十月以来，竟变了一只无罪的羔羊，日日在那里替社会赎罪，做了供我这无能的暴君的牺牲。我在外面受了气回来，不是说你做的菜不好吃，就骂你是害我吃苦的原因。我一想到了将来失业的时候的苦况，神经激动起来的时候每骂着说：

"你去死！你死了我方有出头的日子。我辛辛苦苦，是为什么人在这里做牛马的呀。要只有我一个人，我何处不可去，我何苦要在这死地方做苦工呢！只知道在家里坐食的你这行尸，你究竟是为了什么目的生存在这世上的呀？……"

你被我骂不过，就暗哭起来。我骂你一场之后，把胸中的悲愤发泄完了，大抵总立时痛责我自家，上前来爱抚你一番，并且每用了柔和的声气，细细地把我的发气的原因——社会对我的虐待——讲给你听。你听了反替我抱着不平，每又哀哀地为我痛哭，到后来，终究到了两人相持对泣而后已。像这样的情景，起初不过间几日一次的，到后来将放年假的时候，变了一日一次或一日数次了。

唉唉，这悲剧的出生，不知究竟是结婚的罪恶呢，还是社会的罪恶？若是为结婚错了的原因而起的，那这问题倒还容易解决；若因社会的组织不良，致使我不能得适当的职业，你不能过安乐的日子，因而生出这种家庭的悲剧的，那我们的社会就不得不根本地改革了。

在这样的忧患中间，我与你的悲哀的继承者，竟生了下来，没有足月的这小生命，看来也是一个神经质的薄命的相儿。你看他那哭时的额上的一条青筋，不是神经质的证据么？饥饿的时候，你喂乳若迟一点，他老要哭个不止，像这样的性格，便是将来吃苦的基础。唉唉，我既生到了世上，受这样的社会的煎熬，正在求生不可、求死不得的时候，又何苦多此一举，生这一块肉在人世呢？啊啊！矛盾，惭愧，我是解说不了的了。以后若有人动问，就请你答复罢。

悲剧的收场，是在一个月的前头。那时候你的神经已经昏乱了，大约已记不清楚，但我却牢牢记着的。那天晚上，正下弦的月亮刚从东边升起来的时候。

我自从辞去了教授职后，托哥哥在某银行里谋了一个位置。但不幸的时候，事运不巧，偏偏某银行为了政治上的问题，开不出来。我闲居 A 地，日日在家中喝酒，喝醉之后，便声声地骂你与刚出生的那小孩，说你与小孩是我的脚镣，我大约要为你们的缘故沉水而死的。我硬要你们回故乡去，你们却是不肯。那一晚我骂了一阵，已经是朦胧地想睡了。在半醒半睡中间，我从帐子里看出来，好像见你在与小孩讲话。

"……你要乖些……要乖些。……小宝睡了罢……不要讨爸爸的厌……不要讨……娘去之后……要……要……乖些……"

讲了一阵，我好像看见你坐在洋灯影里揩眼泪罢，这是你的常态，我看得不耐烦了，所以就翻了一转身，面朝着了里床。我在背后觉得你在灯下哭了一忽，又站起来把我的帐子掀开了对我看了一回。我那时候只觉得好睡，所以没有同你讲话，以后我就睡着了。

我们街前的车夫，在我们门外乱打的时候，我才从被里跳了起来。我跌来碰去地走出门来的时候，已经是混乱得不堪了。我只见你的披散的头发，结成了一块，围在你的项上。正是下弦的月亮从东边升起来的时候，黄灰色的月光射在你的面上；你那本来是灰白的面色，反射出了一道冷光；你的眼睛好好地闭在那里，嘴唇还在微微地动着；你的湿透了的棉袄上，因为有几个扛你回来的车夫的黑影投射着，所以是一块黑一块青的。我把洋灯在地上一放，就抱着了你叫了几声，你的眼睛开了一开，马上就闭上了，眼角上却涌了两条眼泪出来。啊啊，我知道你那时候心里并不怨我的，我知道你并不怨我的，我看了你的眼泪，就能辨出你的心事来，但是我哪能不哭，我哪能不哭呢？我还怕什么？我还要维持什么体面？我就当了众人的面前哭出来了。那时候他们已经把你搬进了房。你床上睡着的小孩，听见了嘈杂的人声，也放大了喉咙啼泣了起来。大约是小孩的哭声传到了你的耳膜上了，你才张开眼来，含了许多眼泪对我看了一眼。我一边替你换湿衣裳，一边叫你安睡，不要去管那小孩。恰好间壁雇在那里的乳母，也听见了这杂噪声，起了床，跑了过来。我知道你眷念小孩，所以就叫乳母替我把小孩抱了过去。奶妈抱了小孩走过床上你的身边的时候，你又对她看了一眼。同时我却听见长江里的轮船放了一声开船的汽笛声。

在病院里看护你的十五天工夫，是我的心地最纯洁的日子。利己心很重的我，从来没有感觉到这样纯洁的爱情过。可怜你身体热到四十一度的时候，还要忽而从睡梦中坐起来问我：

"龙儿，怎么样了？"

"你要上银行去了么？"

我从 A 地动身的时候，本来打算同你同回家去住的，像这样的社会上，谅来总也没有我的位置了。即使寻着了职业，像我这样愚笨的人，也是没有希望的。我们家里，虽则不是豪富，然而也可算得中产，养养你，养养我，养养我们的龙儿的几颗米是有的。你今年二十七，我今年二十八了。即使你我各有五十岁好活，以后还有几年？我也不想富贵功名了。若为一点毫无价值的浮名、几个不义的金钱，要把良心拿出来去换，要牺牲了他人作我的踏脚板，那也何苦哩。这本来是我从 A 地同你和龙儿动身时候的决心。不是动身的前几晚，我同你拿出了许多建筑的图案来看了么？我们两人不是把我们回家之后，预备到北城近郊的地里，由我们自家的手去造的小茅屋的样子画得好好的么？我们将走的前几天不是到 A 地的可纪念的地方，与你我有关的地方都去逛了么？我在长江轮船上的时候，这决心还是坚固得很的。

我这决心的动摇，在我到上海的第二天。那天白天我同你照了照相，吃了午膳，不是去访问了一位初从日本回来的朋友么？我把我的计划告诉了他，他也不说可，不说否，但只指着他的几位小孩说：

"你看看我，我是怎么也不愿意逃避的。我的系累，岂不是比你更多么？"

啊啊！好胜的心思，比人一倍强盛的我，到了这兵残垓下的时候，同落水鸡似的逃回乡里去——这一出失意的还乡记，就是比我更怯弱的青年，也不愿意上台去演的呀！我回来之后，晚上一晚不曾睡着。你知道我胸中的愁郁，所以只是默默地不响，因为在这时候，你若说一句话，总难免不被我痛骂。这是我的老脾气，虽从你进病院之后直到那天还没有发过，但你那事件发生以前却是常发的。

像这样的状态，继续了三天。到了昨天晚上，你大约是看得我难受了，所以当我兀兀地坐在床上的时候，你就对我说：

"你不要急得这样，你就一个人住在上海罢。你但须送我上火车，我与龙儿是可以回去的，你可以不必同我们去。我想明天马上就搭午后的车回浙江去。"

本来今天晚上还有一处请我们夫妇吃饭的地方，但你因为怕我昨晚答应你将你和小孩先送回家的事情要变卦，所以你今天就急急地要走。我一边只觉得对你不起，一边心里不知怎么的又在恨你。所以我当你在那里捡东西的时候，眼睛里涌着两泓清泪，只是默默地讲不出话来。直到送你上车之后，在车座里坐了一忽，等车快开了，我才讲了一句：

"今天天气倒还好。"

你知道我的意思，所以把头朝向了那面的车窗，好像在那里探看天气的样子，许久不回过头来。唉唉，你那时若把你那水汪汪的眼睛朝我看一看，我也许会同你马上就痛哭起来的。也许仍复把你留在上海，不使你一个人回去的。也许我就硬地陪你回浙江去的，至少我也许要陪你到杭州。但你终不回转头来，我也不再说第二句话，就站起来走下车了。我在月台上立了一忽，故意不对你的玻璃窗看。等车开的时候，我赶上了几步，却对你看了一眼，我见你的眼下左颊上有一条痕迹在那里发光。我眼见得车去远了，月台上的人都跑了出去，我一个人落得最后，慢慢地走出车站来。我不晓得是什么原因，心里只觉得是以后不能与你再见的样子，我心酸极了。啊啊！我这不祥之语，是多讲的。我在外边只希望你和龙儿的身体壮健，你和母亲的感情融洽。我是无论如何，不至投水自沉的，请你安心。你到家之后千万要写信来给我的哩！我不接到你平安到家的信，什么决心也不能下，我是在这里等你的信的。

一九二三年四月六日清明节午后

迟桂花

××兄：

　　突然间接着我这一封信，你或者会惊异起来，或者你简直会想不出这发信的翁某是什么人。但仔细一想，你也不在做官，而你的境遇，也未见得比我的好几多倍，所以将我忘了的这一回事，或者是还不至于的。因为这除非是要贵人或境遇很好的人才做得出来的事情。前两礼拜为了采办结婚的衣服家具之类，才下山去。有好久不上城里去了，偶尔去城里一看，真是像丁令威①的化鹤归来，触眼新奇，宛如隔世重生的人。在一家书铺门口走过，一抬头就看见了几册关于你的传记评论之类的书。再踏进去一问，才知道你的著作竟积成了八九册之多了。将所有的你的和关于你的书全买将回来一读，仿佛是又接见了十余年不见的你那副音容笑语的样子。我忍不住了，一遍两遍地尽在翻读，愈读愈想和你通一次信，见一次面，但因这许多年数的不看报，不识世务，不亲笔砚的缘故，终于下了好几次决心，而仍不敢把这心愿来实现。现在好了，关于我的一切结婚的事情的准备，也已经料理到了十之七八，而我那年老的娘，又在打算着于明天一侵早就进城去，早就上床去躺下了。我那可怜的寡妹，也因为白天操劳过了度，这时候似乎也已经坠入了梦乡，所以我可以静静儿地来练这久未写作的笔，实现我这已经怀念了有半个多月的心愿了。

　　提笔写将下来，到了这里，我真不知将如何地从头写起。和你相别以后，不通闻问的年数，隔得这么的多，读了你的著作以后，心里头触起的感觉情绪，又这么的复杂。现在当这一刻的中间，汹涌盘旋在我脑里想和你谈谈的话，的确，不止像一部"二十四史"那么的繁而且乱，简直是同将要爆发的火山内层那么的热而且烈，急速寻不出一个头来。

　　我们自从房州海岸别来，到现在总也约莫有十多年光景了罢！我还记得那一天晴冬的早晨，你一个人立在寒风里送我上车回东京去的情形。你那篇《南迁》的主人公，写的是不是我？我自从那一年后，竟为这胸腔的恶病所压倒，与你再见一次面和通一封信的机会也没有，就此回国了。学校当然是中途退了学，连生存的希望都没有了的时候，哪里还顾得到将来的立身处

---

　　① 丁令威：中国道教崇奉的古代仙人。传说为西汉辽东人，学道于灵虚山，后成仙化鹤归来，落城门华表柱上。

世？哪里还顾得到身外的学艺修能？到这时候为止的我的少年豪气，我的绝大雄心，是你所晓得的。同级同乡的同学，只有你和我往来得最亲密。在同一公寓里同住得最长久的，也只有你一个人；时常劝我少用些功，多保养身体，预备将来为国家为人类致大用的，也就是你。每于风和日朗的晴天，拉我上多摩川上井之头公园及武藏野等近郊去散走闲游的，除你以外，更没有别的人了。那几年高等学校时代的愉快的生活，我现在只教一闭上眼，还历历透视得出来。看了你的许多初期的作品，这记忆更加新鲜了。我的所以愈读你的作品，愈想和你通一次信者，原因也就在对这些过去的往事的追怀。这些都是你和我两人所共有的过去，我写也没有写得你那么好，就是不写你总也还记得的，所以我不想再说。我打算详详细细向你来作一个报告的，就是从那年冬天回故乡以后的十几年光景的山居养病的生活情形。

那一年冬天咯了血，和你一道上房州去避寒，在不意之中，又遇见了那个肺病少女——是真砂子罢？连她的名字我都忘了——无端惹起了那一场害人害己的恋爱事件。你送我回东京之后，住了一个多礼拜，我就回国来了。我们的老家在离城市有二十来里地的翁家山上，你是晓得的。回家住下，我自己对我的病，倒也没什么惊奇骇异的地方，可是我痰里的血丝，脸上的苍白，和身体的瘦削，却把我那已经守了好几年寡的老母急坏了，因为我那短命的父亲，也是患这同样的病而死去的。于是她就四处地去求神拜佛，采药求医，急得连粗茶淡饭都无心食用，头上的白发，也似乎一天一天地加多起来了。我哩！恋爱已经失败了，学业也已辍了，对于此生，原已没有多大的野心，所以就落得去由她摆布，积极地虽尽不得孝，便消极地尽了我的顺。初回家的一年中间，我简直门外也不出一步，各色各样的奇形的草药，和各色各样的异味的单方，差不多都尝了一个遍。但是怪得很，连我自己都满以为没有希望的这致命的病症，一到了回国后所经过的第二个春天，竟似乎有神助似的忽然减轻了，夜热也不再发，盗汗也居然止住，痰里的血丝早就没有了。我的娘的喜欢，当然是不必说，就是在家里替我煮药缝衣，代我操作一切的我那位妹妹，也同春天的天气一样，时时展开了她的愁眉，露出了她那副特有的真真是讨人欢喜的笑容。到了初夏，我药也已经不服，有兴致的时候，居然也能够和她们一道上山前山后去采采茶，摘摘菜，帮她们去服一点小小的劳役了。是在这一年的——回家后第三年的——秋天，在我们家里，同时候发生了两件似喜而又可悲，说悲却也可喜的悲喜剧。第一，就是我那妹妹的出嫁；第二，就是我定在城里的那家婚约的解除。妹妹那年十九岁了，男家是只隔一支山岭的一家乡下的富家。他们来说亲的时候，原是因为我们祖上是世代读书的，总算是来和诗礼人家攀婚的意思。定亲已经定过了四五年了，起初我娘却嫌妹妹年纪太小，不肯马上准他们来迎娶，后来就因为我的病，一搁就又搁起了两三年。到了这一回，我的病总算已经恢复，而妹妹却早到了该结婚的年龄了。男家来一说，我娘也就应允了他们，也算完了她自己的一件心事。至于我的这家亲事呢，却是我父亲在死的前一年为我定下的，女家是城里的一家相当有名的旧家。那时候我的年纪虽还很小，而我们家里的不动产却着实还有一点可观。并且我又是一个长子，将来家里要培植我读书处世是无疑的，所以那一家旧家居然也应允了我的婚事。以现在的眼光看来，这门亲事，当然是我们去竭力高攀的，因为杭州人家的习俗，是吃粥的人家的女儿，非要去嫁吃饭的人家不可。还有乡下姑娘，嫁往城里，倒是常事，城里的千金小姐，却不大会下嫁到乡下来的，所以当时的这个婚约，起初在根本上就有点儿不对。后来经我父亲的一死，我们家里，丧葬费用，就用去了不少。嗣后年复一年，母子三人，只吃着家里的死饭。亲族戚属，少不得又要对我们孤儿寡妇，时时加以一点剥削。母亲又忠厚无用，在出卖田地山场的时候，也不晓得市价的高低，大抵是任凭族人在从中勾搭。就因这种种关系的结果，到我考取了官费，上日本去留学的那一年，我们这一家世代读书的翁家山上的旧家，已经只剩得一点仅能维持衣食的住屋山场和几块荒田了。当我初次出国的时候，承蒙他们不弃，我那未来的亲家，还送了我些赆仪路费。后来于寒假暑假回国的期间，也曾央原媒来催过完姻。可是接着就是我那致命的病症的发生，与我的学业的中辍，于是两三年中，他们和我们的中间，便自然而然地断绝了交往。到了这一年的晚秋，当我那妹妹嫁后不久的时候，女家忽而又央了原媒来对母亲说："你们的大少爷，有病在身，婚娶的事情，当然是不大相宜的，而他家的小姐，也已经下了绝大的决心，立志终身不嫁了，所以这一个婚约，还是解除了的好。"说着就打开包裹，将我们传红①时候交去的金玉如意、红绿帖子等，拿了出来，退还了母亲。我那忠厚老实的娘，人虽则无用，但面子却是死要的，一听了媒人的这一番话，目瞪口僵，立时就滚下了几颗眼泪来。幸亏我在旁边，做好做歹地对娘劝慰了好久，她才含着眼泪，将女家的回礼及八字全帖等检出，交还了原媒。媒人去后，她又上山后我父亲的坟边去大哭了一场。直到傍晚，我和同族邻人等一道去拉她回来，她在路上，还流着满脸的眼泪鼻涕，在很伤心地呜咽。这一出赖婚的怪剧，在我只有高兴，本来是并没有什么大不了的，可是由头脑很旧的她看来，却似乎是翁家世代的颜面家声都被他们剥尽了。自此以后，一直下来，将近十年，我和她母子二人，就日日地寡言少笑，相对茕茕，直到前年的冬天，我那妹夫死去，寡妹回来为止，两人所过的，都是些在炼狱里似的沉闷的日子。

说起我那寡妹，她真也是前世不修。人虽则很长大，身体虽则很强壮，但她的天性，却永远是一个天真活泼的小孩子。嫁过去那一年，来回郎②的

---

① 传红：旧时订婚男女两家互送约书和信物。
② 回郎：即回门，新婚夫妇婚后探视女方父母的习俗，各地名称不一，杭州称"回郎"。

时候，她还是笑嘻嘻地如同上城里去了一趟回来了的样子，但双满月之后，到年下边回来的时候，从来不晓得悲泣的她，竟对我母亲掉起眼泪来了。她夫家的公公虽则还好，但婆婆的繁言吝啬、小姑的刻薄尖酸和男人的放荡凶暴，使她一天到晚过不到一刻安闲自在的生活。工作操劳本系她在家里的时候所惯习的，倒并不以为苦，所最难受的，却是多用一支火柴，也要受婆婆责备的那一种俭约到不可思议的生活状态。还有两位小姑，左一句尖话，右一句毒语，仿佛从前我娘的不准他们早来迎娶，致使她们的哥哥染上了游荡的恶习，在外面养起了女人这一件事情，完全是我妹妹的罪恶。结婚之后，新郎的恶习，仍旧改不过来，反而是在城里他那旧情人家里过的日子多，在新房里过的日子少。这一笔账，当然又要写在我妹妹的身上。婆婆说她不会侍奉男人，小姑们说她不会劝，不会骗。有时候公公看得难受，替她申辩一声，婆婆就尖着喉咙，要骂上公公的脸去："你这老东西！脸要不要，脸要不要，你这扒灰①老！"因我那妹夫，过的是这一种不自然的生活，所以前年夏天，就染了急病死掉了，于是我那妹妹又多了一个克夫的罪名。妹妹年轻守寡，公公少不得总要对她客气一点，婆婆在这里就算抓住了扒灰的证据，三日一场吵，五日一场闹，还是小事，有几次在半夜里，两老夫妇还会大哭大骂地喧闹起来。我妹妹于有一回被骂被逼得特别厉害的争吵之后，就很坚决地搬回到了家里来住了。自从她回来之后，我娘非但得到了一个很大的帮手，就是我们家里的沉闷的空气，也缓和了许多。

这就是和你别后，十几年来，我在家里所过的生活的大概。平时非但不上城里去走走，当风雪盈途的冬季，我和我娘简直有好几个月不出门外的时候。我妹妹回来之后，生活又约略变过了。多年不做的焙茶事业，去年也竟出产了一二百斤。我的身体，经了十几年的静养，似乎也有一点把握了。从今年起，我并且在山上的晏公祠里参加入了一个训蒙②的小学，居然也做了一位小学教师。但人生是动不得的，稍稍一动，就如滚石下山，变化便要接连不断地簇生出来。我因为在教书，而家里头又勉强地干起了一点事业，今年夏季居然又有人来同我议婚了。新娘是近邻乡村里的一位老处女，今年二十七岁，家里虽称不得富有，可也是小康之家。这位新娘，因为从小就读了些书，曾在城里进过学堂，相貌也还过得去——好几年前，我曾经在一处市场上看见过她一眼的——故而高不凑，低不就，等闲便度过了她的锦样的青春。我在教书的学校里的那位名誉校长——也是我们的同族——本来和她是旧亲，所以这位校长就在中间做了个传红线的冰人③。我独居已经惯了，并且身体也不见得分外强健，若一结婚，难保得旧病的不会复发，故而对这

---

① 扒灰：指公公与儿媳通奸。
② 训蒙：教导初入学的人或孩童。
③ 冰人：旧时用来代称媒人。

门亲事，当初是断然拒绝了的。可是我那年老的母亲，却仍是雄心未死，还在想我结一头亲，生下几个玉树芝兰①来，好重振重振我们的这已经坠落了很久的家声，于是这亲事就又同当年生病的时候服草药一样，勉强地被压上我的身上来了。我哩，本来也已经入了中年了，百事原都看得很穿，又加以这十几年的疏散和无为，觉得在这世上任你什么也没甚大不了的事情，落得随随便便地过去，横竖是来日也无多了。只叫我母亲喜欢的话，那就是我稍稍牺牲一点意见也使得。于是这婚议，就在很短的时间里，成熟得安安帖帖，现在连迎娶的日期也已经拣好了，是旧历九月十二。

是因为这一次的结婚，我才进城里去买东西，才发现了多年不见的你这老友的存在，所以结婚之日，我想请你来我这里吃喜酒，大家来谈谈过去的事情。你的生活，从你的日记和著作中看来，本来也是同云游的僧道一样的。让出一点工夫来，上这一区僻静的乡间来住几日，或者也是你所喜欢的事情。你来，你一定来，我们又可以回顾回顾一去而不复返的少年时代。

我娘的房间里，有起响动来了，大约天总就快亮了罢。这一封信，整整地费了我一夜的时间和心血，通宵不睡，是我回国以后十几年来不曾有过的经验，你单只看取了我的这一点热忱，我想你也不好意思不来。

啊，鸡在叫了，我不想再写下去了，还是让我们见面之后再来谈罢！

一九三二年九月　翁则生上

刚在北平住了个把月，重回到上海的翌日，和我进出的一家书铺里，就送了这一封挂号加邮托转交的厚信来。我接到了这信，捏在手里，起初还以为是一位我认识的作家，寄了稿子来托我代售的。但翻转信背一看，却是杭州翁家山的翁某某所发，我立时就想起了那位好学不倦，面容妩媚，多年不相闻问的旧同学老翁。他的名字叫翁矩，则生是他的小名。人生得矮小娟秀，皮色也很白净，因而看起来总觉得比他的实际年龄要小五六岁。在我们的一班里，算他的年纪最小，操体操的时候，总是他立在最后的，但实际上他也只不过比我小了两岁。那一年寒假之后，和他同去房州避寒，他的左肺尖，已经被结核菌损蚀得很厉害了。住不上几天，一位也住在那近边养肺病的日本少女，很热烈地和他要好了起来，结果是那位肺病少女因兴奋而病剧，他也就同失了舵的野船似的迂回到了中国。以后一直十多年，我虽则在大学里毕了业，但关于他的消息，却一向还不曾听见有人说起过。拆开了这封长信，上书室去坐下，从头至尾细细读完之后，我呆视着远处，茫茫然如失了神的样子，脑子里也触起了许多感慨与回思。我远远地看出了他的那种柔和的笑容，听见了他的沉静而又清澈的声气。直到天将暗下去的时候，我一动也不动，还坐在那里呆想，而楼下的家人却来催吃晚饭了。在吃晚饭

---

① 玉树芝兰：比喻有出息的子弟。

的中间，我就和家里的人谈起了这位老同学，将那封长信的内容约略说了一遍。家里的人，就劝我落得上杭州去旅行一趟，像这样的秋高气爽的时节，白白地消磨在煤烟灰土很深的上海，实在有点可惜，有此机会，落得去吃吃他的喜酒。

第二天仍旧是一天晴和爽朗的好天气，午后二点钟的时候，我已经到了杭州城站，在雇车上翁家山去了。但这一天，似乎是上海各洋行与机关的放假的日子，从上海来杭州旅行的人，特别的多。城站前面停在那里候客的黄包车，都被火车上下来的旅客雇走了，不得已，我就只好上一家附近的酒店去吃午饭。在吃酒的当中，问了问堂倌以去翁家山的路径，他便很详细地指示我说：

"你只教坐黄包车到旗下的陈列所，搭公共汽车到四眼井下来走上去好了。你又没有行李，天气又这么的好，坐黄包车直去是不上算的。"

得到了这一个指教，我就从容起来了，慢慢地喝完了半斤酒，吃了两大碗饭，从酒店出来，便坐车到了旗下。恰好是三点前后的光景，湖六段的汽车刚载满了客人，要开出去。我到了四眼井下车，从山下稻田中间的一条石板路走进满觉陇去的时候，太阳已经平西到了三五十度斜角度的样子，是牛羊下山、行人归舍的时刻。在满觉陇的狭路中间，果然遇见了许多中学校的远足归来的男女学生的队伍。上水乐洞口去坐了喝了一碗清茶，又拉住了一位农夫，问了声翁则生的名字，他就晓得得很详细似的告诉我说：

"是山上第二排的朝南的一家，他们那间楼房顶高，你一上去就可以看得见的。则生要讨新娘子了，这几天他们正在忙着收拾。这时候则生怕还在晏公祠的学堂里哩。"

谢过了他的好意，付过了茶钱，我就顺着上烟霞洞去的石级，一步一步地走上了山去。渐走渐高，人声人影是没有了，在将暮的晴天之下，我只看见了许多树影。在半山亭里立住歇了一歇，回头向东南一望，看得见的，只是些青葱的山和如云的树，在这些绿树丛中又是些这儿几点、那儿一簇的屋瓦与白墙。

"啊啊，怪不得他的病会得好起来了，原来翁家山是在这样的一个好地方。"

烟霞洞我儿时也曾来过的，但当这样晴爽的秋天，于这一个西下夕阳东上月的时刻，独立在山中的空亭里，来仔细赏玩景色的机会，却还不曾有过。我看见了东天的已经满过半弓的月亮，心里正在羡慕翁则生他们老家的处地的幽深，而从背后又吹来了一阵微风，里面竟含满着一种说不出的撩人的桂花香气。

"啊……"

我又惊异了起来：

"原来这儿到这时候还有桂花？我在以桂花著名的满觉陇里，倒不曾看到，反而在这一块冷僻的山里面来闻吸浓香，这可真也是奇事了。"

这样的一个人独自在心中惊异着，闻吸着，赏玩着，我不知在那空亭里立了多少时候。突然从脚下树丛深处，却幽幽的有晚钟声传过来了，"东嗡、东嗡"的这钟声实在真来得缓慢而凄清。我听得耐不住了，拔起脚跟，一口气就走上了山顶，走到了那个山下农夫曾经教过我的烟霞洞西面翁则生家的近旁。约莫离他家还有半箭路远时候，我一面喘着气，一面就放大了喉咙向门里面叫了起来：

"喂，老翁！老翁！则生！翁则生！"

听见了我的呼声，从两扇关在那里的腰门里开出来答应的却不是被我所唤的翁则生自己，而是我从来也没有见过面的，比翁则生略高三五分的样子，身体强健，两颊微红，看起来约莫有二十四五的一位女性。

她开出了门，一眼看见了我，就立住脚惊疑似的略呆了一呆。同时我看见她脸上却涨起了一层红晕，一双大眼睛眨了几眨，深深地吞了一口气。她似乎已经镇静下去了，便很腼腆地对我一笑。在这一脸柔和的笑容里，我立时就看到了翁则生的面相与神气，当然她是则生的妹妹无疑了，走上了一步，我就也笑着问她说：

"则生不在家么？你是他的妹妹不是？"

听了我这一句问话，她脸上又红了一红，柔和地笑着，半俯了头，她方才轻轻地回答我说：

"是的，大哥还没有回来，你大约是上海来的客人罢？吃中饭的时候，大哥还在说哩！"

这沉静清澈的声气，也和翁则生的一色而没有两样。

"是的，我是从上海来的。"

我接着说：

"我因为想使则生惊骇一下，所以电报也不打一个来通知，接到他的信后，马上就动身来了。不过你们大哥的好日也太逼近了，实在可也没有写一封信来通知的时间余裕。"

"你请进来罢，坐坐吃碗茶，我马上去叫了他来。怕他听到了你来，真要惊喜得像疯了一样哩。"

走上台阶，我还没有进门，从客堂后面的侧门里，却走出了一位头发雪白、面貌清癯，大约有六十内外的老太太来。她的柔和的笑容，也是和她的女儿儿子的笑容一色一样的。似乎已经听见了我们在门口所交换过的谈话了，她一开口就对我说：

"是郁先生么？为什么不写一封快信来通知？则生中午还在说，说你若要来，他打算进城上车站去接你去的。请坐，请坐，晏公祠只有十几步路，让我去叫他来罢，怕他真要高兴得像什么似的哩。"说完了，她就朝向了女儿，吩咐她上厨下去烧碗茶来。她自己却踏着很平稳的脚步，走出大门，下台阶去通知则生去了。

"你们老太太倒还轻健得很。"

"是的，她老人家倒还好。你请坐罢，我马上起了茶来。"

她上厨下去起茶的中间，我一个人，在客堂里倒得了一个细细观察周围的机会。则生他们的住屋，是一间三开间而有后轩后厢房的楼房。前面阶沿外走落台阶，是一块可以造厅造厢楼的大空地。走过这块数丈见方的空地，再下两级台阶，便是村道了。越村道而下，再低数尺，又是一排人家的房子。但这一排房子，因为都是平屋，所以挡不杀翁则生他们家里的眺望。立在翁则生家的空地里，前山后山的山景，是依旧历历可见的。屋前屋后，一段一段的山坡上，都长着些不大知名的杂树。三株两株夹在这些杂树中间，树叶短狭，叶与细枝之间，满撒着锯末似的黄点的，却是木樨花树。前一刻在半山空亭里闻到的香气，源头原来就系出在这一块地方的。太阳似乎已下了山，澄明的光里，已经看不见日轮的金箭，而山脚下的树梢头，也早有一带晚烟笼上了。山上的空气，真静得可怜，老远老远的山脚下的村里，小儿在呼唤的声音，也清晰地听得出来。我在空地里立了一会，背着手又踱回到了翁家的客厅，向四壁挂在那里的书画一看，却使我想起了翁则生信里所说的事实。琳琅满目挂在那里的东西，果然是件件精致，不像是乡下人家的俗恶的客厅。尤其使我看得有趣的，是陈豪[①]写的一堂《归去来辞》的屏条，墨色的鲜艳，字迹的秀媚，有点像董香光而更觉得柔媚。翁家的世代书香，只需上这客厅里来一看就可以知道了。我立在那里看字画还没有看得周全，忽而背后门外老远地就飞来了几声叫声：

"老郁！老郁！你来得真快！"

翁则生从小学校里跑回来了，平时总很沉静的他，这时候似乎也感到了一点兴奋。一走进客堂，他握住了我的两手，尽在喘气，有好几秒钟说不出话来。等落在后面的他娘走到的时候，三人才各放声大笑了起来。这时候他妹妹也已经将茶烧好，在一个朱漆盘里放着三碗搬出来摆上桌子来了。

"你看，则生这小孩，他一听见我说你到了，就同猴子似的跳回来了。"他娘笑着对我说。

"老翁！说你生病生病，我看你倒仍旧不见得衰老得怎么样，两人比较起来，怕还是我老得多哩？"

我笑说着，将脸朝向了他的妹妹，去征她的同意。她笑着不说话，只在守视着我们的欢喜笑乐的样子。则生把头一扭，向他娘指了一指，就接着对我说：

"因为我们的娘在这里，所以我不敢老下去吓。并且媳妇儿也还不曾娶到，一老就得做老光棍了，那还了得！"

经他这么一说，四个人重又大笑起来了，他娘的老眼里几乎笑出了眼

---

① 陈豪：清代诗人、书画家。

泪。则生笑了一会，就重新想起了似的替他妹妹介绍：

"这是我的妹妹，她的事情，你大约是晓得的罢？我在那信里是写得很详细的。"

"我们可不必你来介绍了，我上这儿来，头一个见到的就是她。"

"噢，你们倒是有缘啊！莲，你猜这位郁先生的年纪，比我大呢，还是比我小？"

他妹妹听了这一句话，面色又涨红了，正在嗫嚅困惑的中间，她娘却止住了笑，问我说：

"郁先生，大约是和则生上下年纪罢？"

"哪里的话，我要比他大得多哩。"

"娘，你看还是我老呢，还是他老？"

则生又把这问题转向了他的母亲。他娘仔细看了我一眼，就对他笑骂般地说：

"自然是郁先生来得老成稳重，谁更像你那样的不脱小孩子脾气呢！"

说着，她就走近了桌边，举起茶碗来请我喝茶。我接过来喝了一口，在茶里又闻到了一种实在是令人欲醉的桂花香气。掀开了茶碗盖，我俯首向碗里一看，果然在绿莹莹的茶水里散点着有一粒一粒的金黄的花瓣。则生以为我在看茶叶，自己拿起了一碗喝了一口，他就对我说：

"这茶叶是我们自己制的，你说怎么样？"

"我并不在看茶叶，我只觉这触鼻的桂花香气，实在可爱得很。"

"桂花吗？这茶叶里的还是第一次开的早桂，现在在开的迟桂花，才有味哩！因为开得迟，所以日子也经得久。"

"是的是的，我一路上走来，在以桂花著名的满觉陇里，倒闻不着桂花的香气。看看两旁的树上，都只剩了一簇一簇的淡绿的桂花托子了，可是到了这里，却同做梦似的，所闻吸的尽是这种浓艳的气味。老翁，你大约是已经闻惯了，不觉得什么罢？我……我……"

说到了这里，我自家也忍不住笑了起来。则生尽管在追问我：

"你怎么样？你怎么样？"

到了最后，我也只好说了：

"我，我闻了，似乎要起性欲冲动的样子。"

则生听了，马上就大笑了起来，他的娘和妹妹虽则并没有明确地了解我们的说话的内容，但也晓得我们是在说笑话，母女俩便含着微笑，上厨下去预备晚饭去了。

我们两人在客厅上谈谈笑笑，竟忘记了点灯，一道银样的月光，从门里洒进来了。则生看见了月亮，就站起来想去拿煤油灯，我却止住了他，说：

"在月光底下清谈，岂不是很好么？你还记不记得起，那一年在井之头公园里的一夜游行？"

所谓那一年者，就是翁则生患肺病的那一年秋天。他因为用功过度，变成了神经衰弱症。有一天，他课也不去上，竟独自一个在公寓里发了一天的疯。到了傍晚，他饭也不吃，从公寓里跑出去了。我接到了公寓主人的注意，下学回来，就远远地在守视着他，看他走出了公寓，就也追踪着他，远远地跟他一道到了井之头公园。从东京到井之头公园去的高架电车，本来是有前后的两乘，所以在电车上，我和他并不遇着。直到下车出车站之后，我假装无意中和他冲见了似的同他招呼了。他红着双颊，问我这时候上这野外来干什么，我说是来看月亮的，记得那一晚正是和这天一样的有月亮的晚上。两人笑了一笑，就一道地在井之头公园的树林里走到了夜半方才回来。后来听他的自白，他是在那一天晚上想到井之头公园去自杀的，但因为遇见了我，谈了半夜，胸中的烦闷，有一半消散了，所以就同我一道又转了回来。"无限胸中烦闷事，一宵清话又成空！"他自白的时候，还念出了这两句诗来，借作解嘲。以后他就因伤风而发生了肺炎，肺炎愈后，就一直地为结核菌所压倒了。

谈了许多怀旧话后，话头一转，我就提到了他的这一回的喜事。

"这一回的喜事么？我在那信里也曾和你说过。"

谈话的内容，一从空想追怀转向了现实，他的声气就低了下去，又回复了他旧日的沉静的态度。

"在我是无可无不可的，对这事情最起劲的，倒是我的那位年老的娘。这一回的一切准备麻烦，都是她老人家在替我忙的。这半个月中间，她差不多日日跑城里。现在是已经弄得完完全全，什么都预备好了，明朝一日，就要来搭灯彩，下午是女家送嫁妆来，后天就是正日。可是老郁，有一件事情，我觉得很难受，就是莲儿——这是我妹妹的小名——近来，似乎是很不高兴的样子，她话虽则不说，但因为她是很天真的缘故，所以在态度上表情上处处我都看得出来。你是初同她见面，所以并不觉得什么，平时她着实要活泼哩，简直活泼得同现代的那些时髦女郎一样，不过她的活泼是天性的纯真，而那些现代女郎，却是学来的时髦。……按说哩，这心绪的恶劣，也是应该的，她虽则是一个纯真的小孩子，但人非木石，究竟总有一点感情，看到了我们这里的婚事热闹，无论如何，总免不得要想起她自己的身世凄凉的。并且还有一个最重要的动机，仿佛是她在觉得自己今后的寄身无处。这儿虽是娘家，但她却是已经出过嫁的女儿了，哥哥讨了嫂嫂，她还有什么权利再寄食在娘家呢？所以我当这婚事在谈起的当初，就一次两次地对她说过了，不管它怎样，她总是我的妹妹，除非她要再嫁，则没有话说，要是不然的话，那她是一辈子有和我同居，和我对分财产的权利的，请她千万不要自己感到难过。这一层意思，她原也明白，我的性情，她是晓得的，可是不晓得怎么，她近来似乎总有点不大安闲的样子。你来得正好，顺便也可以劝劝她。并且明天发嫁妆结灯彩之类的事情，怕她看了又要想到自己的身世，我想明朝一早就叫她陪你出去玩去，省得她在家里一个人在暗中受苦。"

"那好极了，我明天就陪她出去玩一天回来。"

"那可不对，假使是你陪她出去玩的话，那是形迹更露，愈加要使她难堪。非要装作是你要她去作陪不行。仿佛是你想出去玩，但我却没有工夫陪你，所以只好勉强请她和你一道出去。要这样，她才安逸。"

"好，好，就这么办，明天我要她陪我去逛五云山去。"

正谈到了这里，他的那位老母从客室后面的那扇侧门里走出来了，看到了我们坐在微明灰暗的客室里谈天，她又笑了起来说：

"十几年不见的一段总账，你们难道想在这几刻工夫里算它清来么？有什么话谈得那么起劲，连灯都忘了点一点？则生，你这孩子真像是疯了，快立起来，把那盏保险灯点上。"

说着她又跑回到了厨下，去拿了一盒火柴出来。则生爬上桌子，在点那盏悬在客室正中的保险灯的时候，她就问我吃晚饭之先，要不要喝酒。则生一边在点灯，一边就从肩背上叫他娘说：

"娘，你以为他也是肺痨病鬼么？郁先生是以喝酒出名的。"

"那么你快下来去开坛去罢，今天挑来的那两坛酒，不晓得好不好，请郁先生尝尝看。"

他娘听了他的话后，就也昂起了头，一面在看他点灯，一面在催他下来去开酒去。

"幸而是酒，请郁先生先尝一尝新，倒还不要紧，要是新娘子，那可使不得。"

他笑说着从桌子上跳了下来，他娘眼睛望着了我，嘴唇却朝着了他啐了一声说：

"你看这孩子，说话老是这样不正经的！"

"因为他要做新郎官了，所以在高兴。"

我也笑着对他娘说了一声，旋转身就一个人踱出了门外，想看一看这翁家山的秋夜的月明，屋内且让他们母子俩去开酒去。

月光下的翁家山，又不相同了。从树枝里筛下来的千条万条的银线，像是电影里的白天的外景。不知躲在什么地方的许多秋虫的鸣唱，骤听之下，满以为在下急雨。白天的热度，日落之后，忽然收敛了，于是草木很多的这深山顶上，就也起了一层白茫茫的透明雾障。山上电灯线似乎还没有接上，远近一家一家看得见的几点煤油灯光，仿佛是大海湾里的渔灯野火。一种空山秋夜的沉默的感觉，处处在高压着人，使人肃然会起一种畏敬之思。我独立在庭前的月光亮里看不上几分钟，心里就有点寒辣辣地怕了起来，回身再走回客室，酒菜杯筷，都已热气蒸腾地摆好在那里候客了。

四个人当吃晚饭的中间，则生又说了许多笑话。因为在前回听取了一番他所告诉我的衷情之后，我于举酒杯的瞬间，偷眼向他妹妹望望，觉得在她的柔和的笑脸上，的确似乎是有一种说不出的悲寂的表情流露在那里的样子。这一餐晚饭，吃尽了许多时间，我因为白天走路走得不少，而谈话之后又感到了一点兴奋，肚子有点饿了，所以酒和菜，竟吃得比平时要多一倍。到了最后将快吃完的当儿，我就向则生提出说：

"老翁，五云山我倒还没有去玩过，明天你可不可以陪我一道去玩一趟？"

则生仍复以他的那种滑稽的口吻回答我说：

"到了结婚的前一日，新郎官哪里走得开呢，还是改天再去罢。等新娘子来了之后，让新郎新娘抬了你去烧香，也还不迟。"

我却仍复主张着说，明天非去不行。则生就说：

"那么替你去叫一顶轿子来，你坐了轿子去，横竖是明天轿夫会来的。"

"不行不行，游山玩水，我是喜欢走的。"

"你认得路么？"

"你们这一种乡下的僻路，我哪里会认得呢？"

"那就怎么办呢？……"

则生抓着头皮，脸上露出了一脸为难的神气。停了一二分钟，他就举目向他的妹妹说：

"莲！你怎么样？你是一位女豪杰，走路又能走，地理又熟悉，你替我陪了郁先生去怎么样？"

他妹妹也笑了起来，举起眼睛来向她娘看了一眼。接着她娘就说：

"好的，莲，还是你陪了郁先生去罢，明天你大哥是走不开的。"

我一看她脸上的表情，似乎已经有了答应的意思了，所以又追问了她一声说：

"五云山可着实不近哩，你走得动的么？回头走到半路，要我来背，那可办不到。"

她听了这话，就真同从心坎里笑出来的一样笑着说：

"别说是五云山，就是老东岳，我们也一天要往返两次哩。"

从她的红红的双颊，挺突的胸脯，和肥圆的肩臂看来，这句话也绝不是她夸的大口。吃完晚饭，又谈了一阵闲天，我们因为明天各有忙碌的操作在前，所以一早就分头到房里去睡了。

山中的清晓，又是一种特别的情景。我因为昨天夜里多喝了一点酒，上床去一睡，就同大石头掉下海里似的，一直就酣睡到了天明。窗外面吱吱唧唧的鸟声喧噪得厉害，我满以为还是夜半，月明将野鸟惊醒了，但睁开眼掀开帐子来一望，窗内窗外已饱浸着晴天爽朗的清晨光线，窗子上面的一角，却已经有一缕朝阳的红箭射到了。急忙滚出了被窝，穿起衣服，跑下楼去一看，他们母子三人，也已梳洗得妥妥服服，说是已经在做了个把钟头的事情之后，平常他们总是于五点钟前后起床的。这一种日出而作、日入而息的山中住民的生活秩序，又使我对他们感到了无穷的敬意。四人一道吃过了早餐，我和则生的妹妹，就整了一整行装，预备出发。临行之际，他娘又叫我等一下子，她很迅速地跑上楼上去取了一支黑漆手杖下来，说，这是则生生病的时候用过的，走山路的时候，用它来撑扶撑扶，气力要省得多。我谢过了她的好意，就让则生的妹妹上前带路，走出了他们的大门。

　　早晨的空气，实在澄鲜得可爱。太阳已经升高了，但它的领域，还只限于屋檐、树梢、山顶等突出的地方。山路两旁的细草上，露水还没有干，而一味清凉触鼻的绿色草气，和入在桂花香味之中，闻了好像是宿梦也能摇醒的样子。起初还在翁家山村内走着，则生的妹妹，对村中的同性，三步一招呼、五步一立谈地应接得忙不暇给。走尽了这村子的最后一家，沿了入谷的一条石板路走上下山面的时候，遇见的人也没有了，前面的眺望，也转换了一个样子。朝我们去的方向看去，原又是冈峦的起伏和别墅的纵横，但稍一住脚，掉头向东面一望，一片同呵了一口气的镜子似的湖光，却躺在眼下了。远远从两山之间的谷顶望去，并且还看得出一角城里的人家，隐约藏躲在尚未消尽的湖雾当中。

　　我们的路先朝西北，后又向西南，先下了山坡，后又上了山背，因为今天有一天的时间，可以供我们消磨，所以一离了村境，我就走得特别地慢。每这里看看、那里看看的，看个不住。若看见了一件稍可注意的东西，那不管它是风景里的一点一堆、一山一水，或植物界的一草一木与动物界的一鸟一虫，我总要拉住了她，寻根究底地问得它仔仔细细。说也奇怪，小时候只在村里的小学校里念过四年书的她——这是她自己对我说的——对于我所问的东西，却没有一样不晓得的。关于湖上的山水古迹、庙宇楼台哩，那还不要去管它，大约是生长在西湖附近的人，个个都能够说出一个大概来的，所以她知道得那么详细，倒还在情理之中，但我觉得最奇怪的，却是她的关于这西湖附近的区域之内的种种动植物的知识。无论是如何小的一只鸟、一个虫、一株草、一棵树，她非但各能把它们的名字叫出来，并且连几时孵化，几时他迁，几时鸣叫，几时脱壳，或几时开花，几时结实，花的颜色如何，果的味道如何等，都说得非常有趣而详尽，使我觉得仿佛是在读一部活的桦候脱的《赛儿鹏自然史》(G.White's *Natural History and Antiquities of Selborne*)。而桦候脱的书，却绝没有叙述得她那么朴质自然而富于刺激，因为听听她那种舒徐清澈的语气，看看她那一双天生成像饱使过耐吻胭脂棒般的红唇，更加上以她所特有的那一脸微笑，在知识分子之外还不得不添一种情的成分上去，于书的趣味之上更要兼一层人的风韵在里头。我们慢慢地谈着天，走着路，不上一个钟头的光景，我竟恍恍惚惚，像又回复了青春时代似的完全为她迷倒了。

　　她的身体，也真发育得太完全，穿的虽是一件乡下裁缝做的不大合式的大绸夹袍，但在我的前面一步一步地走去，非但她的肥突的后部、紧密的腰部，和斜圆的胫部的曲线，看得要簏生异想，就是她的两只圆而且软的肩膊，多看一歇，也要使我贪鄙起来。立在她的前面和她讲话哩，则那一双水汪汪的大眼，那一个隆正的尖鼻，那一张红白相间的椭圆嫩脸，和因走路走得气急，一呼一吸涨落得特别快的那个高突的胸脯，又要使我恼杀。还有她那一头不曾剪去的黑发哩，梳的虽然是一个自在的懒髻，但一映到了她那个圆而且白的额上，和短而且腴的颈际，看起来，又格外地动人。总之，我在昨天晚上，不曾在她身上发现的康健和自然的美点，今天因这一回的游山，完全被我观察到了。此外我又在她的谈话之中，证实了翁则生也和我曾经讲到过的她的生性的活泼与天真。譬如我问她今年几岁了。她说，二十八岁。我说这真看不出，我起初还以为你只有二十三四岁。她说，女人不生产是不大会老的。我又问她，对于则生这一回的结婚，你有点什么感触。她说，另外也没有什么，不过以后长住在娘家，似乎有点对不起大哥和大嫂。像这一类的纯粹真率的谈话，我另外还听取了许多许多，她的朴素的天性，真真如翁则生之所说，是一个永久的小孩子的天性。

爬上了龙井狮子峰下的一处平坦的山顶，我于听了一段她所讲的如何栽培茶叶，如何摘取焙烘，与那时候的山家生活的如何紧张而有趣的故事之后，便在路旁的一块大岩石上坐下了。遥对着在晴天下太阳光里躺着的杭州城市，和近水遥山，我的双眼只凝视着苍空的一角，有半晌不曾说话。一边在我的脑里，却只在回想着德国的一位名延生（Jenson）的作家所著的一部小说《野紫薇爱立喀》(Die Braune Erika)。这小说后来又有一位英国的作家哈特生（Hudson）模仿了，写了一部《绿阴》(Green Mansions)。两部小说里所描写的，都是一个极可爱的生长在原野里的天真的女性，而女主人公的结果，后来都是不大好的。我沉默着痴想了好久，她却从我背后用了她那只肥软的右手很自然地搭上了我的肩膀。

"你一声也不响地在那里想什么？"

我就伸上手去把她的那只肥手捏住了，一边就扭转了头微笑着看入了她的那双大眼，因为她是坐在我的背后的。我捏住了她的手又默默对她注视了一分钟，但她的眼里脸上却丝毫也没有羞惧兴奋的痕迹出现。她的微笑，还依旧同平时一点儿也没有什么的笑容一样。看了我这一种奇怪的形状，她过了一歇，反又很自然地问我说：

"你究竟在那里想什么？"

倒是我被她问得难为情起来了，立时觉得两颊就潮热了起来。先放开了那只被我捏住在那儿的她的手，然后干咳了两声，最后我就鼓动了勇气，发了一声同被绞出来似的答语：

"我……我在这儿想你！"

"是在想我的将来如何地和他们同住么？"

她的这句反问，又是非常的率真而自然，满以为我是在为她设想的样子。我只好沉默着把头点了几点，而眼睛里却酸溜溜的觉得有点热起来了。

"啊，我自己倒并没有想得什么伤心，为什么，你，你却反而为我流起眼泪来了呢？"

她像吃了一惊似的立了起来问我，同时我也立起来了，且在将身体起立的行动当中，乘机拭去了我的眼泪。我的心地开朗了，欲情也净化了，重复向南慢慢走上岭去的时候，我就把刚才我所想的心事，尽情告诉了她。我将那两部小说的内容讲给了她听，我将我自己的邪心说了出来，我对于我刚才所触动的那一种自己的心情，更下了一个严正的批判，末后，便这样地对她说：

"对于一个洁白得同白纸似的天真小孩，而加以玷污，是不可赦免的罪恶。我刚才的一念邪心，几乎要使我犯下这个大罪了。幸亏是你的那颗纯洁的心，那颗同高山上的深雪似的心，却救我出了这一个险。不过我虽则犯罪的形迹没有，但我的心，却是已经犯过罪的。所以你要罚我的话，就是处我以死刑，我也毫无悔恨。你若以为我是那样卑鄙，而将来永没有改善的希望的话，那今天晚上回去之后，向你大哥母亲，将我的这一种行为宣布了也可以。不过你若以为这是我的一时糊涂，将来是永也不会再犯的话，那请你相信我的誓言，以后请你当我做你大哥一样那么的看待，你若有急有难，有不了的事情，我总情愿以死来代替着你。"

当我在对她作这些忏悔的时候，两人起初是慢慢在走的，后来又在路旁坐下了。说到了最后的一节，倒是她反同小孩子似的发着抖，捏住了我的两手，倒入了我的怀里，呜呜咽咽地哭了起来。我等她哭了一阵之后，就拿出了一块手帕来替她揩干了眼泪，将我的嘴唇轻轻地搁到了她的头上。两人偎抱着沉默了好久，我又把头俯了下去，问她，我所说的这段话的意思，究竟明白了没有。她眼看着地上，把头点了几点。我又追问了她一声：

"那么你承认我以后做你的哥哥了不是？"

她又俯视着把头点了几点，我撒开了双手，又伸出去把她的头捧了起来，使她的脸正对着了我。对我凝视了一会，她的那双泪珠还没有收尽的水汪汪的眼睛，却笑起来了。我乘势把她一拉，就同她揽着手并立了起来。

"好，我们是已经决定了，我们将永久地结作最亲爱最纯洁的兄妹。时候已经不早了，让我们快一点走，赶上五云山去吃午饭去。"

我这样说着，揽着她向前一走，她也恢复了早晨刚出发的时候的元气，和我并排着走向了前面。

两人沉默着向前走了几十步之后，我侧眼向她一看，同奇迹似的忽而在她的脸上看出了一层一点儿忧虑也没有的满含着未来的希望和信任的圣洁的光耀来。这一种光耀，却是我在这一刻以前的她的脸上从没有看见过的。我愈看愈觉得对她生起敬爱的心思来了，所以不知不觉，在走路的当中竟接连着看了她好几眼。本来只是笑嘻嘻地在注视着前面太阳光里的五云山的白墙头的她，因为我的脚步的迟乱，似乎也感觉到了我的注意力的分散了，将头

一侧,她的双眼,却和我的视线接成了两条轨道。她又笑起来了,同时也放慢了脚步。再向我看了一眼,她才腼腆地开始问我说:

"那我以后叫你什么呢?"

"你叫则生叫什么,就叫我也叫什么好了。"

"那么——大哥!"

"大哥"的两字,是很急速地紧连着叫出来的,听到了我的一声高声的"啊!"的应声之后,她就涨红了脸,撒开了手,大笑着跑上前面去了。一面跑,一面她又回转头来,"大哥!""大哥!"地接连叫了我好几声。等我一面叫她别跑,一面我自己也跑着追上了她背后的时候,我们的去路已经变成了一条很窄的石岭,而五云山的山顶,看过去也似乎是很近了。仍复了平时的脚步,两人分着前后,在那条窄岭上缓步的当中,我才觉得真真是成了她的哥哥的样子,满含着了慈爱,很正经地吩咐她说:

"走得小心,这一条岭多么险啊!"

走到了五云山的财神殿里,太阳刚当正午,庙里的人已经在那里吃中饭了。我们因为在太阳底下的半天行路,口已经干渴得像旱天的树木一样,所以一进客堂去坐下,就叫他们先起茶来,然后再开饭给我们吃。洗了一个手脸,喝了两三碗清茶,静坐了十几分钟,两人的疲劳兴奋,都已平复了过去,这时候饥饿却抬起头来了,于是就又催他们快点开饭。这一餐只我和她两人对食的五云山上的中餐,对于我正敌得过英国诗人所幻想着的亚力山大[①]王的高宴。若讲到心境的满足、和谐,与食欲的高潮亢进,那恐怕亚力山大王还远不及当时的我。

吃过午饭,管庙的和尚又领我们上前后左右去走了一圈。这五云山,实在是高,立在庙中阁上,开窗向东北一望,湖上的群山,都像是青色的土堆了。本来西湖的山水的妙处,就在于它的比舞台上的布景又真实伟大一点,而比各处的名山大川又同盆景似的整齐渺小一点这地方。而五云山的气概,却又完全不同了。以其山之高与境的僻,一般脚力不健的游人是不会到的,就在这一点上,五云山已略备着名山的资格了,更何况前面远处,蜿蜒盘曲在青山绿野之间的,是一条历史上也着实有名的钱塘江水呢?所以若把西湖的山水,比作一只锁在铁笼子里的白熊来看,那这五云山峰与钱塘江水,便是一只深山的野鹿。笼里的白熊,是只能满足满足胆怯无力者的冒险雄心的;至于深山的野鹿,虽没有高原的狮虎那么雄壮,但一股自由奔放之情,却可以从它那里摄取得来。

我们在五云山的南面又看了一会钱塘江上的帆影与青山,就想动身上我们的归路了,可是举起头来一望,太阳还在中天,只西偏了没有几分。从此地回去,路上若没有耽搁,是不消两个钟头就能到翁家山上的;本来是打算

---

① 亚力山大:今译"亚历山大"。

出来把一天光阴消磨过去的我们，回去得这样的早，岂不是辜负了这大好的时间了么？所以走到了五云山西南角的一条狭路边上的时候，我就又立了下来，拉着了她的手亲亲热热地问了她一声：

"莲，你还走得动走不动？"

"起码三十里路总还可以走的。"

她说这句话的神气，是富有着自信和决断，一点也不带些夸张卖弄的风情，真真是自然到了极点，所以使我看了不得不伸上手去，向她的下巴底下拨了一拨。她怕痒，缩着头颈笑起来了，我也笑开了大口，对她说：

"让我们索性上云栖去罢！这一条是去云栖的便道，大约走下去，总也没有多少路的，你若是走不动的话，我可以背你。"

两人笑着说着，似乎只转瞬之间，已经把那条狭窄的下山便道走尽了大半了。山下面尽是些绿玻璃似的翠竹，西斜的太阳晒到了这条坞里，一种又清新又寂静的淡绿色的光同清水一样，满浸在这附近的空气里在流动。我们到了云栖寺里坐下，刚喝完了一碗茶，忽而前面的大殿上，有嘈杂的人声起来了，接着就走进了两位穿着分外宽大的黑布和尚衣的老僧来。知客僧便指着他们夸耀似的对我们说：

"这两位高僧，是我们方丈的师兄，年纪都快八十岁了，是从城里某公馆里回来的。"

城里的某巨公，的确是一位佞佛的先锋，他的名字，我本系也听见过的，但我以为同和尚来谈这些俗天，也不大相称，所以就把话头扯了开去，问和尚大殿上的嘈杂的人声，是为什么而起的。知客僧轻鄙似的笑了一笑说：

"还不是城里的轿夫在敲酒钱，轿钱是公馆里付了来的，这些穷人心实在太凶。"

这一个伶俐世俗的知客僧的说话，我实在听得有点厌起来了，所以就要求他说：

"你领我们上寺前寺后去走走罢？"

我们看过了"御碑"及许多石刻之后，穿出大殿，那几个轿夫还在咕噜着没有起身。我一半也觉得走路走得太多了，一半也想给那个知客僧以一点颜色看看，所以就走了上去对轿夫说：

"我给你们两块钱一个人，你们抬我们两人回翁家山去好不好？"

轿夫们喜欢极了，同打过吗啡针后的鸦片嗜好者一样，立时将态度一变，变得有说有笑了。

知客僧又陪我们到了寺外的修竹丛中，我看了竹上的或刻或写在那里的名字诗句之类，心里倒有点奇怪起来，就问他这是什么意思。于是他也同轿夫他们一样，笑眯眯地对我说了一大串话。我听了他的解释，倒也觉得非常有趣，所以也就拿出了五元纸币，递给了他，说：

"我们也来买两枝竹放放生罢！"

说着我就向立在我旁边的她看了一眼，她却正同小孩子得到了新玩意儿还不敢去抚摸的一样，微笑着靠近了我的身边轻轻地问我：

"两枝竹上，写什么名字好？"

"当然是一枝上写你的，一枝上写我的。"

她笑着摇摇头说：

"不好，不好，写名字也不好，两个人分开了写也不好。"

"那么写什么呢？"

"只叫把今天的事情写上去就对。"

我静立着想了一会，恰好那知客僧向寺里去拿的油墨和笔也已经拿到了。我拣取了两株并排着的大竹，提起笔来，就各写上了"郁翁兄妹放生之竹"的八个字。将年月日写完之后，我搁下了笔，回头来问她这八个字怎么样，她真像是心花怒放似的笑着，不说话而尽在点头。在绿竹之下的这一种她的无邪的憨态，又使我深深地，深深地受到了一个感动。

坐上轿子，向西向南地在竹荫之下走了六七里坂道，出梵村，到闸口西首，从九溪口折入九溪十八涧的山坳，登杨梅岭，到南高峰下的翁家山的时候，太阳已经悬在北高峰与天竺山的两峰之间了。他们的屋里，早已挂上了满堂的灯彩，上面的一对红灯，也已经点尽了一半的样子。嫁妆似乎已经在新房里摆好，客厅上看热闹的人，也早已散了。我们轿子一到，则生和他的娘，就笑着迎了出来，我付过轿钱，一踱进门槛，他娘就问我说：

"早晨拿出去的那支手杖呢？"

我被她一问，方才想起，便只笑着摇摇头对她慢声地说：

"那一支手杖么——做了我的祭礼了。"

"做了你的祭礼？什么祭礼？"则生惊疑似的问我。

"我们在狮子峰下，拜过天地，我已经和你妹妹结成了兄妹了。那一支手杖，大约是忘记在那块大岩石的旁边的。"

正在这个时候，先下轿而上楼去换了衣服下来的他的妹妹，也嬉笑着，走到了我们的旁边。则生听了我的话后，就也笑着对他的妹妹说：

"莲，你们真好！我们倒还没有拜堂，而你和老郁，却已经在狮子峰拜过天地了，并且还把我的一支手杖忘掉，作了你们的祭礼。娘！你说这事情应怎么罚罚他们？"

经他这一说，说得大家都笑了起来，我也情愿自己认罚，就认定后日馈房^①，算作是我一个人的东道。

这一晚翁家请了媒人，及四五个近族的人来吃酒，我和新郎官，在下面奉陪。做媒人的那位中老乡绅，身体虽则并不十分肥胖，但相貌态度，却也是很富裕的样子。我和他两人干杯，竟干满了十八九杯。因酒有点微醉，而

---

① 馈房：馈，音 nuǎn，馈房是古代婚嫁的一种礼节。

日里的路，也走得很多，所以这一晚睡得比前一晚还要沉熟。

九月十二的那一天结婚正日，大家整整忙了一天。婚礼虽系新旧合掺的仪式，但因两家都不喜欢铺张，所以百事也还比较简单。午后五时，新娘轿到，行过礼后，那位好好先生的媒人硬要拖我出来，代表来宾，说几句话。我推辞不得，就先把我和则生在日本念书时候的交情说了一说，末了我就想起了则生同我说的迟桂花的好处，因而就抄了他的一段话来恭祝他们：

"则生前天对我说，桂花开得愈迟愈好，因为开得迟，所以经得日子久。现在两位的结婚，比较起平常的结婚年龄来，似乎是觉得大一点了，但结婚结得迟，日子也一定经得久。明年迟桂花开的时候，我一定还要上翁家山来。我预先在这儿计算，大约明年来的时候，在这两株迟桂花的中间，总已经有一株早桂花发出来了。我们大家且等着，等到明年这个时候，再一同来吃他们的早桂的喜酒。"

说完之后，大家就坐拢来吃喜酒。猜猜拳，闹闹房，一直闹到了半夜，各人方才散去。当这一日的中间，我时时刻刻在注意着偷看则生的妹妹的脸色，可是则生所说而我也曾看到过的那一种悲寂的表情，在这一日当中却终日没有在她的脸上流露过一丝痕迹。这一日，她笑的时候，真是乐得难耐似的完全是很自然的样子。因了她的这一种心情的反射的结果，我当然可以不必说，就是则生和他的母亲，在这一日里，也似乎是愉快到了极点。

因为两家都喜欢简单成事的缘故，所以三朝回郎等繁缛的礼节，都在十三那一天白天行完了，晚上馈房，总算是我的东道。则生虽则很希望我在他家里多住几日，可以和他及他的妹妹谈谈笑笑，但我一则因为还有一篇稿子没有作成，想另外上一个更僻静点的地方去作文章，二则我觉得我这一次吃喜酒的目的也已经达到了，所以在馈房的翌日，就离开翁家山去乘早上的特别快车赶回上海。

送我到车站的，是翁则生和他的妹妹两个人。等开车的信号钟将打，而火车的机关头上在吐白烟的时候，我又从车窗里伸出了两手，一只揑着了则生，一只揑着了他的妹妹，很重很重地揑了一回。汽笛鸣后，火车微动了，他们兄妹俩又随车前走了许多步，我也俯出了头，叫他们说：

"则生！莲！再见，再见！但愿得我们都是迟桂花！"

火车开出了老远老远，月台上送客的人都回去了，我还看见他们兄妹俩直立在东面月台篷外的太阳光里，在向我挥手。

一九三二年十月在杭州写

读者注意！这部小说中的人物事迹，当然都是虚拟的，请大家不要误会。

——作者附注

杨梅烧酒

　　病了半年，足迹不曾出病房一步，新近起床，自然想上什么地方去走走。照新的说法，是去转换转换空气；照旧的说来，也好去拔除拔除邪孽的不祥。总之久蛰思动，大约也是人之常情，更何况这气候，这一个火热的土王用事的气候，实在在逼人不得不向海天空阔的地方去躲避一回。所以我首先想到的，是日本的温泉地带、北戴河、威海卫、青岛、牯岭等避暑的处所。但是衣衫褴褛、粥不全的近半年来的经济状况，又不许我有这一种模仿普罗大家的阔绰的行为。寻思的结果，终觉得还是到杭州去好些：究竟是到杭州去的路费来得省一点，此外我并且还有一位旧友在那里住着，此去也好去看他一看，在灯昏酒满的街头，也可以去和他叙一叙七八年不见的旧离情。

　　像这样决心以后的第二天午后，我已经在湖上的一家小饭馆里和这位多年不见的老朋友在吃应时的杨梅烧酒了。

　　屋外头是同在赤道直下的地点似的伏里的阳光，湖面上满泛着微温的泥水和从这些泥水里蒸发出来的略带腥臭的汽层儿。大道上车夫也很少，来往的行人更是不多。饭馆的灰尘积得很厚的许多桌子中间，也只坐有我们这两位点菜要先问一问价钱的顾客。

　　他——我这一位旧友——和我已经有七八年不见了。说起来实在话也很长，总之，他是我在东京大学里念书时候的一位预科的级友。毕业之后，两人东奔西走，各不往来，各不晓得各的住址，已经隔绝了七八年了。直到最近，似乎有一位不良少年，在假了我的名氏向各处募款，说："某某病倒在上海了，现在被收留在上海的一个慈善团体的××病院里。四海的仁人君子，诸大善士，无论和某某相识或不相识的，都希望惠赐若干，以救某某的死生的危急。"我这一位旧友，不知从什么地方，也听到了这一个消息，在一个月前，居然也从他的血汗的收入里割出了两块钱来，慎重其事地汇寄到了上海的××病院。在这××病院内，我本来是有一位医士认识的，所以两礼拜前，他的那两元义捐和一封很简略的信终于由那一位医士转到了我的手里。接到了他这封信，并据另外更发现了有几处有我署名的未完稿件发表的事情之后，向远近四处去一打听，我才原原本本地晓得了那一位不良少年所做的在前面已经说过的把戏。而这一曲实在也是滑稽得很的小悲剧，现在却终于成了我们两个旧友的再见的基因。

他穿的是肩头上有补缀的一件夏布长衫，进饭馆之后，这件长衫却被两个纽扣吊起，挂上壁上去了。所以他和我，都只剩了一件汗衫、一条短裤的野蛮形状。当然他的那件汗衫比我的来得黑，而且背脊里已经有两个小孔了，而我的一件哩，却正是在上海动身以前刚花了五毫银币新买的国货。

他的相貌，非但同七八年前没有丝毫的改变，就是同在东京初进大学预科的那一年，也还是一个样儿。嘴底下的一簇绕腮胡，还是同十几年前一样，似乎是刚剃过了三两天的样子，长得正有一二分厚，远看过去，他的下巴像一个倒挂在那里的黑漆小木鱼。说也奇怪，我和他同学了四五年，及回国之后又不见了七八年的中间，他的这一簇绕腮胡，总从没有过长得较短一点或较长一点的时节。仿佛是他娘生他下地来的时候，这胡须就那么地生在那里，以后直到他死的时候，也不会发生变化似的。他的两只似乎是哭了一阵之后的肿眼，也仍旧是同学生时代一样，只是朦胧地在看着鼻尖，淡含着一味莫名其妙的笑影。额角仍旧是那么宽，颧骨仍旧是高得很，颧骨下的脸颊部仍旧是深深地陷入，窝里总有一个小酒杯好摆的样子。他的年纪，也仍旧是同学生时代一样，看起来，从二十五岁到五十二岁止的中间，无论哪一个年龄都可以看的。

当我从火车站下来，上离车站不远的一个暑期英算补习学校——这学校也真是倒霉，简直是像上海的专吃二房东饭的人家的两间阁楼——里去看他的时候，他正在那里上课。一间黑漆漆的矮屋里，坐着八九个十四五岁的呆笨的小孩，眼睛呆呆地在注视着黑板。他老先生背转了身，伸长了时时在起痉挛的手，尽在黑板上写数学的公式和演题。屋子里声息全无，只充满着滴滴答答的他的粉笔的响声。因此他那一个圆背和那件有一大块被汗湿透的夏布长衫，就很惹起了我的注意。我在楼下向他们房东问他的名字的时候，他在楼上一定是听见的，同时在这样静寂的授课中间，我的一步一步走上楼去的脚步声，他总也不会听不到的，当我上楼之后，他的学生全部向我注视的一层眼光，就可以证明。但是向来神经就似乎有点麻木的他，竟动也不动一动，仍在继续着写他的公式，所以我只好静静地在后一排学生的一个空位里坐落。他把公式演题在黑板上写满了，又从头至尾地看了一遍，看有没有写错，又朝黑板空咳了两三声，又把粉笔放下，将身上的粉末打了一打干净，才慢慢地旋转身来。这时候他的额上嘴上，已经盛满了一颗颗的大汗。他的红肿的两眼，大约总也已满被汗水封没了罢，他竟没有看到我而若无其事地又讲了一阵，才宣告算学课毕，叫学生们走向另一间矮屋里去听讲英文。楼上起了动摇，学生们争先恐后地奔往隔壁的那间矮屋里去了，我才徐徐地立起身来，走近了他，把手伸出向他的黏湿的肩头上拍了一拍。

"噢，你是几时来的？"

终于他也表示出了一种惊异的表情，举起了他那两只朦胧的老在注视鼻尖的眼睛。左手捏住了我的手，右手他就在袋里摸出了一块黑而且湿的手帕来揩他头上的汗。

"因为教书教得太起劲了，所以你的上来，我竟没有听到。这天气可真了不得。你的病好了么？"

他接连着说出了许多前后不接的问我的话，这是他的兴奋状态的表示，也还是学生时代的那一种样子。我略答了他一下，就问他以后有没有课了。他说：

"今天因为甲班的学生，已经毕业了，所以只剩了这一班乙班，我的数学教完，今天是没有课了。下一个钟头的英文，是由校长自己教的。"

"那么我们上湖滨去走走，你说可以不可以？"

"可以，可以，马上就去。"

于是乎我们就到了湖滨，就上了这一家大约是第四五流的小小的饭馆。

在饭馆里坐下，点好了几盘价廉可口的小菜，杨梅烧酒也喝了几口之后，我们才开始细细地谈起别后的天来。

"你近来的生活怎么样？"开始头一句，他就问起了我的职业。

"职业虽则没有，穷虽则也穷到可观的地步，但是吃饭穿衣的几件事情，总也勉强地在这里支持过去。你呢？"

"我么？像你所看见的一样，倒也还好。这暑期学校里教一个月书，倒也有十六块大洋的进款。"

"那么暑期学校完了就怎么办哩？"

"也就在那里的完全小学校里教书，好在先生只有我和校长两个，十六块钱一月是不会没有的。听说你在做书，进款大约总还好罢？"

"好是不会好的，但十六块或六十块里外的钱是每月弄得到的。"

"说你是病倒在上海的养老院里的这一件事情，虽然是人家的假冒，但是这假冒者何以偏又要来使用像你我这样的人的名义哩？"

"这大约是因为这位假冒者受了一点教育的毒害的缘故。大约因为他也是和你我一样的有了一点知识而没有正当的地方去用。"

"嗳，嗳，说起来知识的正当的用处，我到现在也正在这里想。我的应用化学的知识，回国以后虽则还没有用到过一天，但是，但是，我想这一次总可以成功的。"

谈到了这里，他的颜面转换了方向，不再向我看了，而转眼看向了外边的太阳光里。

"嗳，这一回我想总可以成功的。"

他简直是忘记了我，似乎在一个人独语的样子。

"初步机械二千元，工厂建筑一千五百元，一千元买石英等材料和石炭，一千元人夫①广告，嗳，广告却不可以不登，总计五千五百元。

---

① 人夫：旧时指受雇用的人。

五千五百元的资本。以后就可以烧制出品，算它只出一百块的制品一天，那么一三得三，一个月三千块，一年么三万六千块，打一个八折，三八两万四，三六一千八，总也还有两万五千八百块。以六千块还资本，以六千块做扩张费，把一万块钱来造它一所住宅，嗳，住宅，当然公司里的人是都可以来住的。那么，那么，只教一年，一年之后，就可以了……"

我只听他计算得起劲，但简直不晓得他在那里计算些什么，所以又轻轻地问他：

"你在计算的是什么？是明朝的演题么？"

"不，不，我说的是玻璃工厂，一年之后，本利偿清，又可以拿出一万块钱来造一所共同的住宅，吓，你说多么占利啊！嗳，这一所住宅，造好之后，你还可以来住哩，来住着写书，并且顺便也可以替我们做点广告之类，好不好？干杯，干杯，干了它这一杯烧酒。"

莫名其妙，他把酒杯擎起来了，我也只得和他一道，把一杯杨梅已经吃了剩下来的烧酒干了。他干下了那半杯烧酒，紧闭着嘴，又把眼睛闭上，陶然地静止了一分钟，随后又张开了那双红肿的眼睛，大声叫着茶房说：

"堂倌，再来两杯！"

两杯新的杨梅烧酒来后，他紧闭着眼，背靠着后面的板壁，一只手拿着手帕，一次一次地揩拭面部的汗珠，一只手尽是一个一个地拿着杨梅在往嘴里送。嚼着靠着，眼睛闭着，他一面还尽在哼哼地说着：

"嗳，嗳，造一间住宅，在湖滨造一间新式的住宅。玻璃，玻璃么，用本厂的玻璃，要斯断格拉斯①。一万块钱，一万块大洋。"

这样地哼了一阵，吃杨梅吃了一阵了，他又忽而把酒杯举起，睁开眼叫我说：

"喂，老同学，朋友，再干一杯！"

我没有法子，所以只好又举起杯来和他干了一半，但看看他的那杯高玻璃杯的杨梅烧酒，却是杨梅与酒都已吃完了。喝完酒后，一面又闭上眼睛，向后面的板壁靠着，一面他又高叫着堂倌说：

"堂倌！再来两杯！"

堂倌果然又拿了两杯盛得满满的杨梅与酒来，摆在我们的面前。他又同从前一样地闭上眼睛，靠着板壁，在一个杨梅、一个杨梅地往嘴里送。我这时候也有点喝得醺醺地醉了，所以什么也不去管它，只是沉默着在桌上将两手叉住了头打瞌睡，但是在还没有完全睡熟的耳旁，只听见同蜜蜂叫似的他在哼着说：

"啊，真痛快，痛快，一万块钱！一所湖滨的住宅！一个老同学，一位朋友，从远地方来，喝酒，喝酒，喝酒！"

杨梅烧酒

郁达夫

———————————

① 斯断格拉斯：英文 steel glass 音译，钢化玻璃。

我因为被他这样地在那里叫着，所以终于睡不舒服。但是这伏天的两杯杨梅烧酒，和半日的火车旅行，已经弄得我倦极了，所以很想马上去就近寻一个旅馆来睡一下。这时候正好他又睁开眼来叫我干第三杯烧酒了，我也顺便清醒了一下，睁大了双眼，和他真真地干了一杯。等这杯似甘非甘的烧酒落肚，我却也有点支持不住了，所以就叫堂倌过来算账。他看见了堂倌过来，我在付账了，就同发了疯似的突然站起，一只手叉住了我那只捏着纸币的右手，一只左手尽在裤腰左近的皮袋里乱摸。等堂倌将我的纸币拿去，把找头的铜圆角子拿来摆在桌上的时候，他脸上一青，红肿的眼睛一吊，顺手就把桌上的铜圆抓起，"锵丁丁"地掷上了我的面部。"扑嗒"地一响，我的右眼上面的太阳穴里就凉阴阴地起了一种刺激的感觉，接着就有点痛起来了。这时候我也被酒精激刺着发了作，呆视住他，大声地喝了一声：

"喂，你发了疯了么，你在干什么？"

他那一张本来是畸形的面上，弄得满面青青，涨溢着一层杀气。

"操你的，我要打倒你们这些资本家，打倒你们这些不劳而食的畜生，来，我们来比比腕力看。要你来付钱，你算在卖富么？"

他眉毛一竖，牙齿咬得紧紧，捏起两个拳头，狠命地就扑上了我的身边。我也觉得气极了，不管三七二十一就和他扭打了起来。

"白丹，叮当，扑落扑落"地桌椅杯盘都倒翻在地上了，我和他两个就也滚跌到了店门的外头。两个人打到了如何的地步，我简直不晓得了，只听见四面哗哗哗哗地赶聚了许多闲人车夫巡警拢来。

等我睡醒了一觉，渴想着水喝，支着鳞伤遍体的身体在第二分署的木栅栏里醒转来的时候，短短的夏夜，已经是天将放亮的午夜三四点钟的时刻了。

我睁开了两眼，向四面看了一周，又向栅栏外刚走过去的一位值夜的巡警问了一个明白，才朦胧地记起了白天的情节。我又问我的那位朋友呢，巡警说，他早已酒醒，两点钟之前回到城站的学校里去了。我就求他去向巡长回禀一声，马上放我回去。他去了一刻之后，就把我的长衫草帽并钱包拿还了我。我一面把衣服穿上，出去解了一个小解，一面就请他去倒一碗水来给我止渴。等我将五元纸币私下塞在他的手里，戴上草帽，由第二分署的大门口走出来的时候，天已经完全亮了。被晓风一吹，头脑清醒了一点，我却想起了昨天午后的事情全部，同时在心坎里竟同触了电似的起了一层淡淡的忧郁的微波。

"啊啊，大约这就是人生罢！"

我一边慢慢地向前走着，一边不知不觉地从嘴里却念出了这样的一句独白来。

一九三〇年七月作

春风沉醉的晚上

一

在沪上闲居了半年，因为失业的结果，我的寓所迁移了三处。最初我住在静安寺路南的一间同鸟笼似的永也没有太阳晒着的自由的监房里。这些自由的监房的住民，除了几个同强盗小窃一样的凶恶裁缝之外，都是些可怜的无名文士，我当时所以送了那地方一个 Yellow Grub Street① 的称号。在这 Grub Street 里住了一个月，房租忽涨了价，我就不得不拖了几本破书，搬上跑马厅附近一家相识的栈房里去。后来在这栈房里又受了种种逼迫，不得不搬了，我便在外白渡桥北岸的邓脱路中间，日新里对面的贫民窟里，寻了一间小小的房间，迁移了过去。

邓脱路的这几排房子，从地上量到屋顶，只有一丈几尺高。我住的楼上的那间房间，更是矮小得不堪。若站在楼板上伸一伸懒腰，两只手就要把灰黑的屋顶穿通的。从前面的衖里踱进了那房子的门，便是房主的住房。在破布、洋铁罐、玻璃瓶、旧铁器堆满的中间，侧着身子走进两步，就有一张中间有几根横档跌落的梯子靠墙摆在那里。用了这张梯子往上面的黑魆魆的一个二尺宽的洞里一接，即能走上楼去。黑沉沉的这层楼上，本来只有猫额那样大，房主人却把它隔成了两间小房，外面一间是一个 N 烟公司的工女住在那里，我所租的是梯子口头的那间小房，因为外间的住者要从我的房里出入，所以我的每月的房租要比外间的便宜几角小洋。

我的房主，是一个五十来岁的弯腰老人。他的脸上的青黄色里，映射着一层暗黑的油光。两只眼睛是一只大一只小，颧骨很高，额上颊上的几条皱纹里满砌着煤灰，好像每天早晨洗也洗不掉的样子。他每日于八九点钟的时候起来，咳嗽一阵，便挑了一双竹篮出去，到午后的三四点钟总仍旧是挑了一双空篮回来的，有时挑了满担回来的时候，他的竹篮里便是那些破布、破铁器、玻璃瓶之类。像这样的晚上，他必要去买些酒来喝喝，一个人坐在床沿上瞎骂出许多不可捉摸的话来。

我与间壁的同寓者的第一次相遇，是在搬来的那天午后。春天的急景已经快晚了的五点钟的时候，我点了一支蜡烛，在那里安放几本刚从栈房里搬

---

① 英文：寒士街，形容潦倒文人的居住区。

春风沉醉的晚上

郁达夫

81

过来的破书。先把它们叠成了两方堆，一堆小些，一堆大些，然后把两个二尺长的装画的画架覆在大一点的那堆书上。因为我的器具都卖完了，这一堆书和画架白天要当写字台，晚上可当床睡的。摆好了画架的板，我就朝着了这张由书叠成的桌子，坐在小一点的那堆书上吸烟，我的背系朝着梯子的接口的。我一边吸烟，一边在那里呆看放在桌上的蜡烛火，忽而听见梯子口上起了响动。回头一看，我只见了一个自家的扩大的投射影子，此外什么也辨不出来，但我的听觉分明告诉我说："有人上来了。"我向暗中凝视了几秒钟，一个圆形灰白的面貌，半截纤细的女人的身体，方才映到我的眼帘上来。一见了她的容貌，我就知道她是我的间壁的同居者了。因为我来找房子的时候，那房主的老人便告诉我说，这屋里除了他一个人外，楼上只住着一个工女。我一则喜欢房价的便宜，二则喜欢这屋里没有别的女人小孩，所以立刻就租定了的。等她走上了梯子，我才站起来对她点了点头说：

"对不起，我是今朝才搬来的，以后要请你照应。"

她听了我这话，也并不回答，放了一双漆黑的大眼，对我深深地看了一眼，就走上她的门口去开了锁，进房去了。我与她不过这样地见了一面，不晓是什么原因，我只觉得她是一个可怜的女子。她的高高的鼻梁，灰白长圆的面貌，清瘦不高的身体，好像都是表明她是可怜的特征，但是当时正为了生活问题在那里操心的我，也无暇去怜惜这还未曾失业的工女，过了几分钟我又动也不动地坐在那一小堆书上看蜡烛光了。

在这贫民窟里过了一个多礼拜，她每天早晨七点钟去上工和午后六点多钟下工回来，总只见我呆呆地对着了蜡烛或油灯坐在那堆书上。大约她的好奇心被我那痴不痴呆不呆的态度挑动了罢，有一天她下了工走上楼来的时候，我依旧和第一天一样地站起来让她过去。她走到了我的身边忽而停住了脚，看了我一眼，吞吞吐吐好像怕什么似的问我说：

"你天天在这里看的是什么书？"

（她操的是柔和的苏州音，听了这一种声音以后的感觉，是怎么也写不出来的，所以我只能把她的言语译成普通的白话。）

我听了她的话，反而脸上涨红了。因为我天天呆坐在那里，面前虽则有几本外国书摊着，其实我的脑筋昏乱得很，就是一行一句也看不进去。有时候我只用了想象在书的上一行与下一行中间的空白里，填些奇异的模型进去；有时候我只把书里边的插画翻开来看看，就了那些插画演绎些不近人情的幻想出来。我那时候的身体因为失眠与营养不良的结果，实际上已经成了病的状态了。况且又因为我的唯一的财产的一件棉袍子已经破得不堪，白天不能走出外面去散步和房里全没有光线进来，不论白天晚上，都要点着油灯或蜡烛的缘故，非但我的全部健康不如常人，就是我的眼睛和脚力，也局部的非常萎缩了。在这样状态下的我，听了她这一问，如何能够不红起脸来呢？所以我只是含含糊糊地回答说：

"我并不在看书，不过什么也不做呆坐在这里，样子一定不好看，所以把这几本书摊放着的。"

她听了这话，又深深地看了我一眼，作了一种不解的形容，依旧地走到她的房里去了。

那几天里，若说我完全什么事情也不去找什么事情也不曾干，却是假的。有时候，我的脑筋稍微清新一点下来，也曾译过几首英法的小诗，和几篇不满四千字的德国的短篇小说，于晚上大家睡熟的时候，不声不响地出去投邮，寄投给各新开的书局。因为当时我的各方面就职的希望，早已经完全断绝了，只有这一方面，还能靠了我的枯燥的脑筋，想想法子看。万一中了他们编辑先生的意，把我译的东西登了出来，也不难得着几块钱的酬报。所以我自迁移到邓脱路以后，当她第一次同我讲话的时候，这样的译稿已经发出了三四次了。

二

在乱昏昏的上海租界里住着，四季的变迁和日子的过去是不容易觉得的。我搬到了邓脱路的贫民窟之后，只觉得身上穿在那里的那件破棉袍子一天一天地重了起来，热了起来，所以我心里想：

"大约春光也已经老透了罢！"

但是囊中很羞涩的我，也不能上什么地方去旅行一次，日夜只是在那暗室的灯光下呆坐。有一天，大约是午后了，我也是这样地坐在那里，间壁的同住者忽而手里拿了两包用纸包好的物件走了上来，我站起来让她走的时候，她把手里的纸包放了一包在我的书桌上说：

"这一包是葡萄浆的面包，请你收藏着，明天好吃的。另外我还有一包香蕉买在这里，请你到我房里来一道吃罢！"

我替她拿住了纸包，她就开了门邀我进她的房里去，共住了这十几天，她好像已经信任我是一个忠厚的人的样子。我见她初见我的时候脸上流露出来的那一种疑惧的形容完全没有了。我进了她的房里，才知道天还未暗，因为她的房里有一扇朝南的窗，太阳反射的光线从这窗里投射进来，照见了小小的一间房，由二条板铺成的一张床，一张黑漆的半桌，一只板箱，和一条圆凳。床上虽则没有帐子，但堆着有二条洁净的青布被褥。半桌上有一只小洋铁箱摆在那里，大约是她的梳头器具，洋铁箱上已经有许多油污的点子了。她一边把堆在圆凳上的几件半旧的洋布棉袄、粗布裤等收在床上，一边就让我坐下。我看了她那殷勤待我的样子，心里倒不好意思起来，所以就对她说：

"我们本来住在一处，何必这样地客气。"

"我并不客气，但是你每天当我回来的时候，总站起来让我，我却觉得对不起得很。"

这样地说着，她就把一包香蕉打开来让我吃。她自家也拿了一只，在床上坐下，一边吃一边问我说：

"你何以只住在家里，不出去找点事情做做？"

"我原是这样地想，但是找来找去总找不着事情。"

"你有朋友么？"

"朋友是有的，但是到了这样的时候，他们都不和我来往了。"

"你进过学堂么？"

"我在外国的学堂里曾经念过几年书。"

"你家在什么地方？何以不回家去？"

她问到了这里，我忽而感觉到我自己的现状了。因为自去年以来，我只是一日一日地萎靡下去，差不多把"我是什么人？""我现在所处的是怎么一种境遇？""我的心里还是悲还是喜？"这些观念都忘掉了。经她这一问，我重新把半年来困苦的情形一层一层地想了出来。所以听她的问话以后，我只是呆呆地看她，半晌说不出话来。她看了我这个样子，以为我也是一个无家可归的流浪人，脸上就立时起了一种孤寂的表情，微微地叹着说：

"唉！你也是同我一样的么？"

微微地叹了一声之后，她就不说话了。我看她的眼圈上有些潮红起来，所以就想了一个另外的问题问她说：

"你在工厂里做的是什么工作？"

"是包纸烟的。"

"一天做几个钟头工？"

"早晨七点钟起，晚上六点钟止，中午休息一个钟头，每天一共要做十个钟头的工。少做一点钟就要扣钱的。"

"扣多少钱？"

"每月九块钱，所以是三块钱十天，三分大洋一个钟头。"

"饭钱多少？"

"四块钱一月。"

"这样算起来，每月一个钟点也不休息，除了饭钱，可省下五块钱来。够你付房钱买衣服的么？"

"哪里够呢！并且那管理人又……啊啊！……我……我所以非常恨工厂的。你吸烟的么？"

"吸的。"

"我劝你顶好还是不吸。就吸也不要去吸我们工厂的烟。我真恨死它在这里。"

我看看她那一种切齿怨恨的样子，就不愿意再说下去。把手里捏着的半个吃剩的香蕉咬了几口，向四边一看，觉得她的房里也有些灰黑了，我站起来道了谢，就走回到了我自己的房里。她大约做工倦了的缘故，每天回来大概是马上就入睡的，只有这一晚上，她在房里好像是直到半夜还没有就寝。从这一回之后，她每天回来，总和我说几句话。我从她自家的口里听得，知道她姓陈，名叫二妹，是苏州东乡人，从小系在上海乡下长大的，她父亲也是纸烟工厂的工人，但是去年秋天死了。她本来和她父亲同住在那间房里，每天同上工厂去的，现在却只剩了她一个人了。她父亲死后的一个多月，她早晨上工厂去也一路哭了去，晚上回来也一路哭了回来的。她今年十七岁，也无兄弟姊妹，也无近亲的亲戚。她父亲死后的葬殓等事，是他于未死之前把十五块钱交给楼下的老人，托这老人包办的。她说：

"楼下的老人倒是一个好人，对我从来没有起过坏心，所以我得同父亲在日一样地去做工，不过工厂的一个姓李的管理人却坏得很，知道我父亲死了，就天天想戏弄我。"

她自家和她父亲的身世，我差不多全知道了，但她母亲是如何的一个人，死了呢还是活在哪里，假使还活着，住在什么地方等等，她却从来还没有说及过。

三

天气好像变了。几日来我那独有的世界，黑暗的小房里的腐浊的空气，同蒸笼里的蒸汽一样，蒸得人头昏欲晕。我每年在春夏之交要发的神经衰弱的重症，遇了这样的气候，就要使我变成半狂。所以我这几天来，到了晚上，等马路上人静之后，也常常走出去散步去。一个人在马路上从狭隘的深蓝天空里看看群星，慢慢地向前行走，一边作些漫无涯涘的空想，倒是于我的身体很有利益。当这样的无可奈何，春风沉醉的晚上，我每要在各处乱走，走到天将明的时候才回家里。我这样地走倦了回去就睡，一睡直可睡到第二天的日中，有几次竟要睡到二妹下工回来的前后方才起来。睡眠一足，我的健康状态也渐渐地恢复起来了。平时只能消化半磅面包的我的胃部，自从我的深夜游行的练习开始之后，进步得几乎能容纳面包一磅了。这事在经济上虽则是一大打击，但我的脑筋，受了这些滋养，似乎比从前稍能统一。我于游行回来之后，就睡之前，却做成了几篇 Allan Poe[①] 式的短篇小说，自家看看，也不很坏。我改了几次，抄了几次，一一投邮寄出之后，心里虽然起了些微细的希望，但是想想前几回的译稿的绝无消息，过了几天，也便把它们忘了。

邻住者二妹，这几天来，当她早晨出去上工的时候，我总在那里酣睡，只有午后下工回来的时候，有几次有见面的机会，但是不晓是什么原因，我

---

① 英文：爱伦·坡，19 世纪美国小说家、诗人，侦探小说和恐怖小说鼻祖。

觉得她对我的态度，又回到从前初见面的时候的疑惧状态去了。有时候她深深地看我一眼，她的黑晶晶、水汪汪的眼睛里，似乎是满含着责备我规劝我的意思。

我搬到这贫民窟里住后，约莫已经有二十多天的样子，一天午后我正点上蜡烛，在那里看一本从旧书铺里买来的小说的时候，二妹却急急忙忙地走上楼来对我说：

"楼下有一个送信的在那里，要你拿了印子去拿信。"

她对我讲这话的时候，她的疑惧我的态度更表示得明显，她好像在那里说："呵呵！你的事件是被发觉了啊！"我对她这种态度，心里非常痛恨，所以就气急了一点，回答她说：

"我有什么信？不是我的！"

她听了我这气愤愤的回答，更好像是得了胜利似的，脸上忽涌出了一种冷笑说：

"你自家去看罢！你的事情，只有你自家知道的！"

同时我听见楼底下门口果真有一个邮差似的人在催着说：

"挂号信！"

我把信取来一看，心里就突突地跳了几跳，原来我前回寄去的一篇德文短篇的译稿，已经在某杂志上发表了，信中寄来的是五元钱的一张汇票。我囊里正是将空的时候，有了这五元钱，非但月底要预付的来月的房金可以无忧，并且付过房金以后，还可以维持几天食料，当时这五元钱对我的效用的扩大，是谁也不能推想得出来的。

第二天午后，我上邮局去取了钱，在太阳晒着的大街上走了一会，忽而觉得身上就淋出了许多汗来。我向我前后左右的行人一看，复向我自家的身上一看，就不知不觉地把头低俯了下去。我颈上头上的汗珠，更同盛雨似的，一颗一颗地钻出来了。因为当我在深夜游行的时候，天上并没有太阳，并且料峭的春寒，于东方微白的残夜，老在静寂的街巷中留着，所以我穿的那件破棉袍子，还觉得不十分与节季违异。如今到了阳和的春日晒着的这日中，我还不能自觉，依旧穿了这件夜游的敝袍，在大街上阔步，与前后左右的和节季同时进行的我的同类一比，我哪得不自惭形秽呢？我一时竟忘了几日后不得不付的房金，忘了囊中本来将尽的些微的积聚，便慢慢地走上了闸路的估衣铺①去。好久不在天日之下行走的我，看看街上来往的汽车人力车，车中坐着的华美的少年男女，和马路两边的绸缎铺金银铺窗里的丰丽的陈设，听听四面的同蜂衙似的嘈杂的人声、脚步声、车铃声，一时倒也觉得是身到了大罗天②上的样子。我忘记了我自家的存在，也想和我的同胞一样

① 估衣铺：旧时收售旧衣服的店铺。
② 大罗天：最高最广之天；天之最高位。

地欢歌欣舞起来，我的嘴里便不知不觉地唱起几句久忘了的京调来了。这一时的涅槃幻境，当我想横越过马路，转入闸路去的时候，忽而被一阵铃声惊破了。我抬起头来一看，我的面前正冲来了一乘无轨电车，车头上站着的那肥胖的机器手，伏出了半身，怒目地大声骂我说：

"猪头三！侬（你）艾（眼）睛勿散（生）咯！跌杀时，叫旺（黄）够（狗）来抵侬（你）命噢！"

我呆呆地站住了脚，目送那无轨电车尾后卷起了一道灰尘，向北过去之后，不知是从何处发出来的感情，忽而竟禁不住哈哈哈哈地笑了几声。等得四面的人注视我的时候，我才红了脸慢慢地走向了闸路里去。

我在几家估衣铺里，问了些夹衫的价钱，还了他们一个我所能出的数目，几个估衣铺的店员，好像是一个师父教出的样子，都摆下了脸面，嘲弄着说：

"侬（你）寻萨咯（什么）凯（开心）！马（买）勿起好勿要马（买）咯！"

一直问到五马路边上的一家小铺子里，我看看夹衫是怎么也买不成了，才买定了一件竹布单衫，马上就把它换上。手里拿了一包换下的棉袍子，默默地走回家来，一边我心里却在打算：

"横竖是不够用了，我索性来痛快地用它一下罢。"同时我又想起了那天二妹送我的面包香蕉等物。不等第二次的回想，我就寻着了一家卖糖食的店，进去买了一块钱巧格力①、香蕉糖、鸡蛋糕等杂食。站在那店里，等店员在那里替我包好来的时候，我忽而想起我有一月多不洗澡了，今天不如顺便也去洗一个澡罢。

洗好了澡，拿了一包棉袍子和一包糖食，回到邓脱路的时候，马路两旁的店家，已经上电灯了。街上来往的行人也很稀少，一阵从黄浦江上吹来的日暮的凉风，吹得我打了几个冷痉。我回到了我的房里，把蜡烛点上。向二妹的房门一照，知道她还没有回来。那时候我腹中虽则饥饿得很，但我刚买来的那包糖食怎么也不愿意打开来，因为我想等二妹回来同她一道吃。我一边拿出书来看，一边口里尽在咽唾液下去。等了许多时候，二妹终不回来，我的疲倦不知什么时候出来战胜了我，就靠在书堆上睡着了。

四

二妹回来的响动把我惊醒的时候，我见我面前的一支十二盎司一包的洋蜡烛已经点去了二寸的样子，我问她是什么时候了，她说：

"十点的汽管刚刚放过。"

"你何以今天回来得这样迟？"

---

① 巧格力：今译"巧克力"。

"厂里因为销路大了，要我们做夜工。工钱是增加的，不过人太累了。"

"那你可以不去做的。"

"但是工人不够，不做是不行的。"

她讲到这里，忽而滚了两粒眼泪出来，我以为她是做工做得倦了，故而动了伤感，一边心里虽在可怜她，但一边看她这同小孩似的脾气，却也感着了些儿快乐。把糖食包打开，请她吃了几颗之后，我就劝她说：

"初做夜工的时候不惯，所以觉得困倦，做惯了以后，也没有什么的。"

她默默地坐在我的半高的由书叠成的桌上，吃了几颗巧格力，对我看了几眼，好像是有话说不出来的样子。我就催她说：

"你有什么话说？"

她又沉默了一会，便断断续续地问我说：

"我……我……早想问你了，这几天晚上，你每晚在外边，可在与坏人做伙友么？"

我听了她这话，倒吃了一惊，她好像在疑我天天晚上在外面与小窃恶棍混在一块。她看我呆了不答，便以为我的行为真的被她看破了，所以就柔柔和和地连续着说：

"你何苦要吃这样好的东西，要穿这样好的衣服？你可知道这事情是靠不住的。万一被人家捉了去，你还有什么面目做人。过去的事情不必去说它，以后我请你改过了罢……"

我尽是张大了眼睛，张大了嘴，呆呆地在看她，因为她的思想太奇怪了，使我无从辩解起。她沉默了数秒钟，又接着说：

"就以你吸的烟而论，每天若戒绝了不吸，岂不可省几个铜子。我早就劝你不要吸烟，尤其是不要吸那我所痛恨的 N 工厂的烟，你总是不听。"

她讲到了这里，又忽而落了几滴眼泪。我知道这是她为怨恨 N 工厂而滴的眼泪，但我的心里，怎么也不许我这样地想，我总要把它们当作因规劝我而洒的。我静静儿地想了一回，等她的神经镇静下去之后，就把昨天的那封挂号信的来由说给她听，又把今天的取钱买物的事情说了一遍，最后更将我的神经衰弱症和每晚何以必要出去散步的原因说了。她听了我这一番辩解，就信了我，等我说完之后，她颊上忽而起了两点红晕，把眼睛低下去看看桌上，好像是怕羞似的说：

"噢，我错怪你了，我错怪你了。请你不要多心，我本来是没有歹意的。因为你的行为太奇怪了，所以我想到了邪路里去。你若能好好儿地用功，岂不是很好？你刚才说的那——叫什么的——东西，能够卖五块钱，要是每天能做一个，多么好呢！"

我看了她这种单纯的态度，心里忽而起了一种不可思议的感情，我想把两只手伸出去拥抱她一回，但是我的理性却命令我说：

"你莫再作孽了！你可知道你现在处的是什么境遇，你想把这纯洁的处女毒杀了么？恶魔，恶魔，你现在是没有爱人的资格的呀！"

我当那种感情起来的时候，曾把眼睛闭上了几秒钟，等听了理性的命令以后，我的眼睛又睁了开来，我觉得我的周围，忽而比前几秒钟更光明了。对她微微地笑了一笑，我就催她说：

"夜也深了，你该去睡了罢！明天你还要上工去的呢！我从今天起，就答应你把纸烟戒下来罢。"

她听了我这话，就站了起来，很喜欢地回到她的房里去睡了。

她去之后，我又换上一支洋蜡烛，静静儿地想了许多事情：

"我的劳动的结果，第一次得来的这五块钱已经用去了三块了。连我原有的一块多钱合起来，付房钱之后，只能剩下二三角小洋来，如何是好呢！

"就把这破棉袍子去当罢！但是当铺里恐怕不要。

"这女孩子真是可怜，但我现在的境遇，可是还赶她不上，她是不想做工而工作要强迫她做，我是想找一点工作，终于找不到。

"就去做筋肉的劳动罢！啊啊，但是我这一双弱腕，怕吃不下一部黄包车的重力。

"自杀！我有勇气，早就干了。现在还能想到这两个字，足证我的志气还没有完全消磨尽哩！

"哈哈哈哈！今天的那无轨电车的机器手！他骂我什么来？

"黄狗，黄狗倒是一个好名词……"

我想了许多零乱断续的思想，终究没有一个好法子，可以救我出目下的穷状来。听见工厂的汽笛，好像在报十二点钟了，我就站了起来，换上了白天那件破棉袍子，仍复吹熄了蜡烛，走出外面去散步去。

贫民窟里的人已经睡眠静了。对面日新里的一排临邓脱路的洋楼里，还有几家点着了红绿的电灯，在那里弹罢拉拉衣加①。一声二声清脆的歌音，带着哀调，从静寂的深夜的冷空气里传到我的耳膜上来，这大约是俄国的漂泊的少女，在那里卖钱的歌唱。天上罩满了灰白的薄云，同腐烂的尸体似的沉沉地盖在那里。云层破处也能看得出一点两点星来，但星的近处，黝黝看得出来的天色，好像有无限的哀愁蕴藏着的样子。

一九二三年七月十五日

春
风
沉
醉
的
晚
上

郁
达
夫

89

---

① 罢拉拉衣加：俄文音译，三弦琴。

她是一个弱女子

谨以此书，献给我最亲爱，最尊敬的映霞。

——一九三二年三月达夫上

一

她的名字叫郑秀岳。上课之前点名的时候，一叫到这三个字，全班女同学的眼光，总要不约而同地汇聚到她那张蛋圆粉腻的脸上去停留一刻，有几个坐在她下面的同学，每会因这注视而忘记了回答一声"到！"，男教员中间的年轻的，每叫到这名字，也会不能自已地将眼睛从点名簿上偷偷举起，向她那双红润的嘴唇，黑漆的眼睛，和高整的鼻梁，试一个急速贪恋的鹰掠。虽然身上穿的，大家都是一样的校服，但那套腰把紧紧的蓝布衫儿，褶皱一定的短黑裙子，和她这张粉脸，这双肉手，这两条圆而且长的白袜腿脚，似乎特别地相称，特别地合式。

全班同学的年龄，本来就上下不到几岁的，可是操起体操来，她所站的地位总在一排之中第五六个人的样子。在她右手的几个，也有瘦而且长，比她高半个头的；也有肿胖魁伟，像大寺院门前的金刚下世似的；站在她左手以下的人，形状更是畸畸怪怪，变态百出了，有几个又矮又老的同学，看起来简直是像欧洲神话里化身出来的妖怪婆婆。

暑假后第二学期开始的时候，郑秀岳的座位变过了。入学考试列在第七名的她，在暑假大考里居然考到了第一。

这一年的夏天特别地热，到了开学后的阳历九月，残暑还在蒸人。开校后第二个礼拜六的下午，郑秀岳换了衣服，夹了一包书籍之类的小包站立在校门口的树荫下探望，似乎想在许多来往喧嚷着的同学、车子、行人的杂乱堆里，找出她家里来接她回去的包车来。

许多同学都嘻嘻哈哈地回去了，门前搁在那里等候的车辆也少下去了，而她家里的那乘新漆的钢弓包车依旧还没有来。头上面猛烈的阳光在穿过了树荫施威，周围前后对几个有些认得的同学少不得又要招呼谈几句话，家里的车子寻着等着可终于见不到踪影，郑秀岳当失望之后，脸上的汗珠自然地也增加了起来，纱衫的腋下竟淋淋地湿透了两个圈儿。略把眉头皱了一皱，她正想回身再走进校门去和门房谈话的时候，从门里头却忽而叫出了一声清脆的唤声来：“郑秀岳，你何以还没有走？”

举起头来，向门里的黑荫中一望，郑秀岳马上就看出了一张清丽长方、瘦削可爱的和她在讲堂上是同座的冯世芬的脸。

“我们家里的车子还没有来啦。”

“让我送你回去，我们一道坐好啦。你们的家住在哪里的？”

“梅花碑后头，你们的呢？”

“那顶好得咧，我们住在太平坊巷里头。”

郑秀岳踌躇迟疑了一会，可终被冯世芬的好意的劝招说服了。

本来她俩，就是在同班中最被注意的两个。入学试验是冯世芬考的第一，这次暑假考后，她却落了一名，考到了第二。两人的平均分数，相去只有一点三五的差异，所以由郑秀岳猜来，想冯世芬心里总未免有点不平的意气含蓄在那里。因此她俩在这学期之初，虽则课堂上的座席，膳厅里的食桌，宿舍的床位，自修室的位置都在一道，但相处十余日间，郑秀岳对她终不敢有十分过于亲密的表示。而冯世芬哩，本来就是一个理性发达、天性良善的非交际家。对于郑秀岳，她虽则并没有什么敌意怀着，可也不想急急地和她缔结深交。但这一次的同车回去，却把她两人中间的本来也就没有什么的这一层隔膜穿破了。

当她们两人正挽了手同坐上车去的中间，门房间里，却还有一位二年级的金刚，长得又高又大的李文卿立在那里偷看她们。她的脸上，满洒着一层红黑色的雀斑，面部之大，可以比得过平常的长得很魁梧的中午男子。她做校服的时候，裁缝店总要她出加倍的钱，因为尺寸太大，材料手工，都要加得多。说起话来，她那副又洪又亮的沙喉咙，就似乎是徐千岁在唱《二进宫》。但她家里却很有钱，狮子鼻上架在那里的她那副金边眼镜，便是同班中有些破落小资产阶级的女孩儿的艳羡的目标。初进学校的时候，她的两手，各戴着三四个又粗又大的金戒指在那里的，后来被舍监说了，她才咕哝着“那有什么，不戴就不戴好啦”的泄气话从手上除了下来。她很用功，但所看的书，都是些《二度梅》《十美图》之类的旧式小说。最新的也不过看到了鸳鸯蝴蝶式的什么什么姻缘。她有一件长处，就是在用钱的毫无吝惜，与对同学的广泛的结交。

她立在门房间里，呆呆地看郑秀岳和冯世芬坐上了车，看她们的车子在太阳光里离开了河沿，才同男子似的自言自语地咂了一咂舌说：“啐，这一对小东西倒好玩儿！”

她脸上同猛犬似的露出了一脸狞笑，老门房看了她这一副神气，也觉得好笑了起来，就嘲弄似的对她说笑话说：“李文卿，你为啥勿同她们来往来往？”

李文卿听了，在雀斑中间居然也涨起了一阵红潮，就同壮汉似的呵呵哈哈地放声大笑了几声，随后拔起脚跟，便雄赳赳地大踏步走回到校里面的宿舍中去了。

二

梅花碑西首的谢家巷里,建立有一排朝南三开间,前后都有一方园地的新式住屋。这中间的第四家黑墙门上,钉着一块"泉唐郑"的铜牌,便是郑秀岳的老父郑去非的隐居之处。

郑去非的年纪已将近五十了,自前妻生了一个儿子,不久就因产后伤风死去之后,一直独身不娶,过了将近十年。可是出世之后,辗转变迁,他的差使却不曾脱过,最初在福建做了两任知县,卸任回来,闲居不上半载,他的一位好友,忽在革命前两年,就了江苏的显职,于是他也马上被邀了入幕。在幕中住了一年,他又因老友的荐挽,居然得着了一个扬州知府的肥缺。本来是优柔不断的好好先生的他,为几个幕中同事所包围,居然也破了十年来的独身之戒,在接任之前,就娶了一位扬州的少女,为他的掌印夫人。结婚之后,不满十个月,郑秀岳就生下来了。当她还不满周岁的时候,她的异母共父、在上海学校里念书的那位哥哥,忽在暑假考试之前染了霍乱,不到几日竟病殁了在上海的一家病院之中。

郑去非于痛子之余,中年的心里也就起了一种消极的念头。民国成立,扬州撤任之后,他不想再去折腰媚上了,所以便带了他的娇妻幼女,搬回到了杭州的旧籍泉唐。本来也是科举出身的他,墨守着祖上的宗风,从不敢稍有点违异,因之罢仕归来,一点俸余的积贮,也仅够得他父女三人的平平的生活。

政潮起伏,军阀横行,中国在内乱外患不断之中时间一年年地过去,郑秀岳居然长成得秀媚可人,已经在杭州的这有名的女学校里,考列在一级之首了。

冯世芬的车子,送她到了门口,郑秀岳拉住了冯世芬的手,一定要她走下车来,一同进去吃点点心。

郑家的母亲,见了自己的女儿和女儿的同学来家,自然是欢喜得非常,但开头的第一句,郑秀岳的母亲,却告诉她女儿说:"车夫今天染了痧气,午饭后就回了家。最初我们打电话打不通,等到打通的时候,门房说你们已经坐了冯家的包车,一道出校了。"

冯世芬伶伶俐俐地和郑家伯父伯母应对了一番,就被郑秀岳邀请到了东厢房的她的卧室。两人在卧房里说说笑笑,吃吃点心,不知不觉,竟梦也似的过了两三个钟头。直到长长的午后,日脚也已经斜西的时候,冯世芬坚约了郑秀岳于下礼拜六,也必须到她家里去玩一次,才匆匆地登车别去。

太平坊巷里的冯氏,原也是杭州的世家。但是几代下来,又经了一次辛亥的革命,冯家在任现职的显官,已经没有了。尤其是冯世芬的那一房里,除了冯世芬当大，另外还有两个弟弟之外，财产既是不多，而她的父亲又当两年前的壮岁，客死了在汉阳的任所。所以冯世芬和母亲的生活的清苦，也正和郑秀岳她们差仿不多。尤其是杭州人的那一种外强中干、虚张门面的封建遗泽，到处是鞭挞杭州固有的旧家，而使他们做了新兴资产阶级的被征服者被压迫者还不敢反抗。

冯世芬到了家里，受了她母亲的微微几声何以回来得这样迟的责备之后，就告诉母亲说："今天我到一位同学郑秀岳家里去耍了两个钟头，所以回来迟了一点，我觉得她们家里，要比我们这里响亮得多。"

"芬呀，人总是不知足的。万事都还该安分守己才好。假使你爸爸不死的话，那我们又何必搬回到这间老屋里来住哩？在汉阳江上那间洋房里住住，岂不比哪一家都要响亮？万般皆由命，还有什么话语说哩！"

在这样说话的中间，她的那双泪盈盈的大眼，早就转视到了起坐室正中悬挂在那里的那幅遗像的高头。冯世芬听了她母亲的这一番沉痛之言，也早把今天午后从新交游处得来的一腔喜悦，压抑了下去。两人沉默了一会，她才开始说："娘娘，你不要误会，我并不在羡慕人家，这一点气骨，大约你总也晓得我的。不过你老这样三不是地便要想起爸爸来这毛病，却有点不大对，过去的事情还去说它做什么！难道我们姊弟三人，就一辈子不会长大成人了么？"

"唉，你们总要有点志气，不堕家声才好啊！"

这一段深沉的对话，忽被外间厅上的两个小孩的脚步跑声打断了。他们还没有走进厅旁侧门之先，叫唤声却先传进了屋里。

"娘娘，今天车子做啥不来接我们？"

"娘娘，今天车子做啥不来接我们？"

跟着这唤声跑进来的，却是两个看起来年纪也差仿不多，面貌也几乎是一样的十二三岁的顽皮孩子。他们的相貌都是清秀长方，像他们的姊姊。而鼻腰深处，张大着的那一双大眼，一望就可以知道这三人，都便是那位深沉端丽的中年寡妇所生下来的姊弟行。

两孩子把书包放上桌子之后，就同时跑上了他们姊姊的身边，一个人拉着了一只手，昂起头笑着对她说：

"大姊姊，今天有没有东西买来？"

"前礼拜六那么的奶油饼干有没有带来？"

被两个什么也不晓得的天使似的幼儿这么一闹，刚才笼在起坐室里的一片愁云，也渐渐地开散了。冯夫人带着苦笑，伸手向袋里摸出了几个铜圆，就半嗔半喜地骂着两个小孩说："你们不要闹了。喏，拿了铜板去买点心去。"

三

秋渐渐地深了，郑秀岳和冯世芬的交谊，也同园里的果实坂里的干草一样，追随着时季而到了成熟的黄金时代。上课、吃饭、自修的时候，两人当然不必说是在一道的。就是睡眠散步的时候，她们也一刻都舍不得分开。宿舍里的床位，两人本来是中间隔着一条走路，面对面对着的。可是她们还以为这一条走路，便是银河，深怨着每夜舍监来查宿舍过后，不容易马上就跨渡过来。所以郑秀岳就想了一个法子，和一位睡在她床背后和她的床背贴背的同学，讲通了关节，叫冯世芬和这位同学对换了床位。于是白天挂起帐子，俨然是两张背贴背的床铺，可是晚上帐门一塞紧，她们俩就把床背后的帐子撩起，很自由地可以爬来爬去。

每礼拜六的晚上，则不是郑秀岳到冯家，便是冯世芬到郑家去过夜。又因为郑秀岳的一刻都抛离不得冯世芬之故，有几次她们俩简直到了礼拜六也不愿意回去。

人虽然是很温柔，但情却是很热烈的郑秀岳，只叫有五分钟不在冯世芬的边上，就觉得自己是一个被全世界所遗弃的人，心里头会感到一种说不出的空洞之感，简直苦得要哭出来的样子。但两人在一道的时候，不问是在课堂上或在床上，不问有人看见没有看见，她们也只不过是互相看看，互相捏握手，或互相摸摸而已，别的行为，却是想也不曾想到的。

同学中间的一种秘密消息，虽则传到她们耳朵里来的也很多很多，譬如李文卿的如何地最爱和人同铺，如何地临睡时一定要把上下衣裤脱得精光，更有一包如何如何的莫名其妙的东西带在身边之类的消息，她们听到的原也很多，但是她们却始终没有懂得这些事情究竟是什么意义。

将近考年假考的有一天晴寒的早晨，郑秀岳因为前几天和冯世芬同用了几天功，温了些课，身体觉得疲倦得很。起床钟打过之后，冯世芬屡次催她起来，她却只睡着斜向着了冯世芬动也不动一动。忽而一阵腰酸，一阵腹痛，她觉得要上厕所去了，就恳求冯世芬再在床上等她一歇，等她解了溲回来之后，再一同下去洗面上课。过了很长很长的一段时间，她却脸色变得灰白，眼睛放着急迫的光，满面惊惶地跑回到床上来了。到了去床还有十步距离的地方，她就尖了喉咙急叫着说："冯世芬！冯世芬！不好了！不好了！"

跑到了床边，她就又急急地说："冯世芬，我解了溲之后，用毛纸揩揩，竟揩出了满纸的血，不少的血！"

冯世芬起初倒也被她骇了一跳，以为出了什么大事情了，但等听到了最后的一句，就哈哈哈哈地笑了起来。因为冯世芬比郑秀岳大两岁，而郑秀岳则这时候还刚满十四，她来报名投考的时候，却是瞒了年纪才及格的。

郑秀岳成了一个完全的女子了，这一年年假考考毕之后，刚回到家里还没有住上十日的样子，她又有了第二次的经验。

她的容貌也越长得丰满起来了，本来就粉腻洁白的皮肤上，新发生了一种光泽，看起来就像是用绒布擦熟的白玉。从前做的几件束胸小背心，一件都用不着了，胸部腰围，竟大了将近一寸的尺寸。从来是不大用心在装修服饰上的她，这一回年假回来，竟向她的老父敲做了不少的衣裳，买了不少的化妆杂品。

天气晴暖的日子，和冯世芬上湖边去闲步，或湖里去划船的时候，现在她所注意的，只是些同时在游湖的富家子女的衣装样式和材料等事情。本来对家庭毫无不满的她，现在却在心里深深地感觉起清贫的难耐来了。

究竟是冯世芬比她大两岁年纪，渐渐地看到了她的这一种变化，每遇着机会，便会给以很诚恳很彻底的教诫。譬如有一次她们俩正在三潭印月吃茶的时候，忽而从前面埠头的一只大船上，走下来了一群大约是军阀的家室之类的人。其中有一位类似荡妇的年轻太太，穿的是一件仿佛由真金线织成的很鲜艳的袍子。袍子前后各绣着两朵白色的大牡丹，日光底下远看起来，简直是一堆光耀眩人的花。紧跟在她后面的一位年纪也很轻的马弁臂上，还搭着一件长毛乌绒面子乌云豹皮里子的斗篷在那里。郑秀岳于目送了她们一程之后，就不能自已地微叹着说："一样的是做人，要做得她那样才算是不枉过了一生！"

冯世芬接着就讲了两个钟头的话给她听。说，做人要自己做的，浊富不如清贫，军阀资本家土豪劣绅的钱都是背了天良剥削来的。衣饰服装的美不算是伟大的美，我们必须要造成人格的美和品性的美来才算伟大。清贫不算倒霉，积着许多造孽钱来夸示人家的人才是最无耻的东西；虚荣心是顶无聊的一种心理，女子的堕落阶级的第一段便是这虚荣心，有了虚荣心就会生嫉妒心了。这两种坏心思是由女子的看轻自己不谋独立专想依赖他人而生的卑劣心理，有了这种心思，一个人就永没有满足快乐的日子了。钱财是人所造的，人而不驾驭钱财反被钱财所驾驭，那还算得是人么？

冯世芬说到了后来，几乎兴奋得要出眼泪，因为她自己心里也十分明白，她实在也是受着资本家土豪的深刻压迫的一个穷苦女孩儿。

四

郑秀岳冯世芬升入了二年级之后，座位仍没有分开，这一回却是冯世芬的第一，郑秀岳的第二。

春期开课后还不满一个月的时候，杭州的女子中等学校要联合起来开一个演说竞赛会。在联合大会未开之前，各学校都在预选代表，练习演说。郑秀岳她们学校里的代表举出了两个来，一个是三年级的李文卿，一个是二年级的冯世芬。但是联合大会里出席的代表是只限定一校一个的。所以在联合大会未开以前的一天礼拜六的晚上，她们代表俩先在本校里试了一次演说的比赛。题目是《富与美》，评判员是校里的两位国文教员。这中间的一位，姓李名得中，是前清的秀才，湖北人，担任的是讲解古文诗词之类的功课，年纪已有四十多了。李先生虽则年纪很大，但头脑却很会变通，可以说是旧时代中的新人物。所以他的讲古文并不拘泥于一格，像放大的缠足姑娘走路般的白话文，他是也去选读，而他自己也会写写的。其他的一位，姓张名康，是专教白话文新文学的先生，年纪还不十分大，他自己每在对学生说只有二十几岁，可是客观地观察他起来，大约比二十几岁总还要老练一点。张先生是北方人，天才焕发，以才子自居。在北京混了几年，并不曾经过学堂，而写起文章来，却总娓娓动人。他的一位在北京大学毕业而在当教员的宗兄有一年在北京死了，于是他就顶替了他的宗兄，开始教起书来。

那一晚的演说《富与美》，系由李文卿作正而冯世芬作反的讲法的。李文卿用了她那一副沙喉咙和与男子一样的姿势动作在讲台上讲了一个钟头。内容的大意，不过是说："世界上最好的事情是富，富的反对面穷，便是最大的罪恶。人富了，就可以买到许多东西，吃也吃得好，穿也穿得好，还可以以金钱去买许多许多别的不能以金钱换算的事物。那些什么名誉、人格、自尊、清节等等，都是空的，不过是穷人用来聊以自娱的名目。还有天才、学问等等也是空的，不过是穷措大在那里吓人的傲语。会刮地皮积巨富的人，才是实际的天才，会乱钻乱剥，从无论什么里头都去弄出钱来等事情，才是实际的学问。什么叫孝悌忠信礼义廉耻，要顾到这些的时候，那你早就饿杀了。有了钱就可以美，无论怎么样的美人都买得到。只叫有钱，那身上家里，就都可以装饰得很美丽。所以无钱就是不能够有美，就是不美。"

这是李文卿的演说的内容大意，冯世芬的反对演说，大抵是她时常对郑秀岳说的那些主义。她说要免除贫，必先打倒富。财产是强盗的劫物，资本要为公才有意义。对于美，她主张人格美劳动美自然美悲壮美等，无论如何总要比肉体美装饰美技巧美更加伟大。

演说的内容，虽是冯世芬的来得合理，但是李文卿的沙喉咙和男子似的姿势动作，却博得了大众的欢迎。尤其是她从许多旧小说里读来的一串一串的成语，如"闭月羞花之貌，沉鱼落雁之容"之类的口吻，插满在她的那篇演说词里，所以更博得了一般修辞狂的同学和李得中先生的赞赏。但等两人的演说完后，由评判员来取决判断的当儿，那两位评判员中间，却惹起了一场极大的争论。

李得中先生先站起来说李文卿的姿势喉音极好，到联合大会里去出席，一定能够夺得锦标，所以本校的代表应决定是李文卿。他对"锦标"两个字，说得尤其起劲，反反复复地竟说了三次。而张康先生的意见却正和李先生的相反，他说冯世芬的思想不错。后来你一言我一语地说了许多时候，形势倒成了他们两人的辩论大会了。

到了最后，张先生甚至说李先生姓李，李文卿也姓李，所以你在帮她。

对此李先生也不示弱，就说张先生是乱党，所以才赞成冯世芬那些犯上作乱的意见。张先生气起来了，就索性说，昨天李文卿送你的那十听使馆牌，大约就是你赞成她的意见的主要原因罢。李先生听了也涨红了脸回答他说，你每日每日写给冯世芬的信，是不是就是你赞成冯世芬的由来。

两人先本是和平地说的，后来喉音各放大了，最后并且敲台拍桌，几乎要在讲台上打起来的样子。

台下在听讲的全校学生，都看得怕起来了，紧张得连咳嗽都不敢咳一声。后来当他们两位先生的热烈的争论偶尔停止片时的中间，大家都只听见了那张悬挂在讲堂厅上的汽油灯的嗞嗞的响声。这一种暴风雨前的片时沉默，更在台下的二百来人中间造成了一种恐怖心理，正当大家的恐怖，达到极点的时候，冯世芬却不忙不迫地从座位里站立了起来说："李先生、张先生，我因为自己的身体不好，不能做长时间的辩论，所以去出席大会当代表的光荣，我自己情愿放弃。我并且也赞成李先生的意见，要李文卿同学一定去夺得锦标，来增我们母校之光。同学们若赞成我的提议的，请一致起立，先向李代表、李先生、张先生表示敬意。"

冯世芬的声量虽则不洪，但清脆透彻的这短短的几句发言，竟引起了全体同学的无限的同情。平时和李文卿要好，或曾经受过李文卿的金钱及赠物的大部分的同学，当然是可以不必说，即毫无成见的少数中立的同学也立时应声站立了起来。其中只两三个和李文卿同班的同学，却是满面呈现着怒容，仍兀然地留在原位里不肯起立。这可并不是因为她们不赞成冯世芬之提议，而在表示反对。她们不过在怨李文卿的弃旧恋新，最近终把她们一个个都丢开了而在另寻新恋，因此所以想借这机会来报报她们的私仇。

五

到底是年长者的李得中先生的眼光不错，李文卿在女子中等学校联合演说竞赛会里，果然得了最优胜的金质奖章。于是李文卿就一跃而成了全校的英雄。从前大家只以滑稽的态度或防卫的态度对她的，现在有几个顽固的同学，也将这种轻视她的心情减少了。而尤其使大家觉得她这个人的可爱的，是她对于这次胜利之后的那种小孩儿似的得意快活的神情。

一块双角子那么大的金奖章，她又花了许多钱拿到金子店里去镶了一个边，装些东西上去，于是从早晨到晚上她便把它挂在校服的胸前，远看起来，仿佛是露出在外面的一只奶奶头。头几天把这块金牌挂上的时候，她连在上课的时候，也尽在伏倒了头看她自己的胸部。同学中间的狡猾一点的人，识破了她的这脾气，老在利用着她，因为你若想她花几个钱来请请客，那你只叫跑上她身边去，拉住着她，要她把这块金牌给你看个仔细，她就会笑开了那张鳖鱼大嘴，挺直身子，张大胸部，很得意地让你去看。你假装仔细看后，再加上以几句赞美的话，那你要她请吃什么她就把什么都买给你了。后来有一个人，每天要这样地去看她的金牌好几次，她也觉得有点奇怪了，就很认真地说："怎么啦，你会这样看不厌的？"

这看的人见了她那一种又得意又认真的态度表情，便不觉哈哈哈哈地大笑了起来。捧腹大笑了一阵之后，才把这要看的原因说出来给她听。她听了也有点发气了，从这事情以后她请客就少请了许多。

与这请客是出于同样的动机的，就是她对于冯世芬的特别的好意。她想她自己的这一次的成功，虽完全系出于李得中先生的帮忙，但冯世芬的放弃代表资格，也是她这次胜利的直接原因。所以她于演说竞赛完后的当日，就去亨得利买了一只金壳镶钻石的瑞士手表，于晚饭之后，在操场上寻着了冯世芬和郑秀岳，诚诚恳恳地拿了出来，一定要给冯世芬留着做个纪念。冯世芬先惊奇了一下，尽立住了脚张大了眼，莫名其妙地对她看了半晌。靠在冯世芬的左手，同小鸟似的躲缩在冯世芬的腋上的郑秀岳也骇倒了，心里在跳，脸上涨出了两圈红靥。因为虽在同一学校住了一年多，但因不同班之故，她们和李文卿还绝对不曾开过口交过谈。况且关于李文卿又有那一种风说，凡是和她同睡过几天的人，总没有一个人不为同学所轻视的。而李文卿又是个没有常性的人，持了她的金钱的富裕和身体的强大，今天到东，明天到西，尽在校内校外，结交男女好友。所以她们这一回受了她突如其来的这种袭击，就有半晌不能够开口说话，郑秀岳并且还全身发起抖来了。

冯世芬于惊定之后，才急促地对李文卿说："李文卿，我和你本来就没有交情。并且那代表资格，是我自己情愿放弃的，与你无关，这种无为的赠答，我断不能收受。"

斩钉截铁地说出了这几句话，冯世芬便拖了郑秀岳又向前走了，李文卿也追了上去，一边跟，一边她仍在懊恼似的大声地说："冯世芬，我是一点恶意也没有的，请你收着罢，我是一点恶意也没有的。"

这样地被跟了半天，冯世芬却头也不回一回，话也不答一句。并且那时候太阳早已下山，薄暮的天色，也沉沉晚了。冯世芬在操场里走了半圈，就和郑秀岳一道走回到了自修室里，而跟在后面的李文卿，也不知于什么时候走掉了。

郑秀岳她们在电灯底下刚把明天的功课预备了一半的时候，一个西斋的老斋夫，忽而走进了她们的自修室里，手里捏了一封信和一只黑皮小方盒，说是三年级的李文卿叫送来的。

冯世芬因为几刻钟前在操场上所感到的余愤未除，所以一刻也不迟疑地对老斋夫说："你全部带回去好了，只说我不在自修室里，寻我不着就对。"

老斋夫惊异地对冯世芬的严不可犯的脸色看了一下，然后又迟疑胆怯地说："李文卿说一定要我放在这里的。"

这时候郑秀岳心里，早在觉得冯世芬的行为太过分了，所以就温和地在旁劝冯世芬说:"冯世芬,且让他放在这里,看它一看如何?若要还她,明天叫女佣人送回去,也还不迟呀。"

冯世芬却不以为然,一定要斋夫马上带了回去,但郑秀岳好奇心重,从斋夫手里早把那黑皮小方盒接了过来,在光着眼打开来细看。老斋夫把信向桌上一搁,马上就想走了,冯世芬又叫他回来说:"等一等,你把它带了回去!"

郑秀岳看了那只精致的手表,却爱惜得不忍释手,所以眼看着盒子里的手表,一边又对冯世芬说:"索性把她那封信,也打开来看它一看,明天写封回信叫佣人和手表一道送回,岂不好吗?"

老斋夫在旁边听了,点了点头,笑着说:"这才不错,这才可以叫我去回报李文卿。"

郑秀岳把表盒搁下,伸手就去拿那封信看,冯世芬到此,也没有什么主意了,就只能叫老斋夫先去,并且说,明朝当差这儿的佣人,再把信和表一道送上。

六

世芬同学大姊妆次

桃红柳绿,鸟语花香,芳草缤纷,落英满地,一日不见,如三秋矣,一秋不见,如三百年也,际此春光明媚之时,恭维吾姊起居迪吉,为欣为颂。敬启者,兹因吾在演说大会中夺得锦标,殊为侥幸,然饮水思源,不可谓非吾姊之所赐。是以买得铜壶,为姊计漏,万望勿却笑纳,留作纪念。吾之此出,诚无恶意,不过欲与吾姊结不解之缘,订百年之好,并非即欲双宿双飞,效鱼水之欢也。肃此问候,聊表寸衷。

妹李文卿 鞠躬

郑秀岳读了这一封信后,虽则还不十分懂得什么叫作"鱼水之欢",但心里却佩服得了不得,从头到尾,竟细读了两遍,因为她平日接到的信,都是几句白话,读起来总觉得不大顺口。就是有几次有几位先生私私塞在她手里的信条,也没有像这一封信样的富于辞藻。她自己虽则还没有写过一封信给任何人,但她们的学校里的同学和先生们,在杭州是以擅于写信出名的。同学好友中的私信往来,当然是可以不必说,就是年纪已经过了四十、光秃着头、戴着黑边大眼镜、肥胖矮小的李得中先生,时常也还在那里私私写信给他所爱的学生们。还有瘦弱长身、脸色很黄、头发极长,在课堂上,居然严冷可畏,下了课堂,在房间里接待学生的时候,又每长吁短叹,老在诉说身世的悲凉、家庭的不幸的张康先生,当然也是常在写信的。可是他们的信,和这封李文卿的信拿来一比,觉得这文言的信读起来要有趣得多。

她读完信后，心里尽这样在想着，所以居然伏倒了头，一动也不动地静默了许多时。在旁边坐着的冯世芬，静候了她一歇，看她连一点儿动静都没有了，就用手向她肩头上去拍了一下，问她说："你在这里呆想什么？"

　　郑秀岳倒脸上红了一红，一边将写得流利豁达大约是换过好几张信纸才写成的那张粉红布纹笺递给了冯世芬，一边却笑着说："冯世芬，你看，她这封信写得真好！"

　　冯世芬举起手来，把她的捏着信笺的手一推，又朝转了头，看向书本上去，说："这些东西，去看它做什么！"

　　"但是你看一看，写得真好哩。我信虽则接到得很多，可是同这封信那么写得好的，却还从没有看见过。"

　　冯世芬听了她这句话之后，倒也像惊了一头似的把头朝了转来问她说："喔，你接到的信，都在拆看的么？"

　　她又红了一红脸，轻轻问答说："不看它们又有什么办法呢？"

　　冯世芬朝她看了一眼，微微地笑着，回身就把书桌下面的小抽斗一抽，杂乱地抓出了一大堆信来丢向了她的桌上。

　　"你要看，我这里还有许多在这儿。"

　　这一回倒是郑秀岳吃起惊来了。她平时总以为只有她，全校中只有她一个人，是在接着这些奇怪的信的，所以有几次很想对冯世芬说出来，但终于没有勇气。而冯世芬哩，平常同她谈的，都是些课本的事情，和社会上的情势，关于这些私行污事，却半点也不曾提及过。故而她和冯世芬虽则情逾骨肉地要好了半年多，但晓得冯世芬的也在接收这些秘密信件，这倒还是第一次。惊定之后，她伸手向桌上乱堆在那里的红绿小信件拨了几拨，才发现了这些信件，都还是原封不动地封固在那里，发信者有些是教员，有些是同学，还有些是她所不知道的人，不过其中的一大部分，却是曾经也写信给她自己的。

　　"冯世芬，这些信你既不拆看，为什么不去烧掉？"

　　"烧掉它们做什么，重要的信，我才去烧哩。"

　　"重要的信，你倒反去烧？什么是重要的信？是不是文章写得很好的信？"

　　"倒也不一定，我对于文章是一向不大注意的。你说李文卿的这封信写得很好，让我看，她究竟作了一篇怎么的大文章。"

　　郑秀岳这一回就又把刚才的那张粉红笺重新递给了她，一边却静静地在注意着她的读信时候的脸色。冯世芬读了一行，就笑起来了，读完了信，更乐得什么似的笑说："啊啊，她这文章，实在是写得太好了。"

　　"冯世芬，这文章难道还不好么？那么要怎么样的文章才算好？"

　　冯世芬举目向电灯凝视了一下，明明似在思索什么的样子，她的脸上的表情，从严肃的而改到了决意的。把头一摇，她就伸手到了她的夹袄里层的内衣袋里摸索了一回，取出了一个对折好的狭长白信封后，她就递给郑秀岳说："这才是我所说的重要的信！"

郑秀岳接来打开一看，信封上写的是几行外国字。两个邮票，也是一红一绿的外国邮票。信封下面角上头才有用钢笔写的几个中国字："中国杭州太平坊巷冯宅冯世芬收"。

七

世芬小同志：

别来三载，通信也通了不少了，这一封信，大约是我在欧洲发的最后一封，因为三天之后，我将绕道西伯利亚，重返中国。

你的去年年底发出的信，是在瑞士收到的。你的思想，果然进步了，真不负我二年来通信启发之劳，等我返杭州后，当更为你介绍几个朋友，好把你造成一个能担负改造社会的重任的人才。中国的目前最大压迫，是在各国帝国主义的侵略。封建余孽、军阀集团、洋商买办，都是帝国主义者的忠实代理人，他们再和内地的土豪、劣绅一勾结，那民众自然没有翻身的日子了。可是民众已在觉悟，大革命的开始，为期当不在远。广州已在开始进行工作，我回杭州小住数日，亦将南下，去参加建设革命基础。

不过中国的军阀实在根蒂深强，打倒一个，怕又要新生两个。现在党内正在对此事设法防止，因为革命军阀实在比旧式军阀还可怕万倍。

我此行同伴友人很多。在墨斯哥[①]将停留一月，最迟总于阳历五月底可抵上海。请你好好地用功，好好地保养身体，预备我来和你再见时，可以在你脸上看到两圈鲜红的苹果似的皮层。

你的小舅舅陈应环 二月末日在柏林

郑秀岳读完了这一封信，也呆起来了，虽则信中的意义，她不能完全懂得，但一种力量，在逼上她的柔和犹惑的心来。她视而不见地对电灯在呆视着，但她的脑里仿佛是朦胧地看出了一个巨人，放了比李文卿更洪亮更有力的声音在对她说话："你们要自觉，你们要革命，你们要去吃苦牺牲！"因为这些都是平时冯世芬和她常说的言语，而冯世芬的这些见解，当然是从这一封信的主人公那里得来的。

旁边的冯世芬把这信交出之后，又静静儿地去看书去了，等她看完了一节，重新掉过头来向郑秀岳回望时，只看见她将信放在桌上，而人还在对了电灯发呆。

"郑秀岳，你说怎么样？"

---

① 墨斯哥：今译"莫斯科"。

郑秀岳被她一喊，才同梦里醒来似的眨了几眨眼睛，很严肃地又对冯世芬看了一歇说："冯世芬，你真好，有这么一个小舅舅常在和你通信。他是你娘娘的亲兄弟么？多大的年纪？"

"是我娘娘的堂小兄弟，今年二十六岁了。"

"他从前是在什么地方读书的？"

"在上海的同济。"

"是学文学的么？"

"学的是工科。"

"他同你通信通了这么长久，你为什么不同我说？"

"半年来我岂不是常在同你说的么？"

"好啦，你却从没有说过。"

"我同你说的话，都是他教我的呀，我不过没有把信给你看，没有把他的姓名籍贯告诉你知道，不过这些却是一点儿关系也没有的私事，要说他做什么。重要的、有意义的话，我差不多都同你说了。"

在这样对谈的中间，就寝时候已经到了。钟声一响，自修室里就又杂乱了起来。冯世芬把信件分别收起，将那封她小舅舅的信仍复藏入了内衣的袋里。其他的许多信件和那张粉红信笺及小方盒一个，一并被塞入了那个书桌下面的抽斗里面。郑秀岳于整好桌上的书本之后，便问她说："那手表呢？"

"已经塞在小抽斗里了。"

"那可不对，人家要来偷的呢！"

"偷去了也好，横竖明朝要送去还她的。我真不愿意手触着这些土豪的赐物。"

"你老这样地看它不起，买买恐怕要十多块钱哩！"

"那么，你为我带去藏在哪里罢，等明朝再送去还她。"

这一天晚上，冯世芬虽则早已睡着了，但睡在边上的郑秀岳，却终于睡不安稳。她想想冯世芬的舅舅，想想那替冯世芬收藏在床头的手表和李文卿，觉得都可以羡慕。一个是那样纯粹高洁的人格者，连和他通通信的冯世芬，都被他感化到这么个程度。一个是那样地有钱，连十几块钱的手表，都会漠然地送给他人。她想来想去，想到了后来，愈加睡不着了，就索性从被里伸出了一只手来，轻轻地打开了表盒，拿起了那只手表。拿了手表之后，她捏弄了一回，又将手缩回被里，在黑暗中摸索着，把这小表系上了左手的手臂。

"啊啊，假使这表是送给我的话，那我要如何地感谢她呀！"

她心里在想，想到了她假如有了这一个表时，将如何地快活。譬如上西湖去坐船的时候，可以如何地和船家讲钟头说价钱，还有在上课的时候看看下课钟就快打了，又可以得到几多的安慰！心里头被这些假想的愉快一掀动，她的神经也就弛缓了下去，眼睛也就自然而然地合拢来了。

102

八

　　早晨醒来的时候，冯世芬忽而在蒙眬未醒的郑秀岳手上发现了那一只手表。这一天又是阴闷微雨的一天养花天气，冯世芬觉得悲凉极了，对郑秀岳又不知说了多少的教诫她的话。说到最后，冯世芬哭了，郑秀岳也出了眼泪，所以一起来后，郑秀岳就自告奋勇，说她可以把这表去送回原主，以表明她的心迹。

　　但是见了李文卿，说了几句冯世芬教她应该说的话后，李文卿却痴痴地瞟了她一眼，她脸红了，就俯下了头，不再说话。李文卿马上伸手来拉住了她的手，轻轻地说："冯世芬若果真不识抬举，那我也不必一定要送她这只手表。但是向来我有一个脾气，就是送出了的东西，绝不愿意重拿回来，既然如此，那就请你将这表收下，作为我送你的纪念品。可是不可使冯世芬知道，因为她是一定要来干涉这事情的。"

　　郑秀岳俯伏了头，涨红了脸，听了李文卿的这一番话，心里又喜又惊，正不知道如何回答她的好。李文卿看了她这一种样子，倒觉得好笑起来了，就一边把摆在桌上的那黑皮小方盒，向她的袋里一塞，一边紧揑了一把她的那只肥手，又俯下头去，在她耳边轻轻地说："快上课了，你马上去罢！以后的事情，我们可以写信。"

　　她说了又用力把她向门外一推，郑秀岳几乎跌倒在门外的石砌阶沿之上。

　　郑秀岳于踉跄立定脚跟之后，心里还是犹疑不决。想从此把这只表受了回去，可又觉得对不起冯世芬的那一种高洁的心情；想想把手表毅然还她呢，又觉得实在是抛弃不得。正当左右为难、去留未决的这当儿，时间却把这事情来解决了，上课的钟，已从前面大厅外当当当地响了过来。郑秀岳还立在阶沿上踌躇的时候，李文卿却早拿了课本，从她身边走过，走出圆洞门外，到课堂上去上课去了。当大踏步走近她身边的时候，她还在她耳边说了一句："以后我们通信罢！"

　　郑秀岳见李文卿已去，不得已就只好急跑回到自修室里，但冯世芬的人和她的课本都已经不在了。她急忙把手表从盒子里拿了出来，藏入了贴身的短衫袋内，把空盒子塞入了抽斗底里，再把课本一拿，便三脚两步地赶上了课堂。向座位里坐定，先生在点名的中间，冯世芬就轻轻地向她说："那表呢？"

　　她迟疑了一会，也轻轻地回答说："已经还了她了。"

　　从此之后，李文卿就日日有秘密的信来给郑秀岳，郑秀岳于读了她的那些桃红柳绿的文雅信后，心里也有点动起来了，但因为冯世芬时刻在旁，所以回信却一次也没有写过。

　　这一次的演说大会，虽则为郑秀岳和李文卿造成了一个订交的机会，但是同时在校里，也造成了两个不共戴天的仇敌，就是李得中先生和张康先生。

李得中先生老在课堂上骂张康先生，说他是在借了新文学的名义而行公妻主义，说他是个色鬼，说他是在装作颓废派的才子而在博女人的同情，说他的文凭是假的，因为真正在北大毕业者是他的一位宗兄，最后还说他在北方家乡蓄着有几个老婆，儿女已经有一大群了。

张康先生也在课堂上且辩明且骂李得中先生说："我是真正在北大毕业的，我年纪还只有二十几岁，哪里会有几个老婆呢？儿女是只有一男一女的两个，何尝有一大群？那李得中先生才奇怪哩，某月某日的深夜我在某旅馆里看见他和李文卿走进了第三十六号房间。他作的白话文，实在是不通，我想白话文都写不通的人，又哪儿会懂文言文呢？他的所以从来不写一句文言文，不作一句文言诗者，实在是因为他自己知道了自己的短处在那里藏拙的缘故。我的先生某某，是当代的第一个文人，非但中国人都崇拜他，就是外国人也都在崇拜他，我往年常到他家里去玩的时候，看看他书架上堆在那里的，尽是些线装的旧书，而他却是专门作白话文的人。现在我们看看李得中这老朽怎么样？在他书架上除了几部《东莱博议》《古文观止》《古唐诗合解》《古文笔法百篇》《写信必读》《金瓶梅》之外，还有什么？"

像这样地你攻击我，我攻击你的，在日日攻击之中，时间却已经不理会他们的仇怨和攻击，早就向前跑了。

有一天五月将尽的闷热的礼拜二的午后，冯世芬忽而于退课之后向郑秀岳说："我今天要回家去，打算于明天坐了早车到上海去接我那舅舅。前礼拜回家去的时候，从北京打来的电报已经到了，说是他准可于明天下午到上海的北站。"

郑秀岳听到了这一个消息，心里头又悲酸又惊异难过的状态，真不知道要如何说出来才对。她一想到从明天起的个人的独宿独步、独往独来，真觉得是以后再也不能做人的样子。虽则冯世芬在安慰她说过三五天就回来的，虽则她自己也知道天下无不散的筵席，但是这目下一时的孤独，将如何度过去呢？她把冯世芬再留一刻再留一刻地足足留了两个多钟头，到了校里将吃晚饭的时候，才揩着眼泪，送她出了校门。但当冯世芬将坐上家里来接、已经等了两个多钟头的包车的时候，她仍复赶了上去，一把拖住了呜咽着说："冯世芬，冯——世——芬——你，你，你可不可以不去的？"

九

郑秀岳所最恐惧的孤独的时间终于开始了，第一天在课堂上，在自修室，在操场膳室，好像是在做梦的样子。一个不提防，她就要向边上"冯世芬！"地一声叫喊出来。但注意一看，看到了冯世芬的那个空席，心里就马上会起绞榨，头上也像有什么东西罩压住似的会昏转过去。当然在年假期内的她，接连几天不见到冯世芬的日子也有，可是那时候她周围有父母，有家庭，有一个新的环境包围在那里，虽则因为冯世芬不在旁边，有时也不免要感到一点寂寞，但绝不是孤苦零丁，同现在那么地寂寞刺骨的。况且冯世芬的住宅，又近在咫尺，她若要见她，一坐上车，不消十分钟，马上就可以见到。不过现在是不同了，在这同一的环境之下，在这同一的轨道之中，忽而像剪刀似的失去了半片，忽而不见了半年来片刻不离的冯世芬，叫她如何能够过得惯呢？所以礼拜三的晚上，她在床上整整地哭了半夜方才睡去。

礼拜四的日间，她的孤居独处，已经有点自觉意识了，所以白天上的一日课，还不见得有什么比头一天更难受之处。到了晚上，却又有一件事情发生了，便是李文卿的知道了冯世芬的不在，硬要搬过来和她睡在一道。

吃过晚饭，她在自修室刚坐下的时候，李文卿就叫那老斋夫送了许多罐头食物及其他的食品之类的东西过来，另外的一张粉红笺上，于许多桃红柳绿的句子之外，又是一段什么鱼水之欢、同衾之爱的文章。信笺的末尾，大约是防郑秀岳看不懂她的来意之故，又附了一行白话文和一首她自己所注明的"情"诗在那里。

秀岳吾爱！
今晚上吾一定要来和吾爱睡觉。

附情诗一首
桃红柳绿好春天，吾与卿卿一枕眠，
吾欲将身化棉被，天天盖在你胸前。

诗句的旁边，并且又用红墨水连圈了两排密圈在那里，看起来实在也很鲜艳。

郑秀岳接到了这许多东西和这一封信，心里又动乱起来了，叫老斋夫暂时等在那里，她拿出了几张习字纸来，想写一封回信过去回复了她。可是这一种秘密的信，她从来还没有写过，生怕文章写得不好，要被李文卿笑，一张一张地写坏了两张之后，她想索性不写信了，"由它去罢，看她怎么样。"可是若不写信去复绝她的话，那她一定要以为是默认了她的提议，今晚上又难免要闹出事来的。不过若毅然决然地去复绝她呢，则现在还藏在箱子底下，不敢拿出来用的那只手表，又将如何地处置？一阵心乱，她就顾不得什么了，提起了笔，就写了"你来罢！"的三个字在纸上。把纸折好，站起来想交给候在门外的斋夫带去的时候，她又突然间注意到了冯世芬的那个空座。

"不行的，不行的，太对不起冯世芬了。"

脑里这样地一转，她便同新得了勇气的斗士一样，重回到了座里。把手里捏着的那一张纸，团成了一个纸团，她就急速地大着胆写了下面那样的一条回信。

　　文卿同学姊：
　　来函读悉，我和你宿舍不同，断不能让你过来同宿！万一出了事情，我只有告知舍监的一法，那时候倒反大家都要弄得没趣。食物一包，原璧奉还，等冯世芬来校后，我将和她一道来谢你的好意。匆此奉复。
　　　　　　　　　　　　　　　　　　　　　　　　妹郑秀岳 敬上

　　那老斋夫似乎是和李文卿特别地要好，一包食品，他一定不肯再带回去，说是李文卿要骂他的，推让了好久，郑秀岳也没有办法，只得由他去了。
　　因为有了这一场事情，郑秀岳一直到就寝的时候为止，心里头还平静不下来。等她在薄棉被里睡好，熄灯钟打过之后，她忽听见后面冯世芬床里，出了一种息索的响声。她本想大声叫喊起来的，但怕左右前后的同学将传为笑柄，所以只空喀了两声，以表明她的还没有睡着。停了一忽，这息索的响声，愈来愈近了，在被外头并且感到了一个物体，同时一种很奇怪的简直闻了要窒死人的烂葱气味，从黑暗中传到了她的鼻端。她是再也忍不住了，便只好轻轻地问说："哪一个？"
　　紧贴近在她的枕头旁边，便来了一声沙喉咙的回答说："是我！"
　　她急起来了，便接连地责骂了起来说："你做什么，你来做什么？我要叫起来了，我同你去看舍监去！"
　　突然间一只很粗的大手盖到了她的嘴上，一边那沙喉咙就轻轻地说："你不要叫，反正叫起来的时候，你也没有面子的。到了这时候，我回也回不去了，你让我在被外头睡一晚罢！"
　　听了这一段话，郑秀岳也不响了。那沙喉咙便又继续说："我冷得很，冯世芬的被藏在什么地方的，我在她床上摸遍了，却终于摸不着。"
　　郑秀岳还是不响，约莫总过了五分钟的样子，沙喉咙忽然又转了哀告似的声气说："我的衣裤是全都脱下了的，这是从小的习惯，请你告诉我罢，冯世芬的被是藏在什么地方的，我冷得很。"
　　又过了一两分钟，郑秀岳才简洁地说了一句："在脚后头。"本来脚后头的这一条被，是她自己的，因为昨天想冯世芬想得心切，她一个人怎么也睡不着，所以半夜起来，把自己的被折叠好了，睡入了冯世芬的被里。但到了此刻，她也不能把这些细节拘守着了，并且她若要起来换一条被的话，那李文卿也未见得会不动手动脚，那一个赤条条的身体，如何能够去和它接触呢？

李文卿摸索了半天，才把郑秀岳的薄被拿来铺在里床，睡了进去。闻得要头晕的那阵烂葱怪味，却忽而减轻了许多。停了一回，这怪气味又重起来了，同时那只大手又摸进了她的被里，在解她的小衫的纽扣。她又急起来了，用尽了力量，以两手紧紧捉住了那只大手，就又叫着说："你做什么？你做什么？我要叫起来了。"

"好好，你不要叫，我不做什么。我请你拿一只手到被外头来，让我来捏捏？"

郑秀岳没有法子，就以一只本来在捉住着那只大手的手随它伸出了被外。李文卿捉住了这只肥嫩娇小的手，突然间把它拖进了自己的被内。一拖进被，她就把这只手牢牢捏住当作了机器，向她自己的身上乱摸了一阵。郑秀岳的指头却触摸着了一层同沙皮似的皮肤，两只很松很宽向下倒垂的奶奶，腋下的几根短毛，在这短毛里凝结在那里的一块黏液。渐摸渐深，等到李文卿要拖她的这只手上腹部下去的时候，她却拼死命地挣扎了起来，马上想抽回她的这只手臂上已经被李文卿捏得有点酸痛了的右手。她虽用力挣扎了一阵，但终于挣扎不脱，李文卿到此也知道了她的意思了，就停住了不再往下摸，一边便以另外的一只空着的手拿了一个凉阴阴的戒指，套上了郑秀岳的那只手的中指。戒指套上之后，李文卿的手放松了，郑秀岳就把自己的手缩了回去，但当她的这只手拿过被头的时候，她的鼻里又闻着了一阵更猛烈更难闻的异臭。

郑秀岳的手缩回了被里，重将被头塞好的时候，李文卿便轻轻地朝她说："乖宝，那只戒指，是我老早就想送给你的，你也切莫要冯世芬晓得。"

十

早晨天一亮，大约总只有五点多钟的光景，郑秀岳就从床上爬了起来。向里床一看，李文卿的脸朝了天，狮子鼻一掀一张，同男人似的呼吸出很大的鼾声，还在那里熟睡。

把帐子放了一放下，鞋袜穿了一穿好，她就匆匆忙忙地走下了楼，去洗脸去。因为这时候还在打起床钟之先，在挑脸水的斋夫倒奇怪起来了，问了一声"你怎么这样地早？"便急忙去挑热水去了。郑秀岳先倒了一杯冷水，拿了牙刷想刷牙齿，但低头一看，在右手的中指上忽看见了一个背上有一块方形的印戒。拿起手来一看，又是一阵触鼻的烂葱气味，而印戒上的篆文，却是"百年好合"的四个小字。她先用冷水洗了一洗手，把戒指也除下来用冷水淋了一淋，就擦干了藏入了内衣的袋里。

这一天的功课，她简直一句也没有听到，在课堂上，在自修室，她的心里头只有几个思想，在那里混战。

——冯世芬何不早点来？

——这戒指真可爱，但被冯世芬知道了不晓得又将如何地被她教诫！

——李文卿人虽则很粗，但实在真肯花钱！

——今晚上她倘若是再来，将怎么办呢？

这许多思想杂乱不断地扰乱了她一天，到了傍晚，将吃晚饭的时候，她却终于上舍监那里去告了一天假，雇了一乘车子回家去了。

在家里住了两天，到了礼拜天的午后，她于上学校之先，先到了太平坊巷里去问冯世芬究竟回来了没有？她娘回报她说："已经回来了。可是今天和她舅舅一道上西湖去玩去了，等她回来的时候，就叫她上谢家巷去可好？"

郑秀岳听到了这消息，心里就宽慰了一半。但一想到从前冯世芬去游西湖，总少不了她，她去游西湖，也绝少不得冯世芬的，现在她可竟丢下了自己和她舅舅一道去玩了。在回来的路上，她愈想愈恨，愈觉得冯世芬的可恶。"我索性还是同李文卿去要好罢，冯世芬真可恶，真可恶！我总有一天要报她的仇！"一路上自怨自恼，恨到了几乎要出眼泪。等她将走到自家的门口的时候，她心里已经有绝大的决心决下了，"我马上就回校去，冯世芬这种人我还去等她做什么，我宁愿被人家笑骂，我宁愿去和李文卿要好的。"

可是等她一走进门，她的娘就从客厅上迎了出来叫着说："秀！冯世芬在你房里等得好久了，你一出去她就来的。"

一口气跑到了东厢房里，看见了冯世芬的那一张清丽的笑脸，她一扑就扑到了冯世芬的怀里。两手紧紧抱住了冯世芬的身体，她什么也不顾地便很悲切很伤心地哭了出来。起初是幽幽的，后来竟断断续续地放大了声音。

冯世芬两手抚着了她的头，也一句话都不说，由她在那里哭泣，等她哭了有十分钟的样子，胸中的郁愤大约总有点哭出了的时候，冯世芬才抱了她起来，扶她到床上去坐好，更拿出手帕来把脸上的眼泪揩了揩干净。这时候郑秀岳倒在泪眼之下微笑起来了，冯世芬才慢慢地问她说："怎么了？有谁欺侮你了么？"听到了这一句话，她的刚才止住的眼泪，又接连不断地落了下来，把头一冲，重复又倒到了冯世芬的怀里。冯世芬又等了一忽，等她的泣声低了一点的时候，便又轻轻地慰抚她说："不要再哭了，有什么事情请说出来。有谁欺侮了你不成？"

听了这几句柔和的慰抚话后，她才把头举了起来。将一双泪盈的眼睛注视着冯世芬的脸部，摇了几摇头，表示她并没有什么，并没有谁欺侮她的意思。但一边在她的心里，却起了绝大的后悔，后悔着刚才的那一种想头的卑劣。"冯世芬究竟是冯世芬，李文卿哪里能比得上她万分之一呢？不该不该，真不应该，我马上就回到校里把她的那个表那个戒指送还她去，我何以会下流到了这步田地？"

一个钟头之后，她两人就又同平时一样地双双回到了校里。一场小别，倒反增进了她们两人的情爱。这一天晚上，冯世芬仍照常在她的里床睡下，但刚睡好的时候，冯世芬却把鼻子吸了几吸，同郑秀岳说："怎么啦，我们的床上怎么会有这一种狐腋的臭味？"

郑秀岳听她不懂，便问她什么叫作"狐腋"，等冯世芬把这种病的症状气息说明之后，她倒笑了起来，突然间把自己的头挨了过去，在冯世芬的脸上深深地深深地吻了半天。她和冯世芬两人交好了将近一年，同床隔被地睡了这些个日子，这举动总算是第一次的最淫污的行为，而她们两人心里却谁也不感到一点什么别的激刺，只觉得这不过是一种不能以言语形容的最亲爱的表示而已。

十一

又到了快考暑假考的时候了。学校里的情形虽则没有什么大的变动，但冯世芬的近来的样子，却有点变异起来了。

自从上海回来之后，她对郑秀岳的亲爱之情，虽仍旧没有变过，上课读书的日程，虽仍旧在那里照行，但有时候竟会痴痴呆呆地，目视着空中呆坐到半个钟头以上。有时候她居然也有故意避掉了郑秀岳，一个人到操场上去散步，或一个人到空寂无人的讲堂上去坐在那里的。自然对于大考功课的预备，近来也竟忽略了。有好几晚，她并且老早就到了寝室，在黑暗中摸上了床，一声不响地去睡在被里。更有一天晴暖的午后，她草草吃完午饭，就说有点头痛，去向舍监那里告了假，回家去了半天，但到晚上回来的时候，郑秀岳看见她的两眼肿得红红的，似乎是哭过了一阵的样子。

正当这一天冯世芬不在的午后三点钟的时候，门房走进了校内，四处在找李文卿，说她父亲在会客室里等着要会她。李文卿自从在演说大会得了胜利以后，本来就是全校闻名的一位英雄，而且身体又高又大，无论在操场或在自修室里总可以一寻就见的，而这一天午后竟累门房在校内各处寻了半天终于没有见到。门房寻李文卿虽则没有寻到，但因为他见人就问的关系上，这李文卿的爸爸来校的消息，却早已传遍了全校。有几个曾经和李文卿睡过要好的同学，又在夸示人地详细说述他——李文卿的爸爸——的历史和李文卿的家庭关系。说他——李文卿的爸爸——本来是在徐州乡下一个开宿店兼营农业的人。忽而一天寄居在他店里的一位木客暴卒了，他为这客人衣棺收殓之后，更为他起了一座很好的坟庄。后来他就一年一年地买起田来，居然富倾了敌国。他乡下的破落户，于田地产业被他买占了去以后，总觉得气他不过，便造他的谣言，说他的财产是从谋财害命得来的东西。他有一个姊姊，从小就被卖在杭州乡下的一家农家充使婢的，后来这家的主妇死了，他姊姊就升作了主妇，现在也已经有五十开外的年纪了。他老人家发了财后，便不时来杭州看他的姊姊。他看看杭州地方，宜于安居，又因本地方人对他的仇恨太深，所以于十年前就卖去了他在徐州所有的产业，迁徙到杭州他姊姊的乡下来住下。他的夫人，早就死了，以后就一直没有娶过，儿女只有李文卿一个，因此她虽则到了这么大的年纪，暑假年假回家去，总还是和她爸爸同睡在一铺。杭州的乡下人，对这一件事情，早也动了公愤了，可是因为他的姊姊为人实在不错，又兼以乡下人所抱的全是各人自扫门前雪的宗旨，所以大家都不过在背后骂骂他是猪狗畜生，而公开的却还没有下过共同的驱逐令。

　　这些历史，这些消息，也很快地传遍了全校，所以会客室的门口和玻璃窗前头，竟来一班去一班地哄聚拢了许许多多的好奇的学生。长长胖胖，身体很强壮，嘴边有两条鼠须的这位李文卿的父亲的面貌，同李文卿简直是一色也无两样。不过他脸上的一脸横肉，比李文卿更红黑一点，而两只老鼠眼似的肉里小眼，因为没有眼镜戴在那里的缘故，看起来更觉得荒淫一点而已。

　　李文卿的父亲在会客室里被人家看了半天，门房才带了李文卿出来会她的父亲。这时候老门房的脸上满漾着了一脸好笑的笑容，而李文卿的急得灰黑的脸上却罩满了一脸不可抑遏的怒气。有几个淘气的同学看见老门房从会客室里出来，就拉住了他，问他有什么好笑。门房就以一手掩住了嘴，又痴地笑了一声。等同学再挤近前去问他的时候，他才轻轻地说："我在厕所里才找到了李文卿。她这几天水果吃得多了，在下痢疾，我看了她那副眉头簇紧的样子，实在真真好笑不过。"

　　一边在会客室里面，大家却只听见李文卿放大了喉咙在骂她的父亲说："我叫你不要上学校里来，不要上学校里来，怎么今天忽而又来了哩？在旅馆里不好打电话来的么？你且看看外面的那些同学看，大约你是故意来倒倒我的霉的罢？我今天旅馆里是不去了，由你一个人去。"

　　大声地说完了这几句话，她一转身就跑出了会客室，又跑上了上厕所去的那一条路。

　　到了晚上，郑秀岳和冯世芬睡下之后，郑秀岳将白天的这一段事情详详细细地重述给冯世芬听了，冯世芬也一点儿笑容都没有，只摇了摇头，叹了口气说："唉！这些人家的无聊的事情，去管它做什么？"

十二

　　暑假到了，许多同学又各归各地分散了。郑秀岳回到了家里，似乎在路上中了一点暑气，竟吐泻了一夜，睡了三日，这中间冯世芬绝没有来过。到了第五天的下午，父母亲准她出门去了，她换了一身衣服，梳理了一下头，想等太阳斜一点的时候，就上太平坊巷去看看冯世芬，去问问她为什么这么长久不来的。可是，长长的午后，等等，等等，太阳总不容易下去，而她父亲坐了出去的那一乘包车也总不回来，听得五点钟敲后，她却不耐烦起来了，立起身来，就向大门外走。她刚走到了大门口边，却来了一个邮差，望见信封上的遒劲秀逸的字迹，她一看就晓得是冯世芬写来给她的信。"难道她也病了么？为什么人不来而来信？"她一边猜测着，一边就站立了下来在拆信。

　　最亲爱的秀岳：

　　这封信到你手里的时候，大约我总已不在杭州，不同你在呼吸一块地方的空气了。我也哪里忍心别你？因此我不敢来和你面别。秀岳，这短短的一年，这和你在一道的短短的一年，回想起来，实在是有点依依难舍！

　　秀岳，我的自五月以来的胸中的苦闷，你可知道？人虽则是有理智，但是也有感情的。我现在已经犯下了一宗绝不为宗法社会所容的罪了，尤其是在封建思想最深、眼光最狭小的杭州。但是社会是前进的，恋爱是神圣的，我们有我们的主张，我们也要争我们的权利。

　　我与舅舅，明朝一早就要出发，去自己开拓我们的路去。

　　在旧社会不倒、中国固有的思想未解放之前，我们是绝不再回杭州来了。

　　秀岳，在将和自幼生长着的血地永别之前的这几个钟头，你可猜得出我心里绞割的情形？

　　母亲是安闲地睡在房里，弟弟们是无邪地在那里打鼾。我今天晚上晚饭吃不下的时候，母亲还问我："可要粥吃？"

　　我在书房里整理书籍，到了十点多钟未睡，母亲还叫我："好睡了，书籍明朝不好整理的么？"啊啊，这一个明朝，她又哪里晓得明朝我将漂泊至于何处呢？

　　秀岳，我的去所，我的行止，请你切不要去打听。你若将来能不忘你旧日的好友，请你常来看看我的年老的娘，常来看看我的年幼的弟弟！

　　啊啊，恨只恨我"母老，家贫，弟幼"。

　　写到了此地，我眼睛模糊了，我搁下了笔，私私地偷进了我娘的房。她的脸上的表情，实在是崇高得很！她的饱受过忧患的洗礼的脸色，实在是比圣母的还要圣洁。啊啊，只有这一刻了，只有这一刻了，我的最爱最敬重的母亲！那两个小弟弟哩，似乎还在做踢球的好梦，他们在笑，他们在微微地笑。

　　秀岳，我别无所念，我就只丢不了，只丢不了这三个人，这三个世界上再好也没有的人！

　　我，我去之后，千万，千万，请你要常来看看他们，和他们出去玩玩。

　　秀岳，亲爱的秀岳，从此永别了，以后你千万要来的哩！

　　另外还有一包书，本来是舅舅带来给我念的，我包好了摆在这里，用以转赠给你，因为我们去的地方，这一种册籍是很多的。

秀岳，深望你读了之后，能够马上觉悟，深望你要堕落的时候，能够想想到我！

人生苦短，而工作苦多，永别了，秀岳，等杭州的苏维埃政府成立之后，再来和你相见。这也许是在五年之后，这也许要费十年的工，但是，但是，我的老母，她，她怕是今生不能及身见到的了。

秀岳，秀岳，我们各自珍重，各自珍重吧！

冯世芬含泪之书 七月十九日午前三时

郑秀岳读了这一封信后，就在大门口她立在那儿的地方"啊"的一声哭了出来。她娘和佣人等赶出来的时候，她已经哭倒在地上，坐在那里背靠上了墙壁。等女佣人等把她抬到了床上，她的头发也已经散了。悲悲切切地哭了一阵，又拿信近她的泪眼边去看看，她的热泪，更加涌如骤雨。又痛哭了半天，她才决然地立了起来，把头发拴了一拴，带着不能成声的泪音，哄哄地对坐在她床前的娘说："恩娘！我要去，我，我要去看看，看看冯世芬的母亲！"

<h2 align="center">十三</h2>

郑秀岳勉强支持着她已经哭损了的身体，和红肿的眼睛，坐了车到太平坊巷冯世芬的家里的时候，太阳光已经只隐现在几处高墙头上了。

一走进大厅的旁门，大约是心理关系罢，她只感到了一阵阴戚戚的阴气。冯家的起坐室里，一点儿响动也没有，静寂得同在坟墓中间一样。她低声叫了一声："陈妈！"那头发已有点灰白的冯家老佣人才轻轻地从起坐室走了出来。她问她："太太呢？小少爷们呢？"

陈妈也蹙紧了愁眉，将嘴向冯母卧房的方向一指，然后又走近前来，附耳低声地说："大小姐到上海去的事情，你晓得了没有？太太今天睡了一天，饭也没有吃过，两位小少爷在那里陪她。你快进去，大小姐，你去劝劝我们太太。"

郑秀岳横过了起坐室，踏进了旁间后厢房的门，就颤声叫了一声："伯母！"

冯世芬的娘和衣朝里床睡在那里，两个小孩，一个已经手靠了床前的那张方桌假睡着了，只有一个大一点的，脸上露呈着满脸的被惊愕所压倒的表情，光着大眼，两脚挂落，默坐在他弟弟的旁边一张靠背椅上。

郑秀岳进了这一间已经有点阴黑起来的房，更看了这一种周围的情形，叫了一声"伯母"之后，早已不能说第二句话了。便只能静走上了两孩子之旁，以一只手抚上了那大孩子的头。她听见床里漏出了几声啜泣吸鼻涕的声音，又看见那老体抽动了几动，似在那里和悲哀搏斗，想竭力装出一种镇静的态度来的样子。等了一歇歇，冯世芬的娘旋转了身，斜坐了起来。郑秀岳在黝黑不明的晚天光线之中，只见她的那张老脸，于泪迹斑斓之外，还在勉强装作比哭更觉难堪的苦笑。

郑秀岳看她起来了，就急忙走了过去，也在床沿上一道坐下，可是急切间总想不出一句适当的话来安慰着这一位已经受苦受得不少了的寡母。

倒是冯夫人先开了口，头一句就问："芬的事情，你可晓得？"

在话声里可以听得出来，这一句话真费了她千钧的力气。

"是的，我就是为这事情而来的，她……她昨晚上写给了我一封信。"

反而是郑秀岳先做了一种混浊的断续的泪声。

"对这事情，我也不想多说，但是她既然要走，何不好好地走，何不预先同我说一说明白？应环的人品，我也晓得的，芬的性格，我也很知道，不过……不过……这……这事情偏出在杭州的……杭州的我们家里，叫我……叫我如何地去见人呢？"

冯母到了这里，似乎是忍不住了，才又啜吸了一下鼻涕。郑秀岳脸上的两条冷泪，也在慢慢地流下来，可是最不容易过的头道难关现在已经过去了，到此她倒觉得重新获得了一腔谈话的勇气。

"伯母，世芬的人，是绝不会做错事情的，我想他们这一回的出去，也绝不会发生什么危险。不过一时被剩落在杭州的我们，要感到一点寂寞，倒是真的。"

"这倒我也相信，芬从小就是一个心高气硬的孩子，就是应环，也并不是轻佻浮薄的人。不过，不过亲戚朋友知道了的时候，叫我如何做人呢？"

"伯母，已成的事情，也是没法子的。说到旁人的冷眼，那也顾虑不得许多。昨天世芬的信上也在说，他们是绝不再回到杭州来了，本来杭州这一个地方，实在也真太闭塞不过。"

"我倒也情愿他们不再回来见我的面，因为我是从小就晓得他们的，无论如何，总可以原谅他们，可是杭州人的专喜欢中伤人的一般的嘴，却真是有点可怕。"

说到了这里，那支手假睡在桌上的孩子，醒转来了。用小手擦了一擦眼睛，他却向郑秀岳问说："我们的大姐姐呢？"

郑秀岳当紧张之余，得了这突如其来的一个挡驾的帮手，心上也觉松了不少。回过头来，对这小天使微笑了一眼，她就对他说："大姐姐到上海去读书去了，等不了几天，我也要去的，你想不想去？"

他张大了两只大眼，呆视着她，只对她把头点了几下。坐在他边上的哥哥，这时候也忽而向他母亲说话了："娘娘！那一包书呢？"

冯母到这时候，方才想起来似的接着说："不错，不错，芬还有一包书留在这里给你。珍儿，你上那边书房里去拿了过来。"

大一点的孩子一珍跑出去把书拿了来后，郑秀岳就把她刚才接到的那封信的内容详细说了一说。她劝冯母，总须想得开些，以后世芬不在，她当常常过来陪伴伯母。若有什么事情，用得着她做的，伯母可尽吩咐，她当尽她的能力，来代替世芬。两位小弟弟的将来的读书升学，她若在杭州，她的同学及先生也很多很多，托托人家，也并不是一件难事。说了一阵，天已经完全地黑下来了。冯母留她在那里吃晚饭，她说家里怕要着急，就告辞走了出来。

回到了家里，上东厢房的房里去把冯世芬留赠给她的那包书打开一看，里面却是些她从没有听见过的《共产主义 ABC》《革命妇女》《洛查卢森堡书简集》之类的封面印得很有刺激性的书籍。她正想翻开那本《革命妇女》来看的时候，佣人却进来请她吃晚饭了。

十 四

这一个暑假里，因为好朋友冯世芬走了，郑秀岳在家里得多读了一点书。冯世芬送给她的那一包书，对她虽则口味不大合，她虽还不能全部了解，但中国人的为什么要这样地受苦，我们受苦者应该怎样去解放自己，以及天下的大势如何、社会的情形如何等，却朦胧地也有了一点认识。

此外则经过了一个暑假的蒸催，她的身体也完全发育到了极致。身材也长高了，言语举止，思想嗜好，已经全部变成了一个烂熟的少女的身心了。

到了暑假将毕，学校也将就开学的一两星期之前，冯世芬的出走的消息，似乎已经传了开去，她竟并不期待着地接到了好几封信。有的是同学中的好事者来探听消息的，有的是来吊慰她的失去好友的，更有的是借题发挥，不过欲因这事情而来发表她们的意见的。可是在这许多封信的中间，有两封出乎她的意想之外，批评眼光完全和她平时所想她们的不同的信，最惹起了她的注意。

一封是李文卿从乡下寄来的。她对于冯世芬的这一次的恋爱，竟赞叹得五体投地。虽则又是桃红柳绿的一大篇，但她的大意是说，恋爱就是性交，性交就是恋爱，所以恋爱应该不择对象、不分畛域的。世间所非难的什么血族通奸，什么长幼聚麀之类，都是不通之谈，既然要恋爱了，则不管对方的是猫是狗，是父是子，一道玩玩，又有什么不可以呢？末后便又是一套一日三秋，一秋三百年，和何日再可以来和卿同衾共被，合成串昌之类的四六骈文。

其他的一封是她们的教员张康先生从西湖上一个寺里寄来的信。他的信写得很哀伤，他说冯世芬走了，他犹如失去了一颗领路的明星。他说他虽则对冯世芬并没有什么异想，但半年来他一日一封写给她的信，却是他平生所写过的最得意的文章。他又说这一种血族通奸，实在是最不道德的事情。末了他说他的这一颗寂寞的心，今后是无处寄托了，他很希望她有空的时候，能够上西湖他寄寓在那里的那个寺里去玩。

郑秀岳向来是接到了信概不答复的，但现在一则因假中无事，写写信也是一种消遣，二则因这两个人，虽则批评的观点不同，但对冯世芬都抱有好意，却是一样。还有一层意识下的莫名其妙的渴念，失去了冯世芬后的一种异常的孤凄，当然也是一个主要的动机，所以对于这两封信，她竟破例地各做了一个长长的答复。回信去后，李文卿则过了两日，马上又来信了，信里头又附了许多白话不像白话、文言不像文言的情诗。张康先生则多过了一日，也来了信。此后总很规则地李文卿二日一封、张康先生三日一封，都有信来。

到了学校开学的前一日，李文卿突然差旅馆里的佣人，送了一匹白纺绸来给郑秀岳，中午并且还要邀她上西湖边上钱塘秀色酒家去吃午饭。郑秀岳因为这一个暑假期中，冯世芬不在杭州，好久不出去玩了，得了这一个机会，自然也很想出去走走。所以将近中午的时候，就告知了父母，坐了家里的车，一直到了湖滨钱塘秀色酒家的楼上。

到了那里，李文卿还没有来，坐等了二十分钟的样子，她在楼上的栏边才看见了两乘车子跑到了门口息下。坐在前头车里的是怒容满面的李文卿，后面的一乘，当然是她的爸爸。

李文卿上楼来看见了她，一开口就大声骂她的父亲说："我叫他不要来不要来，他偏要跟了同来，我气起来想索性不出来吃饭了，但因为怕你在这里等一个空，所以才勉强出来的。"

吃过中饭之后，她们本来是想去荡湖的，但因为李文卿的爸爸也要同去，所以李文卿又气了起来，直接就走回了旅馆。郑秀岳的归路，是要走过他们的旅馆的，故而三人到了旅馆门口，郑秀岳就跟他们进去坐了一坐。他们所开的是一间头等单房间，虽则地方不大，只有一张铜床，但开窗一望，西湖的山色就在面前，风景是真好不过，郑秀岳坐坐谈谈，在那里竟过了个把钟头。李文卿的父亲，当这中间，早就鼾声大作，张着嘴，流着口沫，在床上睡着了。

开学之后，因为天气还热，同学来得不多，所以开课又展延了一个星期。李文卿于开学的当日就搬进了宿舍，郑秀岳则迟了两日才搬进去。在未开课之先，学校里的管束，本来是不十分严的，所以李文卿则说父亲又来了，须请假外宿，而郑秀岳则说还要回家去住几日，两人就于午饭毕后，带了一只手提皮箧，一道走了出来。

她们先上西湖去玩了半日，又上钱塘秀色酒家去吃了晚饭，两人就一同去到了那郑秀岳也曾去过的旅馆里开了一个房间。这旅馆的账房茶房，对李文卿是很熟的样子，她一进门，就"李太太""李太太"地招呼得特别起劲。

这一天的天气，也真闷热，晚上像要下阵头雨的样子，所以李文卿一进了房，就把她的那件白香云纱大衫脱下了。大约是因为她身体太肥胖的缘故，生来似乎是格外地怕热，她在大衫底下，非但不穿一件汗衫，连小背心都没有得穿在那里的。所以大衫一脱，她的上半身就成了一个黑油光光的裸体了。她在电灯底下，走来走去，两只奶头紫黑色的下垂皮奶，向左向右地摇动得很厉害。倒是郑秀岳看得有点难为情起来了，就含着微笑对她说："你为什么这样怕热，小衫不好拿一件出来穿穿的？"

"穿它做什么？横竖是要睡了。"

"你这样赤了膊走来走去地走，倒不怕茶房看见？"

"这里的茶房是被我们做下规矩的，不喊他们他们不敢进来。"

"那么玻璃窗上的影子呢？"

"影子么，把电灯灭黑了就对。"

啪的一响，她就伸手把电灯灭黑了。但这一晚似乎是有十一二的上弦月色的晚上，电灯灭黑，窗外头还看得出朦胧的西湖夜景来。

郑秀岳尽坐在窗边，在看窗外的夜景，而李文卿却早把一条短短的纱裤也脱了下来，上床去躺上了。

"还不来睡么？坐在那里干什么？"

李文卿很不耐烦地催了她好几次，郑秀岳才把身上的一条黑裙子脱下，和衣睡上了床去。李文卿也要她脱得精光，和她自己一样，但郑秀岳怎样也不肯依她。两人争执了半天，郑秀岳终于让步到了上身赤膊，裤带解去的程度，但下面的一条裤子，她怎么也不肯脱去。

这一天晚上，蒸闷得实在异常，李文卿于争执了一场之后，似乎有些疲倦了，早就呼呼地张着嘴熟睡了过去，而郑秀岳则翻来覆去，有好半日合不上眼。

到了后半夜在睡梦里，她忽而在腿中间感着了一种异样的刺痛，蒙眬地正想用手去摸，而两只手却已被李文卿捏住了。当睡下的时候李文卿本睡在里床，她却向外床打侧睡在那里的，不知什么时候，李文卿早已经爬到了她的外面，和她对面地形成了一个合掌的形状了。

她因为下部的刺痛实在有些熬忍不住了，双手既被捏住，没有办法，就只好将身体往后一缩，而李文卿的厚重的上半只方肩，却乘了这势头向她的肩头拼命地推了一下，结果她底下的痛楚更加了一层，而自己的身体倒成了一个仰卧的姿势，全身合在她上面的李文卿却轻轻地断续地"乖肉""小宝"地叫了起来。

十五

学校开课以后，日常的生活，就又恢复了常态。生性温柔，满身都是热情，没有一刻少得来一个依附之人的郑秀岳，于冯世芬去后，总算得着了一个李文卿补足了她的缺陷。从前同学们中间广在流传的那些关于李文卿的风说，一件一件她都晓得了无微不至，尤其是那一包长长的莫名其妙的东西，现在是差不多每晚都寄藏在她的枕下了。

她的对李文卿的热爱，比对冯世芬的更来得激烈，因为冯世芬不过给了她些学问上的帮助和精神上的启发，而李文卿却于金钱物质上的赠予之外，又领她入了一个肉体的现实的乐园。

但是见异思迁的李文卿，和她要好了两个多月，似乎另外又有了新的友人。到了秋高气爽的十月底边，她竟不再上郑秀岳这儿来过夜了；那一包据她说是当她入学的那一年由她父亲到上海去花了好几十块钱买来的东西，当然也被她收了回去。

郑秀岳于悲啼哀泣之余，心里头就只在打算将如何地去争夺她回来，或万一再争夺不到的时候，将如何地给她一个报复。

最初当然是一封写得很悲愤的绝交书，这一封信去后，李文卿果然又来和她睡了一个礼拜。但一礼拜之后，李文卿又不来了。她就费了种种苦心，去侦查出了李文卿的新的友人。

李文卿的新友人叫史丽娟，年纪比李文卿还要大两三岁，是今年新进来的一年级生。史丽娟的幼小的历史，大家都不大明白，所晓得者，只是她从济良所里被一位上海的小军阀领出来以后的情形。这小军阀于领她出济良所后，就在上海为她租了一间亭子间住着，但是后来因为被他的另外的几位夫人知道了，吵闹不过，所以只说和她断绝了关系，就秘密送她进了一个上海的女校。在这女校里住满了三年，那军阀暗地里也时常和她往来，可是在最后将毕业的那一年，这秘密突然因那位女校长上军阀公馆里去捐款之故，而破露出来了。于是费了许多周折，她才来杭州改进了这个女校。

她面部虽则扁平，但脸形却是长方。皮色虽也很白，但是一种病的灰白色。身材高矮适中，瘦到恰好的程度。口嘴之大，在无论哪一个女校里，都找不出一个可以和她比拟的人来。一双眼角有点斜挂落的眼睛，灵活得非常，当她水汪汪地用眼梢斜视你一瞥的时候，无论什么人也要被她迷倒，而她哩，也最爱使用这一种是她的特长的眼色。

郑秀岳于侦查出了这史丽娟便是李文卿的新的朋友之后，就天天只在设法如何地给她一个报复。

有一天寒风凄冷，似将下秋雨的傍晚，晚饭过后在操场上散步的人极少极少。而在这极少数的人中间，郑秀岳却突然遇着了李文卿和史丽娟两个在那里携手同行。自从李文卿和她生疏以来，将近一个月了，但她的看见李文卿和史丽娟的同在一道，这却还是第一次。

当她远远地看见了她两个人的时候，她们还没有觉察得她也在操场，尽在俯着了头，且谈且往前走。所以她眼睛里放出了火花，在一株树叶已将黄落的大树背后躲过，跟在她们后面走了一段，她们还是在高谈阔论。等她们走到了操场的转弯角上，又回身转回来时，郑秀岳却将身体一扑，劈面地冲了过去，先拉住史丽娟的胸襟，向她脸上用指爪挖了几把，然后就回转身来，又拖住了正在预备逃走的李文卿大闹了一场。她在和李文卿大闹的中间，一面已见惯了这些醋波场面的史丽娟，却早忍了一点痛，急忙逃回到自修室里去了。

且哭且骂且哀求，她和李文卿两个，在空洞黑暗、寒风凛冽的操场上纠缠到了就寝的时候，方才回去。这一晚总算是她的胜利，李文卿又到她那里去住宿了一夜。

但是她的报复政策终于是失败了，自从这一晚以后，李文卿和史丽娟的关系，反而加速度地又增进了数步。

她的计策尽了，精力也不继了，自怨自艾，到了失望消沉到极点的时候，才忽然又想起了冯世芬对她所讲的话来："肉体的美是不可靠的，要人格的美才能永久，才是伟大！"

她于无可奈何之中，就重新决定了改变方向，想以后将她的全部精神贯注到解放人类、改造社会的事业上去。

可是这些空洞的理想，终于不是实际有血有肉的东西。第一她的肉体就不许她从此就走上了这条狭而且长的栈道；第二她的感情，她的后悔，她的怨愤，也终不肯从此就放过了那个本来就为全校所轻视，而她自己卒因为意志薄弱之故，终于闯入了她的陷阱的李文卿。

因这种种的关系，因这复杂的心情，她于那最后的报复计划失败之后，就又试行了一个最下最下的报复下策。她有一晚竟和那一个在校中被大家所认为的李文卿的情人李得中先生上旅馆去宿了一宵。

李得中先生究竟太老了，而他家里的师母，又是一个全校闻名的夜叉精。所以无论如何，这李得中先生终究是不能填满她的那一种热情奔放、一刻也少不得一个寄托之人的欲望的。

到了年假考也将近前来，而李文卿也马上就快毕业离开学校的时候，她于百计俱穷之后，不得已就只能投归了那个本来是冯世芬的崇拜者的张康先生，总算在他的身上暂时寻出了一个依托的地方。

十六

郑秀岳升入三年级的一年，李文卿已经毕业离校了。冯世芬既失了踪，李文卿又离了校，在这一年中她转转地只想寻一个可以寄托身心、可以把她的全部热情投入去燃烧的熔炉而终不可得。

经过了过去半年来的情波爱浪的打击，她的心虽已成了一个百孔千疮、鲜红滴沥的蜂窝，但是经验却教了她如何地观察人心，如何地支配异性。她的热情不敢外露了，她的意志，也有几分确立了。所以对于张康先生，在学校放假期中，她虽则也时和他去住住旅馆，游游山水，但在感情上，在行动上，她却得到了绝对的支配权。在无论哪一点，她总处处在表示着，这爱是她所施与的，你对方的爱她并不在要来，就是完全没有也可以，所以你该认明她仍旧是她自身的主人。

正当她在这一次的恋爱争斗之中，确实把握着了这胜制的驾驭权的时候，暑假过后，不知从何处传来了一个消息，说李文卿于学校毕业之后，在西湖上和本来是她住的那西斋的老斋夫的一个小儿子同住在那里。这老斋夫的儿子，从前是在金沙港的蚕桑学校里当小使的，年纪还不满十八岁，相貌长得嫩白像一个女人，郑秀岳也曾于礼拜日他来访他老父的时候看见过几次。她听到了这一个消息，心里却又起了一种异样的感触，因为将她自己目下的恋爱来比比李文卿的这恋爱，则显见得她要比李文卿差得多，所以在异性的恋爱上，她又觉得大大地失败了。

自从她得到了这李文卿的恋爱消息以后，她对张康先生的态度，又变了一变。本来她就只打算在他的身上寻出一个暂时的避难之所的，现在却觉得连这仍旧是不安全不满足的避难之所也是不必要了。

她和张先生的这若即若离的关系，正将隔断，而她的学校生活也将完毕的这一年冬天，中国政治上起了一个绝大的变化，真是古来所未有过的变化。

旧式军阀之互相火并，这时候已经到了最后的一个阶段了。奉天胡子匪军占领南京不久，就被孙传芳的贩卖鸦片、掳掠奸淫、杀人放火、无恶不作的闽海匪军驱逐走了。

孙传芳占据东南五省不上几月，广州革命政府的北伐军队，受了第三国际的领导和工农大众的扶持，着着进逼。已攻下了武汉，攻下了福建，迫近江浙的境界来了。革命军到处，百姓箪食壶浆，欢迎唯恐不及。于是旧军阀的残部，在放弃地盘之先，就不得不露他们的最后毒牙，来向无辜的农工百姓，试一次致命的噬咬，来一次绝命的杀人放火、掳掠奸淫。可怜杭州的许多女校，这时候同时都受了这些孙传芳部下匪军的包围，数千女生也同时都成了被征服地的人身供物。其中未成年的不幸的少女，因被轮奸而毙命者，不知多少。幸而郑秀岳所遇到的，是一个匪军的下级军官，所以过了一夜，第二天就得从后门逃出，逃回了家。

这前后，杭州城里的资产阶级，早已逃避得十室九空。郑秀岳于逃回家后，马上就和她的父母在成千成万的难民之中，夺路赶到了杭州城站。但他们所乘的这次火车已经是自杭开沪的最后一班火车，自此以后，沪杭路上的客车，就一时中断了。

郑秀岳父女三人，仓皇逃到了上海，先在旅馆里住了几天，后来就在沪西租定了一家姓戴的上流人家的楼下统厢房，做了久住之计。

这人家的住宅，是一个两楼两底的弄堂房子，房东是银行里的一位行员，房客于郑秀岳他们一家之外，前楼上还有一位独身的在一家书馆里当编辑的人住在那里。

听那家房东用在那里的一位绍兴的半老女佣人之所说，则这位吴先生，真是上海滩上少有的一位规矩人，年纪已经有二十五岁了，但绝没有一位女朋友和他往来，晚上，也没有一天在外面过过夜。在这前楼住了两年了，而过年过节，房东太太邀他下楼来吃饭的时候，还是怕羞怕耻的，同一位乡下姑娘一样。

还有他的房租，也从没有迟纳过一天，对底下人如她自己和房东的黄包车夫之类的赏与，总按时按节，给得很丰厚的。

郑秀岳听了这多言的半老妇的这许多关于前楼的住客的赞词，心里早已经起了一种好奇的心思了，只想看看这一位正人君子，究竟是怎么样的一个人才。可是早晨她起来的时候，他总已经出去到书馆里去办事了，晚上他回来的时候，总一进门就走上楼去的，所以自从那一天礼拜天的下午，他们搬进去后，虽和他同一个屋顶之下住了六七天，她可终于没有见他一面的机会。

直到了第二个礼拜天的下午——那一天的天气，晴暖得同小春天一样——吃过饭后，郑秀岳听见前楼上的一排朝南的玻璃窗开了，有一位男子的操宁波口音的声音，在和那半老女佣人的金妈说活，叫她把竹竿搁在那里，衣服由他自己来晒。停了一会，她从她的住室的厢房窗里，才在前楼窗外看见了一张清秀温和的脸来。皮肤很白，鼻子也高得很，眼睛比寻常的人似乎要大一点，脸形是长方的。郑秀岳看见了他伏出了半身在窗外天井里晒骆驼绒袍子、哔叽夹衫之类的面形之后，心里倒忽然惊了一头，觉得这相貌是很熟很熟。又过细寻思了一下，她就微微地笑起来了，原来他的面形五官，是和冯世芬的有许多共同之点的。

十七

一九二七——中华民国十六——年的年头和一九二六年的年尾，沪杭一带充满了风声鹤唳的白色恐怖的空气。在党的铁律指导下的国民革命军，各地都受了工农老百姓的暗助，已经越过了仙霞岭，一步一步地逼近杭州来了。

阳历元旦以后，国民革命军第二十九路军，真如破竹般地直到了杭州，浙江已经成了一个遍地红旗的区域了。这时候淞沪的一隅，还在旧军阀孙传芳的残部的手中，但是一夕数惊，旧军阀早已经感到了他们的末日的将至了。

处身于这一种政治大变革的危急之中，托庇在外国帝国主义旗帜下的一般上海的大小资产阶级，和洋商买办之类，还悠悠地在送灶谢年，预备过他们的旧历的除夕和旧历的元旦。

醉生梦死，服务于上海的一家大金融资本家的银行里的郑秀岳他们的房东，到了旧历的除夕夜半，也在客厅上摆下了一桌盛大的筵席，在招请他的房客全体去吃年夜饭，这一天系一九二七年二月一日，天气阴晴，是晚来欲雪的样子。

郑秀岳他们的一家，在炉火熔熔、电光灼灼的席面上坐定的时候，楼上的那一位吴先生，还不肯下来。等面团身胖、嗓音洪亮的那一位房东向楼上大喊了几声之后，他才慢慢地走落了楼。房东替他和郑去非及郑秀岳介绍的时候，他只低下了头，涨红了脸，说了几句什么也听不出来的低声的话。这房东本来是和他同乡，身体魁伟，面色红艳，说了一句话，总容易惹人家哄笑。在他介绍的时候说："这一位吴先生，是我们的同乡，在我们这里住了两年了，叫吴一粟，系在某某书馆编妇女杂志的。郑小姐，你倒很可以和他做做朋友，因为他的脾气像一位小姐。你看他的脸涨得多么红？我内人有几次去调戏他的时候，他简直会哭出来。"

房东太太却佯嗔假怒地骂起她的男人来了："你不要胡说，今朝是大年夜头，噢！你看吴先生已经被你弄得难为情极了。"一场笑语，说得大家都呵呵大笑了起来。

郑秀岳在吃饭的时候，冷静地看了他好几眼，而他却只低下了头，一句话也不说，尽在吃饭。酒，他是不喝的。郑去非和房主人的戴次山正在浅斟低酌的中间，他却早已把碗筷搁下，吃完了饭，默坐在那里了。

这一天晚上，郑去非于喝了几杯酒后，居然兴致大发，自家说了一阵过去的经历以后，便和房东戴次山谈论起时局来。末后注意到了吴一粟的沉默无言，低头危坐在那里，他就又把话牵了回来，详细地问及了吴一粟的身世。

但他问三句，吴一粟顶多只答一句，倒还是房主人的戴次山代他回答得多些。

他和戴次山虽是宁波的大同乡，然而本来也是不认识的。戴次山于两年前同这回一样，于登报招寻同住者的时候，因为他的资格身份很合，所以才应许他搬进来同住。他的父母早故了，财产是没有的，到宁波的四中毕业为止，一切学费之类，都由他的一位叔父也系在某书馆里当编辑的吴卓人负责的。现在吴卓人上山东去做女师校长去了，所以他只剩了一个人，在上海。那妇女杂志，本来是由吴卓人主编的。但他于中学毕业之后，因为无力再进大学，便由吴卓人的尽力，进了这某书馆而充作校对，过了二年，升了一级，就算升作了小编辑而去帮助他的叔父，从事于编辑妇女杂志。两年前他叔父去做校长去了，所以这妇女杂志现在名义上虽则仍说是吴卓人主编，但实际上则只有他在那里主持。

这便是郑去非向他盘问，而大半系由戴次山替他代答的吴一粟的身世。

郑秀岳听到了吴卓人这名字，心里倒动了一动。因为这名字，是她和冯世芬要好的时候，常在杂志上看熟的名字。妇女杂志，在她们学校里订阅的人也是很多。听到了这些，她心里倒后悔起来了，因为自从冯世芬走后，这一年多中间，她只在为情事而颠倒，书也少读了，杂志也不看了，所以对于中国文化界和妇女界的事情，她简直什么也不知道了。当她父亲在和吴一粟说话的中间，她静静儿地注视着他那腼腆不敢抬头的脸，心里倒也下了一个向上的决心。

"我以后就多读一点书罢！多识一点时务罢！有这样的同居者近在咫尺，这一个机会倒不可错过，或者也许比进大学还强得多哩。"

当她正是混混然心里在那么想着的时候，她父亲和戴次山的谈话，却忽而转向了她的身上。

"小女过了年也十七岁了，虽说已在女校毕了业，但真还是一个什么也不知的小孩子。以后的升学问题之类，正要戴先生和吴先生指教才对哩。"

听到了这一句话，吴一粟才举了举头，很快很快地向她看了一眼。今晚上郑秀岳已经注意了他这么的半晚了，但他的看她，这却还是第一次。

这一顿年夜饭，直到了午前一点多钟方才散席。散席后吴一粟马上上楼去了，而郑秀岳的父母，和戴次山夫妇却又于饭后打了四圈牌。在打牌闲话的中间，郑秀岳本来是坐在她母亲的边上看打牌的，但因为房东主人，于不经意中说起了替她做媒的话，她倒也觉得有些害起羞来了，便走回了厢房前面的她的那间卧房。

十八

二月十九，国民革命军已沿了沪杭铁路向东推进，到了临平。以后长驱直入，马上就有将淞沪一带的残余军阀肃清的可能。上海的劳苦群众，于是团结起来了，虽则在军阀孙传芳的大刀队下死了不少的斗士和男女学生，然而杀不尽的中国无产阶级，终于在千重万重的压迫之下，结合了起来。口号是要求英美帝国主义驻兵退出上海，打倒军阀，收回租界，打倒一切帝国主义，凡这种种目的条件若不做到，则总罢工也一日不停止。工人们下了坚定的决心，想以自己的血来洗清中国数十年来的积污。

军阀们恐慌起来了，帝国主义者们也恐慌起来了，于是杀人也越杀越多，华租各界的戒严也越戒得紧。手忙脚乱，屁滚尿流，军阀和帝国主义的丑态，这时候真尽量地暴露了出来。洋场十里，霎时间变作了一个被恐怖所压倒的死灭的都会。

上海的劳苦群众既忍受了这重大的牺牲，罢了工在静候着民众自己的革命军队的到来，但军队中的已在渐露狐尾的新军阀们，却偏是迟迟其行，等等还是不到，等等还是不来。悲壮的第一次总罢工，于是终被工贼所破坏，

死在军阀及帝国主义者的刀下的许多无名义士，就只能饮恨于黄泉，在地下悲声痛哭，变作了不平的厉鬼。

但是革命的洪潮，是无论如何总不肯倒流的，又过了一个月的光景，三月二十一日，革命的士兵的一小部分终于打到了龙华，上海的工农群众，七十万人，就又来了一次惊天动地的大罢工总暴动。

闸北、南市、吴淞一带的工农，或拿起镰刀斧头，或用了手枪刺刀，于二十日晚间，各拼着命，分头向孙传芳的残余军队冲去。

放火的放火，肉搏的肉搏，苦战到了二十二日的晚间，革命的民众，终于胜利了，闽海匪军真正地被杀得片甲不留。

这一天的傍晚，沪西大华纱厂里的一队女工，五十余人，手上各缠着红布，也乘夜阴冲到了曹家渡附近的警察分驻所中。

其中的一个，长方的脸，大黑的眼，生得清秀灵活，不像是幼年女工出身的样子。但到了警察所前，向门口的岗警一把抱住，首先缴这军阀部下的警察的械的，却是这看起来真像是弱不胜衣的她。拿了枪杆，大家一齐闯入了警察的住室，向玻璃窗，桌椅门壁，乱刺乱打了一阵，她可终于被刺刀刺伤了右肩，倒地躺下了。

这样地混战了二三十分钟，女工中间死了一个，伤了十二个，几个警察，终因众寡不敌，分头逃了开去。等男工的纠察队到来，将死伤的女同志等各抬回到了各人的寓所，安置停妥之后，那右肩被刺刀刺伤，因流血过多而昏晕了过去的女工，才在她住的一间亭子间的床上睁开了她的两只大眼。

坐在她的脚后，在灰暗的电灯底下守视着她的一位幼年男工，看见她的头动了一动，马上就站了起来，走到了她的头边。

"啊，世芬阿姊，你醒了么？好好，我马上就倒点开水给你喝。"

她头摇了一摇，表示她并不要水喝。然后喉头又格格地响了一阵，脸上微现出了一点苦痛的表情。努力把嘴张了一张，她终于微微地开始说话了："阿六！我们有没有得到胜利？"

"大胜，大胜，闸北的兵队，都被我们打倒，现在从曹家渡起，一直到吴淞近边，都在我们总工会的义勇军和纠察队的手里了。"

这时候在她的痛苦的脸上，却露出了一脸眉头皱紧的微笑。这样地苦笑着，把头点了几点，她才转眼看到了她的肩上。

一件青布棉袄，已经被血水浸湿了半件，被解开了右边，还垫在她的手下，右肩肩锁骨边，直连到腋下，全被一大块棉花，用纱布扎裹在那里，纱布上及在纱布外看得出的棉花上，黑的血迹也印透了不少，流血似乎还没有全部止住的样子。一条灰黑的棉被，盖在她的伤处及胸部以下，仍旧还穿着棉袄的左手，是搁在被上的。

她向自己的身上看了一遍之后，脸上又露出了一种诉苦的表情。幼年工阿六这时候又问了她一声说："你要不要水喝？"

她忍着痛点了点头，阿六就把那张白木台子上的热水壶打开，倒了一杯开水递到了她的嘴边。

她将身体动了一动，似乎想坐起来的样子，但啊唷地叫了一声，马上就又躺下了。阿六即刻以一只左手按上了她的左肩，急急地说："你不要动，你不要动，就在我手里喝好了，你不要动。"

她一口一口地把开水喝了半杯，哼哼地吐了一口气，就摇着头说："不要喝了。"

阿六离开了她的床边，在重把茶杯放回白木桌子上去的中间，她移头看向了对面和她的床对着的那张板铺之上。

只在这张空铺上看出了一条红花布的褥子和许多散乱着的衣服的时候，她却急起来了。

"阿六！阿金呢？"

"嗯，嗯，阿金么？阿金么？她……她……"

"她怎么样了？"

"她，她在那里……"

"在什么地方？"

"在，工厂里。"

"在厂里干什么？"

"在厂里，睡在那里。"

"为什么不回来睡？"

"她，她也……"

"伤了么？"

"嗯，嗯……"

这时候阿六的脸上却突然地滚下了两颗大泪来。

"阿六，阿六，她，她死了么？"

阿六呜咽着，点了点头，同时以他的那只污黑肿裂的右手擦上了眼睛。

冯世芬咬紧了一口牙齿，张着眼对头上的石灰壁注视了一忽，随即把眼睛闭了拢去。她的两眼角上也向耳根流下了两条冷冰冰的眼泪水来，这时候窗外面的天色，已经有些白起来了。

十九

当冯世芬右肩受了伤，呻吟在亭子间里养病的中间，一样的在上海沪西，相去也没有几里路的间隔，但两人彼此都不曾知道的郑秀岳，却得到了一个和吴一粟接近的机会。

革命军攻入上海，闸北南市，各发生了战事以后，神经麻木的租界上的住民，也有点心里不安起来了，于是乎新闻纸就骤加了销路。

本来郑秀岳他们订的是一份《新闻报》，房东戴次山订的是《申报》，前楼吴一粟订的却是替党宣传的《民国日报》。郑去非闲居无事，每天就只好多看几种报来慰遣他的不安的心理。所以他于自己订的一份报外，更不得不向房东及吴一粟去借阅其他的两种。起初这每日借报还报的使命，是托房东用在那里的金妈去的，因为郑秀岳他们自己并没有佣人，饭是吃的包饭。房东主人虽则因为没有小孩，家事简单，但是金妈的一双手，却要做三姓人家的事情，所以忙碌的上半天，和要烧夜饭的傍晚，当然有来不转身的时节，结果，这每日借报还报的差使，就非由郑秀岳去办不可了。

郑秀岳起初，也不过于傍晚吴一粟回来的时候上楼去还还而已，绝不进到他的住室里去的。但后来到了礼拜天，则早晨去借报的事情也有了，所以渐渐由门口而走到了他的房里。吴一粟本来是一个最细心、最顾忌人家的不便的人，知道了郑去非的这看报嗜好之后，平时他要上书馆去，总每日自己把报带下楼来，先交给金妈转交的。但礼拜日他并不上书馆去，若再同平时一样，把报特地送下楼来，则怕人家未免要笑他的过于殷勤。因为不是礼拜日，他要锁门出去，随身把报带下楼来，却是一件极便极平常的事情。可是每逢礼拜日，他是整天地在家的。若再同样地把报特地送下楼来，则无论如何总觉得有点可笑。

所以后来到了礼拜天，郑秀岳也常常到他的房里去向他借报去了。一个礼拜、两个礼拜地过去，她居然也于去还报的时候和他立着攀谈几句了，最后就进到了在他的写字台旁坐下来谈一会的程度。

吴一粟的那间朝南的前楼，光线异常地亮。房里头的陈设虽则十分简单，但晴冬的早晨，房里晒满太阳的时候，看起来却也觉得非常舒适。一张洋木黄漆的床，摆在进房门的右手的墙边，上面铺得整整齐齐，总老有一条洁白印花的被单盖在那里的。西面靠墙，是一排麻栗书橱，共有三个，玻璃门里，尽排列着些洋装金字的红绿的洋书。东面墙边，靠墙摆着一张长方的红木半桌，边上排着两张藤心的大椅。靠窗横摆的是一张大号的写字台，写字台的两面，各摆有藤皮的靠背椅子一张。东面墙上挂着两张西洋名画复制版的镜框，西面却是一堂短屏，写的是一首《春江花月夜》。

当郑秀岳和冯世芬要好的时候，她是尊重学问，尊重人格，尊重各种知识的。但是自从和李文卿认识以后，她又觉得李文卿的见解不错，世界上最好最珍贵的就是金钱。现在换了环境，逃难到了上海，无端和这一位吴一粟相遇之后，她的心想又有点变动了，觉得冯世芬所说的话终究是不错的。所以她于借报还报之余，又问他借了两卷过去一年间的妇女杂志去看。

在这妇女杂志的论说栏、感想栏、创作栏里，名家的著作原也很多，但她首先翻开来看的，却是吴一粟自己作的或译的东西。

吴一粟的文笔很流利，论说，研究，则作得谨慎周到，像他的为人。从许多他所译著的东西的内容看来，他却是一个女性崇拜的理想主义者。他讴歌恋爱，主张以理想的爱和精神的爱来减轻肉欲。他崇拜母性，但以人格感化，和儿童教育为母性的重要天职。至于爱的道德，结婚问题，及女子职业问题等，则以抄译西洋作者的东西较多，大致还系爱伦凯、白倍儿、萧伯纳等的传述者，介绍到了美国林西的伴侣结婚的时候，他却加上了一句按语说："此种主张，必须在女子教育发达到了极点的社会中，才能实行。若女子教育，只在一个半开化的阶段，而男子的道德堕落、社会的风纪不振的时候，则此种主张反容易为后者所恶用。"由此类推，他的对于红色的恋，对于苏俄的结婚的主张，也不难猜度了，故而在那两卷过去一年的妇女杂志之中，关于苏俄的女性及妇女生活的介绍，却只有短短的一两篇。

郑秀岳读了，最感到趣味的，是他的一篇歌颂情死的文章。他以情死为爱的极致，他说殉情的圣人比殉教的还要崇高伟大。于举了中外古今的许多例证之后，他结末就造了一句金言说："热情奔放的青年男女哟，我们于恋爱之先，不可不先有一颗敢于情死之心，我们于恋爱之后，尤不可不常存着一种无论何时都可以情死之念。"

郑秀岳被他的文章感动了，读到了一篇他吊希腊的海洛和来安玳的文字的时候，自然而然地竟涌出来了两行清泪。当她读这一篇文字的那天晚上，似乎是旧历十三四夜的样子，读完之后，她竟兴奋得睡不着觉。将书本收起、电灯灭黑以后，她仍复痴痴呆呆地回到了窗口她那张桌子的旁边静坐了下去。皎洁的月光从窗里射了进来。她探头向天上一看，又看见了一角明蓝无底的夜色天。前楼上他的那张书桌上的电灯，也还红红地点着在那里。她仿佛看见了一湾春水绿波的海来斯滂脱的大海，她自己仿佛是成了那个多情多恨的爱弗洛提脱的女司祭，而楼上在书桌上大约是还在写稿子的那个清丽的吴郎，仿佛就是和她隔着一重海峡的来安玳。

二十

新军阀的羊皮下的狼身，终于全部显露出来了。革命告了一个段落之后，革命军阀就不要民众，不要革命的工农兵了。

一九二七年四月十一日的夜半，革命军阀竟派了大军，在闸北南市等处，包围住了总工会的纠察队营部屠杀起来。赤手空拳的上海劳工大众，以用了那样重大的牺牲去向孙传芳残部手里夺来的破旧的枪械，抵抗了一昼夜，结果当然是枪械的全部被夺，和纠察队的全部灭亡。

那时候冯世芬的右肩的伤处，还没有完全收口。但一听到了这军部派人来包围纠察队总部的消息，她就连晚冒雨赤足，从沪西走到了闸北。但是纠察队总部的外围，革命军阀的军队，前后左右竟包围了三匝。她走走这条路也不通，走走那条路也不通，终于在暗夜雨里徘徊绕走了三四个钟头。天亮之后，却有一条虬江路北的路通了，但走了一段，又被兵士阻止了去路。

到了第二天早晨，南北市纠察队的军械全部被缴去了，纠察队员也全部被杀戮了，冯世芬赶到了闸北商务印书馆的东方图书馆外，仍旧还不能够进去。含着眼泪，鼓着勇气，谈判争论了半天，她才得了一个守门的兵士的许可，走进了尸身积垒的那间临时充作总工会纠察队本部的东方图书馆内。找来找去地又找了许多时候，在图书馆楼下大厅的角落里，她终于寻出了一个鲜血淋漓的陈应环的尸体。因为他是跟广州军出发北伐，在革命军到沪之先的三个月前，从武汉被派来上海参加组织总罢工大暴动的，而她自己却一向就留在上海，没有去到广州。

中国的革命运动，从此又转了方向了。南京新军阀政府成立以后，第一件重要工作，就是向各帝国主义的投降和对苏俄的绝交。冯世芬也因被政府的走狗压迫不过，从沪西的大华纱厂，转到了沪东的新开起来的一家厂家。

正当这个中国政治回复了昔日的旧观，军阀党棍贪官污吏土豪劣绅联结了帝国主义者和买办地主来压迫中国民众的大把戏新开幕的时候，郑秀岳和吴一粟的恋爱也成熟了。

一向是迟疑不决的郑秀岳，这一回却很勇敢地对吴一粟表白了她的倾倒之情。她的一刻也离不得爱、一刻也少不得一个依托之人的心，于半年多的久渴之后，又重新燃烧了起来，比从前更猛烈地、更强烈地放起火花来了。

那一天是在阳历五月初头的一个很晴爽的礼拜天。吃过午饭，郑秀岳的父母本想和她上先施公司去购买物品的，但她却饰辞谢绝了。送她父母出门之后，她就又向窗边坐下，翻开那两卷已经看过了好几次的妇女杂志来看。偶尔一回两回，从书本上举起眼看看天井外的碧落，半弯同海也似的晴空，又像在招引她出去，上空旷的地方去翱翔。对书枯坐了半个多钟头，她又把眼睛举起，在遥望晴空的时候，于前楼上本来是开在那里的窗门口，她忽而看出了一个也是在倚栏呆立、举头望远的吴一粟的半身儿。她坐在那儿的地方的两扇玻璃窗，是关上的，所以她在窗里，可以看得见楼上吴一粟的上半身，而从吴一粟的楼上哩，因为有反光的玻璃遮在那里的缘故，虽则低头下视，也看不见她的。

痴痴地同失了神似的昂着头向吴一粟看了几分钟后，她的心弦，忽而被挑动了。立起身来，换上了一件新制的夹袍，把头面向镜子里照了一回，她就拿起了那两卷装订得很厚的妇女杂志合本，轻轻地走出了厢房，走上楼梯。

这时候房东夫妇，似在楼上统厢房的房里睡午觉，金妈在厨房间里缝补衣服，而那房东的包车夫又上街去买东西去了，所以全屋子里清静得声响毫无。

她走到了前楼门口，看见吴一粟的房门，开了三五寸宽的一条门缝，斜斜地半掩在那里。轻轻开进了门，向前走了一步，"吴先生！"地低低叫了一声，还在窗门口呆立着的吴一粟马上旋转了身来。吴一粟看见了她，脸色立时涨红了，她也立住了脚，面孔红了一红。

"吴先生，你站在窗门口做什么？"她放着微笑，开口就发了这一句问，"你不在用功么？我进来，该不会耽误你的工夫罢？"

"哪里！哪里！我刚才看书看得倦了，呆站在这儿看天。"说出了这一句话后，他的脸又加红了一层。

"这两卷杂志，我都读过了，谢谢你。"说着她就走近了书桌，把那两大卷书放向了桌上。吴一粟这时候已经有点自在起来了，向她看了一眼，就也微笑着移动了一移动藤椅，请她在桌子对面的那张椅子上坐下，他自己也马上在桌子这面坐了下去。

"这杂志你觉得怎么样？"这样问着，他又举眼看入了她的眼睛。

"好极了，我尤其是喜欢读你的东西。那篇吊海洛和来安琪的文章，我反复地读了好几遍。"

听了她这一句话后，他的刚褪色的脸上又涨起了两面红晕。

"请不要取笑，那一篇还是在前两年作的，后来因为稿子不够，才登了进去，真是幼稚得很的东西。"

"但我却最喜欢读，还有你的另外的著作译稿，我也通通读了，对于你的那一种高远的理想，我真佩服得很。"

说到了这里，她脸上的笑容没有了，却换上了一脸很率真很纯粹的表情。

吴一粟对她呆了一呆，就接着勉强装了一脸掩藏羞耻的笑，开闭着眼睛，俯下了头，低声地回答说："理想，各人总有一个的。"

又举起了头，把眼睛开闭了几次，迟疑了一会，他才羞缩地笑着问说："蜜司郑，你的理想呢？"

"我的完全同你的一样，你的意见，我是全部都赞成的。"

又红了红脸，俯下了头，他便轻轻地说："我的是一种空想，不过是一种空的理想。"

"为什么说是空的呢？我觉得是实在的，是真的，吴先生，吴先生，你……"说到了这里，她的声调，带起情热的颤音来了，一双在注视着吴一粟的眼睛里，也放出了同琥珀似的光。

"吴先生，你……不要以为妇女中间，没有一个同你抱着一样的理想的人。我……我真觉得这理想是不错的，是对的，完全是对的。"

吴一粟俯首静默了一会，举起头来向郑秀岳脸上很快很快地掠视了一过，便掉头看向了窗外的晴空，只自言自语地说："今天的天气，实在是好得很。"

郑秀岳也掉头看向了窗外，停了一会，就很坚决地招诱他说："吴先生，你想不想上外面去走走？"

吴一粟迟疑着不敢答应。郑秀岳看破了他的意思了，就说她的父母都不在家里，她想先出去，到外面的马路角上去立在那里等他。一边说着一边她就立起身来走下了楼去。

<h1 style="text-align:center">二十一</h1>

晴和的下午的几次礼拜天的出去散步，郑秀岳和吴一粟中间的爱情，差不多已经确立定了。吴一粟的那一种羞缩怕见人的态度，只有对郑秀岳一个人稍稍改变了些。虽则他和她在散步的时候，所谈的都是些关于学问、关于女子在社会上的地位等空洞的东西，虽则两人中间，谁也没有说过一句"我爱你"的话，但两人中间的感情了解，却是各在心里知道得十分明白。

郑秀岳的父母，房东夫妇，甚而至于那使佣人的金妈，对于她和他的情爱，也都已经公认了，觉得这一对男女，若配成夫妇的话，是最好也没有的喜事，所以遇到机会，只在替他们两人拉拢。

七月底边，郑秀岳的失学问题，到了不得不解决的时候了。郑去非在报上看见了一个吴淞的大学在招收男女学生，所以择了一天礼拜天，就托吴一粟陪了他的女儿上吴淞去看看那学校，问问投考入学的各种规程。他自己是老了，并且对于新的教育，也不懂什么，是以选择学校及投考入学各事，都要拜托吴一粟去为他代劳。

那一天是太阳晒得很热的晴热的初伏天，吴一粟早晨陪她坐火车到吴淞的时候，已将中午了。坐黄包车到了那大学的门口，吴一粟还在对车夫付钱的中间，郑秀岳却在校门内的门房间外，冲见了一年多不见的李文卿。她的身体态度，还是那一种女豪杰的样子，不过脸上的颜色，似乎比从前更黑了一点，嘴里新镶了一副极黄极触目的金牙齿。她拖住了郑秀岳，就替站在她边上的一位也镶着满口金牙不过二十光景的瘦弱的青年介绍说："这一位是顾竹生，系在安定中学毕业的。我们已经同住了好几个月了，下半年想同他来进这一个大学。"

郑秀岳看了一眼这瘦弱的青年，心里正在想起那老斋夫的儿子，吴一粟却走了上来。大家介绍过后，四人就一道走进了大学的园内，去寻事务所去。顾竹生和吴一粟走上了前头，李文卿因在和郑秀岳谈着天，所以脚步就走得很慢。李文卿说，她和顾是昨天从杭州来的，住在上海四马路的一家旅馆里，打算于考后，再一道回去，郑秀岳看看前面的两个人走得远了，就向李文卿问起了那老斋夫的儿子。李文卿大笑了起来说："那个不中用的死鬼，还去提起他做什么？他在去年九月里，早就染了弱症死掉了。可恶的那老斋夫，他于那小儿子死后，向我敲了一笔很大的竹杠，说是我把他的儿子弄杀的。"

说完后又哈哈哈哈地大笑了一阵。

等李文卿和郑秀岳走到那学校的洋楼旁门口的时候，顾竹生和吴一粟却已从里面走了出来，手里各捏了一筒大学的章程。顾竹生见了李文卿，就放着他的那种同小猫叫似的声气说："今天事务员不在，学校里详细的情形问不出来，只要了几份章程。"

李文卿要郑秀岳他们也一道和他们回上海去，上他们的旅馆里去玩，但一向就怕见人的吴一粟却向郑秀岳丢了一个眼色，所以四人就在校门口分散了。李文卿和顾竹生坐上了黄包车，而郑秀岳他们却慢慢地在两旁小吃店很多的野路上向车站一步一步地走去。

因为怕再遇见刚才别去的李文卿他们，所以吴一粟和郑秀岳走得特别地慢。但走到了离车站不远的一个转弯角上，西面自上海开来的火车却已经到了站。他们在树荫下站立了一会，看这火车又重复向西地开了出去，就重新放开了平常速度的脚步，走上海滨旅馆去吃饭去。

这时候黄黄的海水，在太阳光底下吐气发光。一只进口的轮船，远远地从烟突里放出了一大卷烟雾。对面远处，是崇明的一缕长堤，看起来仿佛是梦里的烟景。从小就住在杭州，并未接触过海天空阔的大景过的郑秀岳，坐在海风飘拂的这旅馆的回廊阴处，吃吃看看，更和吴一粟笑笑谈谈，就觉得她周围的什么都没有了，只有她和吴一粟两人，只有她和他，像亚当夏娃一样，现在坐在绿树深沉的伊甸园里过着无邪的原始的日子。

那一天的海滨旅馆，实在另外也没有旁的客，所以他们坐着谈着，竟挨到了两点多钟才喝完咖啡，立起身来，雇车到了炮台东面的长堤之上。

是在这炮台东面的绝无一个人的长堤上，郑秀岳被这四周的风景迷醉了，当吴一粟正在叫她向石条上坐下去息息的时候，她的身体突然间倒入了他的怀里。

"吴先生，我们就结婚，好不好？我不想再读书了。"

走在她后面的吴一粟，伸手抱住了她那站立不定的身体，听到了这一句话，却呆起来了。因为他和她虽则老在一道，老在谈许多许多的话，心里头原在互相爱着，但是关于结婚的事情，他却从来也没有想到过。第一他是一个孤儿，觉得世界上断没有一个人肯来和他结婚的；第二他的现在的七十元一月的薪水，只够他一个人的衣食，要想养活另外一个人，是断断办不到的；况且郑秀岳又是一位世家的闺女，他怎么配得上她呢？因此他听到了郑秀岳的这一句话，却呆了起来，默默地抱着她和她的眼睛注视了一忽，在脑里头杂乱迅速地把他自己的身世，和同郑秀岳谈过的许多话的内容回想了一下，他终于流出来了两滴眼泪，这时候郑秀岳的眼睛也水汪汪地湿起来了。四只泪眼，又默默对视了一会，他才慢慢地开始说："蜜司郑，你当真是这样地在爱我么？"

这是他对她说到"爱"字的第一次，头靠在他手臂上的郑秀岳点了点头。

"蜜司郑，我是不值得你的爱的，我虽则抱有一种很空很大的理想，我虽则并没有对任何人讲过恋爱，但我晓得，我自己的心是污秽的。真正高尚的人，就不会，不会犯那种自辱的，自辱的手淫了……"

说到了这里，他的眼泪更是骤雨似的连续滴落了下来。听了他这话，郑秀岳也呜呜咽咽地哭起来了，因为她也想起了从前，想起了她自家的已经污秽得不堪的身体。

二十二

两人的眼泪，却把两人的污秽洗清了。郑秀岳虽则没有把她的过去，说给他听，但她自己相信，她那一颗后悔的心，已经是纯洁无辜，可以和他的相对而并列。他也觉得过去的事情，既经忏悔，以后就须看他自己的意志坚定不坚定，再来重做新人，再来恢复他儿时的纯洁，也并不是一回难事。

这一年的秋天，吴卓人因公到上海来的时候，吴一粟和郑秀岳就正式地由戴次山做媒，由两家家长做主，订下了婚约。郑秀岳的升学读书的问题，当然就搁下来了，因为吴卓人于回山东去之先，曾对郑去非说过，明年春天，极迟也出不了夏天，他就想来为他侄子办好这一件婚事。

订婚之后的两人间的爱情，更是浓密了。郑秀岳每晚差不多总要在吴一粟的房里坐到十点钟才肯下来。礼拜天则一日一晚，两人都在一处。吴一粟的包饭，现在和郑家包在一处了，每天的晚饭，大家总是在一道吃的。

本来是起来得很迟的郑秀岳，订婚之后，也养成了早起的习惯了。吴一粟上书馆去，她每去总要送他上电车，看到电车看不见的时候，才肯回来。每天下午，总算定了他将回来的时刻，老早就在电车站边上，立在那里等他了。

吴一粟虽则胆子仍是很小，但被郑秀岳几次一挑诱，居然也能够见面就拥抱，见面就亲嘴了。晚上两人对坐在那里的时候，吴一粟虽在作稿子译东西的中间，也少不得要五分钟一抱、十分钟一吻地搁下了笔从座位里站起来。

一边郑秀岳也真似乎仍复回到了她的处女时代去的样子，凡吴一粟的身体、声音、呼吸、气味等她总觉得是摸不厌听不厌闻不厌的快乐之泉。白天他不在那里的将近十个钟头的时间，她总觉得如同失去了一点什么似的坐立都是不安，有时候真觉得难耐的时候，她竟会一个人开进他的门去，去睡在他的被里。近来吴一粟房门上的那个弹簧锁的锁钥，已经交给了郑秀岳收藏在那里了。

可是相爱虽则相爱到了这一个程度，但吴一粟因为想贯彻他的理想，而郑秀岳因为尊重他的理想之故，两人之间，绝不曾犯有一点猥亵的事情。

像这样的既定而未婚的蜜样的生活，过了半年多，到了第二年的五月，吴卓人果然到上海来为他的侄儿草草办成了婚事。

本来是应该喜欢的新婚当夜，上床之后，两人谈谈，谈谈，谈到后来，吴一粟又发着抖哭了出来。他一边在替纯洁的郑秀岳伤悼，以后将失去她处女的尊严，受他的蹂躏，一边他也在伤悼自家，将失去童贞，破坏理想，而变成一个寻常的无聊的有家室的男子。

结婚之后，两人间的情爱，当然又加进了一层，吴一粟上书馆去的时刻，一天天地挨迟了。又兼以节季刚进了渐欲困人的首夏，他在书馆办公的中间，一天之内呵欠不知要打多少。

晚上的他的工作时间，自然也缩短了，大抵总不上十点，就上了床。这样地自夏历秋，经过了冬天，到了婚后第二年的春暮，吴一粟竟得着了一种梦遗的病症。

仍复住在楼下厢房里的郑去非老夫妇，到了这一年的春天，因为女儿也已经嫁了，时势也太平了，住在百物昂贵的上海，也没有什么意思，正在打算搬回杭州去过他们的余生。忽听见了爱婿的这一种暗病，就决定带他们的女儿上杭州去住几时，可以使吴一粟一个人在上海清心节欲，调养调养。

起初郑秀岳执意不肯离开吴一粟，后来经她父母劝了好久，并且又告诉了她以君子爱人以德的大义，她才答应。

吴一粟送他们父女三人去杭州之后，每天总要给郑秀岳一封报告起居的信。郑秀岳于初去的时候，也是一天一封，或竟有一天两封的来信的，但过了十几天，信渐渐地少了，减到了两天一封、三天一封的样子。住满了一个月后，因为天气渐热之故，她的信竟要隔五天才来一次了。吴一粟因为晓得她在杭州的同学、教员，及来往的朋友很多，所以对于她的懒得写信，倒也非常能够原谅，可是等到暑假过后的九月初头，她竟有一礼拜没有信来。到这时候，他心里也有点气起来了，于那一天早晨，发出了一封微露怨意的快信之后，等到晚上回家，仍没有见到她的来信，他就急急地上电报局去发了一个病急速回的电报。

实际上的病状，也的确并不会因夫妇的分居而减轻，近来晚上，若服药服得少一点，每有失眠不睡的时候。

打电报的那天晚上，是礼拜六，第二天礼拜日的早晨十点多钟，他就去北火车站等她。头班早车到了，但他在月台上寻觅了半天，终于见不到她的踪影。不得已上近处菜馆去吃了一点点心，等第二班特别快车到的时候，他终于接到了她，和一位同她同来的秃头矮胖的老人。她替他们介绍过后，这李先生就自顾自地上旅馆去了，她和他就坐了黄包车，回到了他们已经住了很久的戴宅旧寓。

一走上楼，两人把自杭州带来的行李食物等摆了一摆好，吴一粟就略带了一点非难似的口吻向她说："你近来为什么信写得这样的少？"

她站住了脚，面上表情似着惊惧，恐怕他要重加责备似的对他凝视了半响，眼睛眨了几眨，却一句话也不说扑落落滚下了一串大泪来。

吴一粟见了她这副神气，心里倒觉得痛起来了，抢上了一步，把她的头颈抱住，就轻轻地慰抚小孩似的对她说："宝，你不要哭，我并不是在责备你，我并不是在责备你，噢，你不要哭！"

同时他也将他自己的已在流泪的右颊贴上了她的左颊。

二十三

晚上上床躺下，她才将她发信少发的原因说了一个明白。起初他们父女三人，是住在旅馆里的，在旅馆住了十几天，才去找寻房屋。一个月之后，终于找到了适当的房子搬了进去。这中间买东买西，添置器具，日日地忙，又哪有空工夫坐下来写信呢？到了最近，她却伤了一次风，头痛发热，睡了一个礼拜，昨天刚好，而他的电报却到了。既说明了理由，一场误解，也就此冰释了，吴一粟更觉到了他自己的做得过火，所以落后倒反向她赔了几个不是。

入秋以后，吴一粟的梦遗病治好了，而神经衰弱，却只是有增无已。过了年假，春夏之交，失眠更是厉害，白天头昏脑痛，事情也老要办错。他所编的那妇女杂志，一期一期地精彩少了下去，书馆里对他，也有些轻视起来了。

这样地一直拖挨过去，又拖过了一年，到了年底，书馆里送了他四个月的薪水，请他停了职务。

病只在一天一天地增重起来，而赖以谋生的职业，又一旦失去，他的心境当然是恶劣到了万分，因此脾气也变坏了。本来是柔和得同小羊一样的他，失业以后，日日在家，和郑秀岳终日相对，动不动就要发生冲突。郑秀岳伤心极了，总以为吴一粟对她，变了初心。每想起订婚后的那半年多生活的时候，她就要流下泪来。

这中间并且又因为经济的窘迫，生活也节缩到了无可再省的地步。失业后闲居了三月，又是春风和暖的节季了，人家都在添置春衣，及时行乐，而郑秀岳他们，却因积贮将完之故，正在打算另寻一间便宜一点的亭子间而搬家。

正是这样在跑来跑去找寻房子的中间，有一天傍晚，郑秀岳忽在电车上遇见了五六年来没有消息的冯世芬。

冯世芬老了，清丽长方的脸上，细看起来，竟有了几条极细的皱纹。她穿在那里的一件青细布的短衫，和一条黑布的夹裤，使她的年龄更要加添十岁。

郑秀岳起初在三等拖车里坐上的时候，竟没有注意到她。等将到日升楼前，两人都快下电车去的当儿，冯世芬却从座位里立起，走到了就坐在门边郑秀岳的身边，将一只手按上了郑秀岳的肩头，冯世芬对她亲亲热热地叫了一声之后，郑秀岳方才惊跳了起来。

两人下了电车，在先施公司的檐下立定，就各将各的近状报告了个仔细。

冯世芬说，她现在在沪东的一个厂里做夜工，就住在去提篮桥不远的地方。今天她是上周家桥去看了朋友回来的，现在正在打算回去。

郑秀岳将过去的事情简略说了一说，就告诉了她以吴一粟的近状。说他近来如何如何地虐待她，现在因为失业失眠的结果，天天晚上非喝酒不行了，她现在出来就是为他来买酒的。末了便说了他们正在想寻一间便宜一点的亭子间搬家的事情，问冯世芬在沪东有没有适当的房子出租。

冯世芬听了这些话后，低头想了一想，就说："有的有的，就在我住的近边。便宜是便宜极了，可只是龌龊一点，并且还是一间前楼，每月租金只要八块。你明朝午后就来罢，我在提篮桥电车站头等你们，和你们一道去看。那间房子里从前住的是我们那里的一个人很好的工头，他前天搬走了，大约是总还没有租出的。我今晚上回去，就可以替你先去说一说看。"

她们约好了时间，和相会的地点，两人就分开了。郑秀岳买了酒一个人在走回家去的电车上，又想起了不少的事情。

她想起了在学校里和冯世芬在一道的时节的情形，想起了冯世芬出走以后的她的感情的往来起伏，更想起了她对冯世芬的母亲，实在太对不起了，自从冯世芬走后，除在那一年暑假中只去了一两次外，以后就绝迹地没有去过。

想到最后，她又转到了目下的自己的身上，吴一粟的近来对她的冷淡，对她的虐待，她越想越气，越想越觉得不能甘心。正想得将要流下眼泪来的时候，电车却已经到了她的不得不下去的站头上了。

这一天晚上，吃过晚饭之后，在电灯底下，她一边缝着吴一粟的小衫，一边就告诉了他以冯世芬出走的全部的事情。将那一年冯世芬的事情说完之后，她就又加上去说："冯世芬她舅舅的性格，是始终不会改变的。现在她虽则不曾告诉我他的近状怎样，但推想起来，他的对她，总一定还是和当初一样。可是一粟，你呢？你何以近来会变得这样的呢？经济的压迫，我是不怕的，但你当初对我那样热烈的爱，现在终于冷淡到了如此，这却真真使我伤心。"

吴一粟默默地听到了这里，也觉得有辩解的必要了，所以就柔声地对她说："秀，那是你的误解。我对你的爱，也何尝有一点变更？可是第一，你要想想我的身体，病到了这样，再要一色无二地维持初恋时候那样的热烈，是断不可能的。这并不是爱的冷落，乃是爱的进化。我现在对你更爱得深刻了，所以不必拥抱，不必吻香，不必一定要抱住了睡觉，才可以表示我对你的爱。你的心思，我也晓得，你的怨我近来虐待你，我也承认。不过，秀，你也该设身处地地为我想想。失业到了现在，病又老是不肯断根，将来的出路希望，一点儿也没有。处身在这一种状态之下，我又哪能够和你日日寻欢作乐，像初恋当时呢？"

　　郑秀岳听了这一段话，仔细想想，倒也觉得不错。但等到吴一粟上床去躺下，她一个人因为小衫的袖口还有一只没有缝好，仍坐在那里缝下去的中间，心思一转，把几年前的情形，和现在的一比，则又觉得吴一粟的待她不好了。

　　"从前是他睡的时候，总要叫我去和他一道睡下的，现在却一点儿也不顾到我，竟自顾自地去躺下了。这负心的薄情郎，我将如何地给他一个报复呢？"

　　她这样地想想，气气，哭哭，这一晚竟到了十二点过，方才叹了口气，解衣上床去在吴一粟的身旁睡下。吴一粟身体虽则早已躺在床上，但双眼是不闭拢的。听到了她的暗泣和叹气的声音，心神愈是不快，愈是不能安眠了。再想到了她的思想的这样幼稚，对于爱的解释的这样简单，自然在心里也着实起了一点反感，所以明明知道她的流泪的原因和叹气的理由在什么地方，他可终只朝着里床作了熟睡，而闭口不肯说出一句可以慰抚她的话来。但在他的心里，他却始终是在哀怜她、痛爱她的，尤其是当他想到了这几月失业以后的她的节俭辛苦的生活的时候。

二十四

　　差不多将到和冯世芬约定的时间前一个钟头的时候，郑秀岳和吴一粟，从戴家的他们寓里走了出来，屋外头依旧是淡云笼日的一天养花的天气。

　　两人的心里，既已发生了暗礁，一路在电车上，当然是没有什么话说的。郑秀岳并且在想未婚前的半年多中间，和他出来散步的时候，是如何地温情婉转，与现在的这现状一比，真是如何地不同。总之境随心转，现在郑秀岳对于无论什么琐碎的事情行动，片言只语，总觉得和从前相反了，因之触目伤怀，看来看去，世界上竟没有一点可以使她那一颗热烈的片时也少不得男子的心感到满足。她只觉得空虚，只觉得在感到饥渴。

　　电车到了提篮桥，他们俩还没有下车之先，冯世芬却先看到了他们在电车里，就从马路旁行人道上，急走了过来。郑秀岳替他和冯世芬介绍了一回，三人并着在走的中间，冯世芬开口就说："那一间前楼还在那里，我昨晚上已经去替你们说好了，今朝只需去看一看，付他们钱就对。"

　　说到了这里，她就向吴一粟看了一眼，凛然地转了话头对他说："吴先生，你的失业，原也是一件恨事，可是你对郑秀岳为什么要这样地虐待呢？同居了好几年，难道她的性情你还不晓得么？她是一刻也少不得一个旁人的慰抚热爱的。你待她这样的冷淡，叫她那一颗狂热的心，去付托何人呢？"

　　本来就不会对人说话，而胆子又是很小的吴一粟，听了这一片非难，就只是红了脸，低着头，在那里苦笑。冯世芬看了他这一副和善忠厚难以为情的样子，心里倒也觉得说的话太过分了，所以转了一转头，就向走在她边上的郑秀岳说："我们对男子，也不可过于苛刻。我们是有我们的独立人格的，假如万事都要依赖男子，连自己的情感都要仰求男子来扶持培养，那也未免太看得起男子太看不起自己了。秀岳，以后我劝你先把你自己的情感解放出来，琐碎的小事情不要去想它，把你的全部精神去用在大的远的事情之上。金钱的浪费，原是对社会的罪恶，但是情感的浪费，却是对人类的罪恶。"

这样在谈话的中间，他们三人却已经到了目的地了。

这一块地方，虽说是沪东，但还是在虹口的东北部，附近的翻砂厂、机织厂，和各种小工场很多，显然是一个工人的区域。

他们去看的房子，是一间很旧的一楼一底的房子。由郑秀岳他们看来，虽觉得是破旧不洁的住宅，但在附近的各种歪斜的小平屋内的住民眼里，却已经是上等的住所了。

走上楼去一看，里面却和外观相反，地板墙壁，都还觉得干净，而开间之大，比起现在他们住的那一间来，也小不了许多。八块钱一月的租金，实在是很便宜，比到现在他们的那间久住的寓房，房价要少十块。吴一粟毫无异议，就劝郑秀岳把它定落，可是迟疑不决、多心多虑的郑秀岳，又寻根掘底地向房东问了许多话，才把一个月的房金交了出来。

一切都说停妥，约好于明朝午后搬过来后，冯世芬就又陪他们走到了路上。在慢慢走路的中间，她却不好意思地对郑秀岳说："我住的地方，离这儿并不十分远。可是那地方既小又龌龊，所以不好请你们去，我昨天的不肯告诉你们门牌地点，原因也就在此，以后你们搬来住下，还是常由我来看你们罢！"

走到了原来下电车的地方，看他们坐进了车，她就马上向东北地回去了。

离开了他们住熟的那间戴宅的寓居，在新租的这间房子里安排住下，诸事告了一个段落的时候，他们手头所余的钱，只有五十几块了。郑秀岳迁到了这一个新的而又不大高尚的环境里后，心里头又多了一层怨愤。因为她的父母也曾住过，恋爱与结婚的记忆，随处都是的那一间旧寓，现在却从她的身体的周围剥夺去了。而饥饿就逼在目前的现在的经济状况，更不得不使她想起就要寒心。

勉强地过了一个多月，把吴一粟的医药费及两人的生活费开销了下来，连搬过来的时候还在手头的五十几块钱都用得一个也没有剩余。郑秀岳不得已就只好拿出她的首饰来去押入当铺。当她从当铺里回来，看见了吴一粟的依旧是愁眉不展、毫无喜色的颜面的时候，她心里头却又疾风骤雨似的起了一种莫名其妙的憎恶之情。

"我牺牲到了这一个地步，你也应该对我表示一点感激之情才对吓。那些首饰除了父母给我的东西之外，还有李文卿送我的手表和戒指在里头哩。

看你的那一副脸嘴，倒仿佛是我应该去弄了钱来养你的样子。"

她嘴里虽然不说，但心里却在那样怨恨的中间，如电光闪发般的，她忽而想起了李文卿，想起了李得中和张康两位先生。

她心意决定了，对吴一粟也完全绝望了，所以那一天晚上，于吴一粟上床之后，她一个人在电灯下，竟写了三封同样的热烈的去求爱求助的信。

过了几天，两位先生的复信都来了，她物质上虽然仍在感到缺乏，但精神上却舒适了许多，因为已经是久渴了的她的那颗求爱的心，到此总算得到了一点露润。

又过了一个星期的样子，李文卿的回信也来了，信中间并且还附上了一张五块钱的汇票。她的信虽则仍旧是那一套桃红柳绿的文章，但一种怜悯之情，同富家翁对寒号饥泣的乞儿所表示的一种怜悯之情，却是很可以看得出来的，现在的郑秀岳，连对于这一种怜悯，都觉得不是侮辱了。

她的来信说，她早已在那个大学毕了业，现在又上杭州去教书了，所以郑秀岳的那一封信，转了好几个地方才接到。顾竹生在入大学后的翌年，就和她分开了，现在和她同住的，却是从前大学里的一位庶务先生。这庶务先生自去年起也失了业，所以现在她却和郑秀岳一样，反在养活男人。这一种没出息的男子，她也已经有点觉得讨厌起来了。目下她在教书的这学校的校长，对她似乎很有意思，等她和校长再有进一步的交情之后，她当为郑秀岳设法，也可以上这学校里去教书。她对郑秀岳的贫困，虽也很同情，可是因为她自家也要养活一个寄生虫在她的身边，所以不能有多大的帮助，不过见贫不救，富者之耻，故而寄上大洋五元，请郑秀岳好为吴一粟去买点药料之类的东西。

二十五

郑秀岳他们的生活愈来愈窘，到了六月初头，他们连几件棉夹的衣类都典当尽了。迫不得已最怕羞最不愿求人的吴一粟，只好写信去向他的叔父求救，而郑秀岳也只能坐火车上杭州去向她的父母去乞借一点。

她在杭州，虽也会到了李得中先生和李文卿，但张康先生却因为率领学生上外埠去旅行去了，没有见到。

在杭州住了一礼拜回来，物质上得了一点小康，她和吴一粟居然也恢复了些旧日的情爱。这中间吴卓人也有信来了，于附寄了几十元钱来之外，他更劝吴一粟于暑假之后也上山东去教一点书。

失业之苦，已经尝透了的吴一粟，看见了前途的这一道光明，自然是喜欢得比登天还要快活，因而他的病也减轻了许多，而郑秀岳在要求的那一种火样的热爱，他有时候竟也能够做到了几分。

但是等到一个比较快乐的暑假过完，吴一粟正在计划上山东他叔父那里去的时候，一刻也少不得男人的郑秀岳又提出了抗议。她主张若要去的话，必须两人同去，否则还不如在上海找点事情做做的好。况且吴一粟近来身体已经养得差不多快复原了，就是作点零碎的稿子卖卖，每月也可以得到几十块钱。神经衰弱之后，变得意志异常薄弱的吴一粟，听了她这番话，觉得也很有道理。又加以他的本性素来是怕见生人、不善应酬的，即使到了山东，也未见得一定弄得好。正这样迟疑打算的中间，他的去山东的时机就白白地失掉了。

九月以后，吴一粟虽则也作了一点零碎的稿子去换了些钱，但卖文所得，一个多月积计起来，也不过二十多元，两人的开销，当然是入不敷出的。于是他们的生活困苦，就又回复到了暑假以前的那一个状态。

在暑假以前，他们还有两个靠山可以靠一靠的。但到了这时候，吴一粟的叔父的那一条路自然地断了，而杭州郑秀岳的父母，又本来是很清苦的，要郑去非每月汇钱来养活女儿女婿，也觉得十分为难。

九月十八，日本帝国主义的军队和中国军阀相勾结，打进了东三省。中国市场于既受了世界经济恐慌的余波之后，又直面着了这一个政治危机，大江南北的金融界、商业界，就完全停止了运行。

到了这一个时期，吴一粟连十块五块卖一点零碎稿子的地方也不容易找到了。弄得山穷水尽，倒是在厂里做着夜工，有时候于傍晚上工去之前偶尔来看看他们的冯世芬，却一元两元地接济了他们不少。

十二月初旬的一天阴寒的下午，吴一粟拿了一篇翻译的文章，上东上西地去探问了许多地方，才换得了十二块钱，于上灯的时候，欢天喜地地走了回来。但一进后门，房东的一位女主人，就把楼上房门的锁钥交给他说："师母上外面去了，说是她的一位先生在旅馆里等她去会会，晚饭大约是不来吃的，你一个人先吃好了，不要等她。"

吴一粟听了，心里倒也很高兴，以为又有希望来了。既是她的先生会她，大约总一定有什么教书的地方替她谋好了来通知她的，因为前几个月里，她曾向杭州发了许多的信，在托她的先生同学，为她自己和吴一粟谋一个小学教员之类的糊口的地方。

吴一粟在这一天晚上，因为心境又宽了一宽，所以吃晚饭的时候，竟独斟独酌地饮了半斤多酒。酒一下喉，身上也加了一点热度，向床上和衣一倒，他就自然而然地睡着了。一睡醒来，他听见楼下房东的钟，正堂堂地敲了十点。但向四面一看，空洞洞的一间房里，郑秀岳还没有回来。他心里倒有些急起来了，平时日里她出去半日的时候原也很多，但在晚间，则无论如何，十点以前，总一定回来的。他先向桌上及抽斗里寻了一遍，看有没有字条留下，或者知道了她的去所，他也可以去接她。可是寻来寻去，寻了半天，终于寻不到一点她的字迹。又等了半点多钟，他想想没有法子，只好自家先上床去睡下再说。把衣服一脱，在摆向床前的那一张藤椅子上去的中间，他却忽然在这藤椅的低洼的座里，看出了一团白色的纸团儿来。

急忙地把这纸团捡起，拿了向电灯底下去摊开一看，原来是一张三马路新惠中旅社的请客单子，上面写着郑秀岳的名字和他们现在的住址，下面的署名者是张康，房间的号数是二百三十三号。他高兴极了，因为张康先生的名字，他也曾听见她提起过的。这一回张先生既然来了，他大约总是为她或他自己的教书地方介绍好了无疑。

重复把衣服穿好，灭黑了电灯，锁上了房门，他欢天喜地地走下了楼来。房主人问他，这么迟了还要上什么地方去？他就又把锁钥交出，说是去接她回来的，万一她先回来了的话，那请把这锁钥交给她就行。

他寻到了旅社里的那一号房间的门口，百叶腰门里的那扇厚重的门却正半开在那里。先在腰门上敲了几下，推将进去一看，他只见郑秀岳披散了头发，倒睡在床前的地毯之上。身上穿的，上身只是一件纽扣全部解散的内衣，胸乳是露出在外面的，下身的衬裤，也只有一只腿还穿在裤脚之内，其他的一只腿还精赤着裹在从床上拖下地来的半条被内。她脸上浸满了一脸的眼泪，右嘴角上流了一条鲜红的血。

他真惊呆极了，惊奇得连话都不能够说出一句来。张大了眼睛呆立在那里总约莫有了三分钟的光景，他的背后白打的腰门一响，忽而走进了一个人来。朝转头去一看，他看见了一位四十光景的瘦长的男子，上身只穿了一件短薄的棉袄，两手还在腰间棉袄下系缚裤子，看起样子，他定是刚上外面去小解了来的。他的面色涨得很青，上面是蓬蓬的一头长发，两只眼睛在放异样的光，颜面上的筋肉和嘴口是表示着兴奋到了极点，在不断地抽动。这男子一进来，房里头立时就充满了一股杀气。他瞠目看了一看吴一粟，就放了满含怒气的大声说："你是这娼妇的男人么？我今天替你解决了她。"

说着他将吴一粟狠命一推，又赶到了床前伏下身去一把头发将她拖了起来。这时候郑秀岳却大哭起来了。吴一粟也就赶过去，将那男子抱住，拆散了他的拖住头发的一只右手。他一边在那里拆劝，一边却含了泪声乱嚷着说："饶了她吧，饶了她吧，她是一个弱女子，经不起你这么乱打的。"

费尽了平生的气力，将这男子拖开，推在沙发上坐下之后，他才问他，这究竟是怎么一回事。

他鼻孔里尽吐着深深的长长的怒气，一边向棉袄袋里一摸，就摸出了一封已经是团得很皱的信来向吴一粟的脸上一掷说："你自己去看罢！"

吴一粟弯身向地上捡起了那一封信，手发着抖，摊将开来一看，却是李得中先生寄给郑秀岳的一封很长很长的情书。

二十六

秀岳吾爱：

今天同时收到你的两封信，充满了异样的情绪，我不知将如何来开口吐出我心上欲说的话。这重重伤痕的梦啊，怎么如今又燃烧得这般厉害？直把我套入人生的谜里，我挣扎不出来。尤其是我的心被惊动了，"何来余情，重忆旧时人？这般深"。这变态而矛盾的心理状况，我揭不穿。我全被打入深思中，我用尽了脑力。我有这一点小聪明，我未曾用过一点力量来挽回你的心，可是现在的你，由来信中的证明，你是确实地余烬复燃了，重来温暖旧时的人。可是我依然是那么的一个我，已曾被遗忘过的人，又凭什么资格来引你赎回过去的爱。我虽一直不能忘情，但机警的性格指示我，叫我莫呆。故自十八年的夏季，在去沪车上和你一度把晤后，我清醒了许多，那印象种得深，到今天还留在。你该记得罢？那时我是为了要见你之切，才同你去沪的。那时的你，你倒再去想一下。你给我的机会是什么，你说？我只感得空虚，我没有勇气再在上海住下去，我只好偷偷地走。那淡漠，我永印上了心。好，我唯有收起心肠。这是你造成我这么来做，便此数年隔膜，我完全沉默了。不过那潜藏的暗潮仍然时起汹涌，不让它流露就是了，只是个人知道。不料这作孽的未了缘，于今年六月会相逢于狭路，再搅乱了内部的平静。但那时你啊，你是复原了热情，我虽在存着一个解不透的谜，但我的爱的火焰，禁不住日臻荧荧。而今更来了这意料不到的你的心曲，我迷糊了，我不知怎样处置自己，我只好叫唤苍天！秀岳，我亦还爱你，怎好！

我打算马上到上海来和你重温旧梦。这信夜十时写起，已写到十二点半，总觉得情绪太复杂了，不知如何整理。写写，又需要长时的深思，思而再写，我是太兴奋了，故没心地整整写上二个半钟头。祝你愉快！

李得中　十一月八日十二时半

吴一粟在读信的中间，郑秀岳尽在地上躺着，呜呜咽咽地在哭。读完了这一封长信之后，他的眼睛里也有点热起来了，所以一句话也说不出来，只向地上在哭的她和沙发上坐着在吐气的他往复看了几眼，似在发问的样子。

大约是坐在沙发上的那男子，看得他可怜起来了罢，他于鼻孔里吐了一口长气之后，才慢慢地大声对吴一粟说："你大约是吴一粟先生罢，我是张康。郑秀岳这娼妇在学生时代，就和我发生过关系的。后来听说嫁了你了，所以一直还没有和她有过往来。但今年的五月以后，她又常常写起很热烈的信来了，我又哪里知道这娼妇同时也在和那老朽来往的呢？就是我这一回的到上海来，也是为了这娼妇的迫切的哀求而来的呀。哪里晓得睡到半夜，那老朽的这一封污浊不通的信，竟被我在她的内衣袋里发现了，你说可气不可气？"说到了这里，他又深深地吐了一口气。回转头去，更狠狠地向她毒视了一眼，他又叫着说："郑秀岳，你这娼妇，你真骗得我好！"

说着他又捏紧拳头，站起来想去打她去了，吴一粟只得再嚷着："饶了她，饶了她，她是一个弱女子！"而把他按住坐了下去。

郑秀岳还在地上呜咽着，张康仍在沙发上发气，吴一粟也一句别的话都说不出来。立着，沉默着，对电灯呆视了几分钟后，他举手擦了一擦眼泪，似含羞地吞吞吐吐地对张康说："张先生，你也不用生气了，根本总是我不好，我，我，我自失业以来，竟不能够，不能够把她养活……"

又沉默了几分钟，他掀了一掀鼻涕，就走近了郑秀岳的身边，毫无元气似的轻轻地说："秀，你起来罢，把衣服裤子穿一穿好，让我们回去！"

听了他这句话后，她的哭声却放大来了，哭一声，啜一啜气，哭一声，啜一啜气，一边哭着，一边她就断断续续地说："今天……今天……我……我是不回去了……我……我情愿被他……被他打杀了……打杀了……在这里……"

张康听了她这一句话，又大声地叫了起来说："你这娼妇，总有一天要被人打杀！我今天不解决你，这样下去，总有一个人来解决你的。"

看他的势头，似乎又要站起来打了，吴一粟又只能跑上他身边去赔罪解劝，只好千不是、万不是地说了许多责备自己的话。

他把张康劝平了下去，一面又向郑秀岳解劝了半天，才从地上扶了她起来。拿了一块手巾，把她脸上的血和眼泪揩了一揩，更寻着了挂在镜衣橱里的她那件袍子替她披上，棉裤棉袄替她拿齐之后，她自己就动手穿缚起衬衣衬裤来了。等他默默地扶着了她，走出那间二百三十三号的房间的时候，旅馆壁上挂在那里的一个圆钟，短针却已经绕过了"Ⅲ"字的记号。

二十七

一九三二年一月二十九日的侵晨，虹口一带，起了不断的枪声，闸北方面，火光烟焰，遮满了天空。

飞机掷弹的声音，机关枪仆仆仆仆扫射的声音，街巷间悲啼号泣的声音，杂聚在一处，似在奏第二次世界大战的前奏序曲。这中间，有一队穿海军绀色的制服的巡逻队，带了几个相貌狰狞的日本浪人，在微明的空气里，竟用枪托斧头，打进了吴一粟和郑秀岳寄寓在那里的那一间屋里。

楼上楼下，翻箱倒箧地搜索了半小时后，郑秀岳就在被里被他们拉了出来，拖下了楼，拉向了那小队驻扎在那里的附近的一间空屋之中。吴一粟叫着喊着，跟他们和被拉着的郑秀岳走了一段，终于被一位水兵旋转身来，用枪托向他的脑门上狠命地猛击了一下。他一边还在喊着："饶了她，饶了她，她是一个弱女子！"但一边却同醉了似的向地上坐了下去，倒了下去。

两天之后，法界的一个战区难民收容所里，墙角边却坐着一位瘦得不堪、额上还有一块干血凝结在那里的中年疯狂难民，白天晚上，尽在对了墙壁上空喊："饶了她！饶了她！她是一个弱女子！"

又过了几天，一位清秀瘦弱的女工，同几位很像是她的同志的人，却在离郑秀岳他们那里不远的一间贴近日本海军陆战队曾驻扎过的营房间壁的空屋里找认尸体。在五六个都是一样的赤身露体、血肉淋漓的青年妇女尸体之中，那女工却认出了双目和嘴，都还张着，下体青肿得特别厉害，胸前的一只右奶已被割去了的郑秀岳的尸身。

她于寻出了这因被轮奸而毙命的旧同学之后，就很有经验似的叫同志们在那里守着而自己马上便出去弄了一口薄薄的棺材来为她收殓。

把她自己身上穿在那里的棉袄棉裤上的青布罩衫裤脱了下来，亲自替那精赤的尸体穿得好好，和几位同志，把尸身抬入了棺中，正要把那薄薄的棺盖钉上去的时候，她却又跑上了那尸体的头边，亲亲热热地叫了几声说："郑秀岳！……郑秀岳……你总算也照你的样子，贯彻了你那软弱的一生。"又注目呆看了一忽，她的清秀长方意志坚决的脸上，却也有两滴眼泪流下来了。

冯世芬的收殓被惨杀的遗体，计算起来，五年之中，这却是她的第二次的经验。

后叙

《她是一个弱女子》的题材，我在一九二七年（见《日记九种》第五十一页一月十日的日记）就想好了，可是以后辗转流离，终于没有工夫把它写出。这一回日本帝国主义的军队来侵，我于逃难之余，倒得了十日的空闲，所以就在这十日内，猫猫虎虎地试写了一个大概。写好之后，过细一看，觉得失败的地方很多，但在这杀人的经济压迫之下，也不能够再来重行改削或另起炉灶了，所以就交给了书铺，叫他们去出版。

书中的人物和事实，不消说完全是虚拟的，请读者万不要去空费脑筋，妄思证对。

写到了如今的小说，其间也有十几年的历史了，我觉得比这一次写这篇小说时的心境更恶劣的时候，还不曾有过。因此这一篇小说，大约也将变作我作品之中的最恶劣的一篇。

一九三二年三月达夫记

银灰色的死

上

雪后的东京，比平时更添了几分生气。从富士山顶吹下来的微风，总凉不了满都男女的白热的心肠。一千九百二十年前，在伯利恒的天空游动的那颗明星出现的日期又快到了。街街巷巷的店铺，都装饰得同新郎新妇一样，竭力的想多吸收几个顾客，好添些年终的利泽。这正是贫儿富主，一样多忙的时候。这也是逐客离人，无穷伤感的时候。

在上野不忍池的近边，在一群乱杂的住屋的中间，有一间楼房，立在澄明的冬天的空气里。这一家人家，在这年终忙碌的时候，好像也没有什么生气似的，楼上的门窗，还紧紧的闭在那里。金黄的日球，离开了上野的丛林，已经高挂在海青色的天体中间，悠悠的在那里笑人间的多事了。

太阳的光线，从那紧闭的门缝中间，斜射到他的枕上的时候，他那一双同胡桃似的眼睛，就睁开了。他大约已经有二十四五岁的年纪。在黑漆漆的房内的光线里，他的脸色更加觉得灰白，从他面上左右高出的颧骨，同眼下的深深的眼窝看来，他却是一个清瘦的人。

他开了半只眼睛，看看桌上的钟，长短针正重叠在 X 字的上面。开了口，打了一个呵欠，他并不知道他自家是一个大悲剧的主人公，又仍旧嘶嘶的睡着了。半醒半觉的睡了一忽，听着间壁的挂钟打了十一点之后，他才跳出被来。胡乱地穿好了衣服，跑下了楼，洗了手面，他就套上了一双破皮鞋，跑出外面去了。

他近来的生活状态，比从前大有不同的地方。自从十月底到如今，两个月的中间，他总每是昼夜颠倒的要到各处酒馆里去喝酒。东京的酒馆，当炉的大约都是十七八岁的少妇。他虽然知道她们是想骗他的金钱，所以肯同他闹，同他玩的，然而一到了太阳西下的时候，他总不能在家里好好的住着。有时候他想改过这恶习惯来，故意到图书馆里去取他平时所爱读的书来看，然而到了上灯的时候，他的耳朵里，忽然会有各种悲凉的小曲儿的歌声听见起来；他的鼻孔里，也会有脂粉，香油，油沸鱼肉，香烟醇酒的混合的香味到来；他的书的字里行间，忽然会跳出一个红白的脸色来。一双迷人的眼睛，一点一点的扩大起来。同蔷薇花苞似的嘴唇，渐渐儿的开放起来，两颗笑靥，也看得出来了。洋磁似的一排牙齿，也看得出来了。他把眼睛一闭，他的面前，就有许多妙年的妇女坐在红灯的影里，微微的在那里笑着。也有斜视他的，也有点头的，也有把上下的衣服脱下来的，也有把雪样嫩的纤手伸给他的。到了那个时候，他总会不知不觉的跟了那只纤手跑去，同做梦的一样，走了出来。等到他的怀里有温软的肉体坐着的时候，他才知道他是已经不在图书馆内了。

昨天晚上，他也在这样的一家酒馆里坐到半夜过后一点钟的时候，才走出来，那时候他的神志已经不清了，在路上跌来跌去的走了一会，看看四周并不能看见一个人影，万户千门，都寂寂的闭在那里，只有一行参差不齐的门灯，黄黄的在街上投射出了几处朦胧的黑影。街心的两条电车的路线，在那里放磷火似的青光。他立住了足，靠着了大学的铁栏杆，仰起头来就看见了那十三夜的明月，同银盆似的浮在淡青色的空中。他再定睛向四面一看，才知道清静的电车线路上，电柱上，电线上，歪歪斜斜的人家的屋顶上，都洒满了同霜也似的月光。他觉得自家一个人孤冷得很，好像同遇着了风浪后的船夫，一个人在北极的雪世界里漂泊着的样子。背靠着了铁栏杆，他尽在那里看月亮。看了一会，他那一双衰弱得同老犬似的眼睛里，忽然滚下了两颗眼泪来。去年夏天，他结婚的时候的景象，同走马灯一样，旋转到他的眼前来了。

三面都是高低的山岭，一面宽广的空中，好像有江水的气味蒸发过来的样子。立在山中的平原里，向这空空荡荡的方面一望，人们便能生出一种灵异的感觉来，知道这天空的底下，就是江水了。在山坡的煞尾的地方，在平原的起头的区中，有几点人家，沿了一条同曲线似的青溪，散在疏林蔓草的中间。在一个多情多梦的夏天的深更里，因为天气热得很，他同他新婚的夫人，睡了一会，又从床上爬了起来，到朝溪的窗口去纳凉去。灯火已经吹灭了，月光从窗里射了进来。在藤椅上坐下之后，他看见月光射在他夫人的脸上。定睛一看，他觉得她的脸色，同大理白石的雕刻没有半点分别。看了一会，他心里害怕起来，就不知不觉的伸出了右手，摸上她的面上去。

"怎么你的面上会这样凉的？"

"轻些儿吧，快三更了，人家已经睡着在那里，别惊醒了他们。"

"我问你，唉，怎么你的面上会一点儿血色都没有的呢？"

"所以我总是要早死的呀！"

听了她这一句话，他觉得眼睛里一霎时的热了起来。不知是什么缘故，他就忽然伸了两手，把她紧紧的抱住了。他的嘴唇贴上她的面上的时候，他觉得她的眼睛里，也有两条同山泉似的眼泪在流下来。他们两人肉贴肉的泣了许久，他觉得胸中渐渐儿的舒爽起来了，望望窗外，远近都洒满了皎洁的月光。抬头看看天，苍苍的天空里，有一条薄薄的云影，浮漾在那里。

"你看那天河。……"

"大约河边的那颗小小的星儿，就是我的星宿了。"

"什么星呀？"

"织女星。"

说到这里，他们就停着不说下去了。两人默默地坐了一会，他尽眼看着那一颗小小的星，低声的对她说：

"我明年未必能回来，恐怕你要比那织女星更苦咧。"

他靠住了大学的铁栏杆，呆呆的尽在那里对了月光追想这些过去的情节。一想到最后的那一句话，他的眼泪便连连续续的流了下来，他的眼睛里，忽然看得见一条溪水来了。那一口朝溪的小窗，也映到了他的眼睛里来，沿窗摆着的一张漆的桌子，也映到了他的眼睛里来。桌上的一张半明不灭的洋灯，灯下坐着的一个二十岁前后的女子，那女子的苍白的脸色，一双迷人的大眼，小小的嘴唇的曲线，灰白的嘴唇，都映到了他的眼睛里来。他再也支持不住了，摇了一摇头，便自言自语的说：

"她死了，她是死了，十月二十八日那一个电报，总是真的。十一月初四的那一封信，总也是真的，可怜她吐血吐到气绝的时候，还在那里叫我的名字。"

一边流泪，一边他就站起来走，他的酒已经醒了，所以他觉得冷起来。到了这深更半夜，他也不愿意再回到他那同地狱似的家里去。他原来是寄寓在他的朋友的家里的，他住的楼上，也没有火钵，也没有生气，只有几本旧书，横摊在黄灰色的电灯光里等他，他愈想愈不愿意回去了，所以他就慢慢地走上上野的火车站去。原来日本火车站上的人是通宵不睡的，待车室里，有火炉生在那里，他上火车站去，就是想去烤火去的。

一直走到了火车站，清冷的路上并没有一个人同他遇见，进了车站，他在空空寂寂的长廊上，只看见两排电灯，在那里黄黄的放光。卖票房里，坐着二三个女事务员，在那里打呵欠。进了二等待车室，半醒半睡的坐了两个钟头，他看看火炉里的火也快完了。远远的有机关车的车轮声传来。车站里也来了几个穿制服的人在那里跑来跑去的跑，等了一会，从东北来的火车到了。车站上忽然热闹了起来，下车的旅客的脚步声同种种的呼唤声，混作了一处，传到他的耳膜上来，跟了一群旅客，他也走出火车站来了。出了车站，他仰起头来一看，只见苍色圆形的天空里，有无数星辰，在那里微动，从北方忽然来了一阵凉风，他觉得有点冷得难耐的样子。月亮已经下山了。街上有几个早起的工人，拉了车慢慢的在那里行走，各店家的门灯，都像倦了似的还在那里放光。走到上野公园的西边的时候，他忽然长叹了一声。朦胧的灯影里，息息索索的飞了几张黄叶下来，四边的枯树都好像活了起来的样子，他不觉打了一个冷噤，就默默的站住了。静静儿的听了一会，他觉得四边并没有动静，只有那辘辘的车轮声，同在梦里似的很远很远，断断续续的仍在传到他的耳朵里来，他才知道刚才的不过是几张落叶的声音。他走过观月桥的时候，只见池的彼岸一排不夜的楼台都沉在酣睡的中间。两行灯火，好像在那里嘲笑他的样子，他到家睡下的时候，东方已经灰白起来了。

中

这一天又是一天初冬好天气，午前十一点钟的时候，他急急忙忙的洗了手面，套上了一双破皮鞋，就跑出到外面来。

在蓝苍的天盖下，在和软的阳光里，无头无脑的走了一个钟头的样子，他才觉得饥饿起来了。身边摸摸看，他的皮包里，还有五元余钱剩在那里。半月前头，他看看身边的物件，都已卖完了，所以不得不把他亡妻的一个金刚石的戒指，当入当铺。他的亡妻的最后的这纪念物，只值了一百六十元钱，用不上半个月，如今也只有五元钱存在了。

"亡妻呀亡妻，你饶了我吧！"

他凄凉了一阵，羞愧了一阵，终究还不得不想到他目下的紧急的事情上去。他的肚里尽管在那里叽哩咕噜的响。他算算看这五元余钱，断不能在上等的酒馆里去吃得醉饱，所以他就决意想到他无钱的时候常去的那一家酒馆里去。

那一家酒家，开设在植物园的近边，主人是一个五十光景的寡妇，当炉的就是这老寡妇的女儿，名叫静儿。静儿今年已经是二十岁了。容貌也只平常，但是她那一双同秋水似的眼睛，同白色人种似的高鼻，不知是什么理由，使得见过她一面的人，总忘她不了。并且静儿的性质和善得非常，对什么人总是一视同仁，装着笑脸的。她们那里，因为客人不多，所以并没有厨子。静儿的母亲，从前也在西洋菜馆里当过炉的，因此她颇晓得些调味的妙诀。他从前身边没有钱的时候，大抵总跑上静儿家里去的，一则因为静儿待他周到得很，二则因为他去惯了，静儿的母亲也信用他，无论多少，总肯替他挂账的。他酒醉的时候，每对静儿说他的亡妻是怎么好，怎么好，怎么被他母亲虐待，怎么的染了肺病，死的时候，怎么的盼望他。说到伤心的地方，他每流下泪来，静儿有时候也肯陪他哭的。他在静儿家里进出，虽然还不上两个月，然而静儿待他，竟好像同待几年前的老友一样了。静儿有时候有不快活的事情，也都告诉他的。据静儿说，无论男人女人，有秘密的事情，或者有伤心的事情的时候，总要有一个朋友，互相劝慰的能够讲讲才好。他同静儿，大约就是一对能互相劝慰的朋友了。

半月前头，他也不知道从什么地方听来的，只听说静儿"要嫁人去了"。他因为不愿意直接把这话来问静儿，所以他只是默默的在那里察静儿的行状。因为心里有了这一条疑心，所以他觉得静儿待他的态度，比从前总有些不同的地方。有一天将夜的时候，他正在静儿家坐着喝酒，忽然来了一个三十来岁的男人。静儿见了这男人，就丢下了他，去同那男人去说话去。静儿走开了，所以他只能同静儿的母亲去说些无关紧要的闲话。然而他一边说话，一边却在那里注意静儿和那男人的举动。等了半点多钟，静儿还尽在那里同那男人说笑，他等得不耐烦起来，就同伤弓的野兽一般，匆匆的走了。自从那一天起，到如今却有半个月的光景，他还没有上静儿家里去过。同静儿绝交之后，他喝酒更加厉害，想他亡妻的心思，也比从前更加沉痛了。

"能互相劝慰的知心好友，我现在上哪里去找得出这样的一个朋友呢！"

近来他于追悼亡妻之后，总要想到这一段结论上去。有时候他的亡妻的面貌，竟会同静儿的混到一处来。同静儿绝交之后，他觉得更加哀伤更加孤寂了。

他身边摸摸看，皮包里的钱只有五元余了。他就想把这事作了口实，跑上静儿的家里去。一边这样想，一边他又想起《坦好直》①里边的"盍县罢哈"②来。

"千古的诗人盍县罢哈呀！我佩服你的大量。我佩服你真能用高洁的心情来爱'爱利查陪脱'。"

想到这里，他就唱了两句《坦好直》里边的唱句：

Dort ist sie；——nahe dich ihr ungestört！

So flieht für dieses Leben

Mir jeder Hofnung schein！

（ Wagner's Tannhäeuser ）

（你且去她的裙边，去算清了你们的相思旧债！）

（可怜我一生孤冷！你看那镜里的名花，又成了泡影！）

念了几遍，他就自言自语的说：

"我可以去的，可以上她家里去的，古人能够这样的爱她的情人，我难道不能这样的爱静儿么？"

看他的样子，好像是对了人家在那里辩护他目下的行为似的，其实除了他自家的良心以外，却并没有人在那里责备他。

迟迟的走到静儿家里的时候，她们母女两个，还刚才起来。静儿见了他，对他微微的笑了一脸，就问他说：

"你怎么这许久不上我们家里来？"

他心里想说：

"你且问问你自家看吧！"

但是见了静儿的那一副柔和的笑容，他什么也说不出来了，所以他只回答说："我因为近来忙得非常。"

---

① 坦好直：瓦格纳音乐剧，现多译为《唐家瑟》。

② 盍县罢哈：沃尔夫拉姆封·埃申巴赫（1170—1220），德国诗人。

静儿的母亲听了他这一句话之后，就佯嗔佯怒的问他说：

"忙得非常？静儿的男人说近来你倒还时常上他家里去喝酒去的呢。"

静儿听了她母亲的话，好像有些难以为情的样子，所以叫她母亲说：

"妈妈！"

他看了这些情节，就追问静儿的母亲说：

"静儿的男人是谁呀？"

"大学前面的那一家酒馆的主人，你还不知道么？"

他就回转头来对静儿说：

"你们的婚期是什么时候？恭喜你，希望你早早生一个儿子，我们还要来吃喜酒哩。"

静儿对他呆看了一忽，好像要哭出来的样子。停了一会，静儿问他说："你喝酒么？"

他听她的声音，好像是在那里颤动似的。他也忽然觉得凄凉起来，一味悲酸，仿佛像晕船的人的呕吐，从肚里挤上了心来。他觉得一句话也说不出口了，只能把头点了几点，表明他是想喝酒的意思。他对静儿看了一眼，静儿也对他看了一眼，两人的视线，同电光似的闪发了一下，静儿就三脚两步的跑出外面去替他买下酒的菜去了。

静儿回来了之后，她的母亲就到厨下去做菜去，菜还没有好，酒已经热了。静儿就照常的坐在他面前，替他斟酒，然而他总不敢抬起头来看静儿一眼，静儿也不敢仰起头来看他。静儿也不言语，他也只默默的在那里喝酒。两人呆呆的坐了一会，静儿的母亲从厨下叫静儿说：

"菜做好了，你拿了去吧！"

静儿听了这话，却兀的仍是不动。他不知不觉的偷看了一眼，静儿是在落眼泪了。

他胡乱的喝了几杯酒，吃了几盘菜，就歪歪斜斜的走了出来。外边街上，人声嘈杂得很。穿过了一条街，他就走到了一条清净的路上，走了几步，走上一处朝西的长坡的时候，看着太阳已经打斜了。远远的回转头来一看，植物园内的树林的梢头，都染成了一片绛黄的颜色，他也不知是什么缘故，对了西边地平线上溶在太阳光里的远山，和远近的人家的屋瓦上的残阳，都起了一种惜别的心情。呆呆的看了一会，他就回转了身，背负了夕阳的残照，向东的走上长坡去了。

同在梦里一样，昏昏的走进了大学的正门之后，他忽听见有人叫他说：

"Y君，你上哪里去！年底你住在东京么？"

他仰起头来一看，原来是他的一个同学。新剪的头发，穿了一套新做的洋服，手里拿了一只旅行的藤篮，他大约是预备回家去过年的。他对他同学一看，就作了笑容，慌慌忙忙的回答说：

"是的，我什么地方都不去，你回家去过年么？"

"对了，我是回家去的。"

"你看见你情人的时候，请你替我问问安吧。"

"可以的，她恐怕也在那里想你咧。"

"别取笑了，愿你平安回去，再会再会。"

"再会再会，哈……"

他的同学走开之后，他一个人冷冷清清的在薄暮的大学园中，呆呆的立了许多时候，好像是疯了似的。呆了一会，他又慢慢的向前走去，一边却在自言自语的说：

"他们都回家去了。他们都是有家庭的人。Oh！Home！Sweet home！①"

他无头无脑的走到了家里，上了楼，在电灯底下坐了一会，他那昏乱的脑髓，把刚才在静儿家里听见过的话又重新想了出来：

"不错不错，静儿的婚期，就在新年的正月里了。"

他想了一会，就站了起来，把几本旧书，捆作一包，不慌不忙的把那一包旧书拿到了学校前边的一家旧书铺里。办了一个天大的交涉，把几个大天才的思想，仅仅换了九元余钱，还有一本英文的诗文集，因为旧书铺的主人，还价还得太贱了，所以他仍旧留着，没有卖去。

得了九元余钱，他心里虽然在那里替那些著书的天才抱不平，然而一边却满足得很。因为有了这九元余钱，他就可以谋一晚的醉饱，并且他的最大的目的，也能达得到了——就是用几元钱去买些礼物送给静儿的这一件事情。

从旧书铺走出来的时候，街上已经是黄昏的世界了，在一家卖给女子用的装饰品的店里，买了些丽绷（ribbon②）的犀簪同两瓶紫罗兰的香水，他就一直跑回到了静儿的家里。

静儿不在家，她的母亲只有一个人在那里烤火，见他又进来了，静儿的母亲好像有些嫌恶他的样子，所以就问他说：

"怎么你又来了？"

"静儿上哪里去了？"

"去洗澡去了。"

听了这话，他就走近她的身边去，把怀里藏着的那些丽绷香水拿了出来，并且对她说：

"这一些儿微物，请你替我送给静儿，就算作了我送给她的嫁礼吧。"

静儿的母亲见了那些礼物，就满脸装起笑容来说：

"多谢多谢，静儿回来的时候，我再叫她来道谢吧。"

他看看天色已经晚了，就叫静儿的母亲再去替他烫一瓶酒，做几盘菜

---

① 英文：哦！家！甜蜜的家！

② 英文：缎带。

来，他喝酒正喝到第二瓶的时候，静儿回来了。静儿见他又坐在那里喝酒，不觉呆了一呆，就向他说：

"啊，你又……"

静儿到厨下去转了一转，同她的母亲说了几句话，就回到他这里来。他以为她是来道谢的，然而关于刚才的礼物的话，她却一句也不说，呆呆的坐在他的面前，尽一杯一杯的只在那里替他斟酒。到后来他拼命的叫她取酒的时候，静儿就红了两眼，对他说：

"你不喝了吧，喝了这许多酒，难道还不够么？"

他听了这话，更加痛饮起来了。他心里的悲哀的情调，正不知从哪里说起才好，他一边好像是对了静儿已经复了仇，一边好像也是在那里哀悼自家的样子。

在静儿的床上醉卧了许久，到了半夜后二点钟的时候，他才跟跟跄跄的跑出静儿的家来。街上岑寂得很，远近都洒满了银灰色的月光，四边并无半点动静，除了一声两声的幽幽犬吠声之外，这广大的世界，好像是已经死绝了的样子。跌来跌去的走了一会，他又忽然遇着了一个卖酒食的夜店。他摸摸身边看，袋里还有四五张五角钱的钞票剩在那里。在夜店里他又重新饮了一个尽量。一霎时他觉得大地高天，和四周的房屋，都在那里旋转的样子。倒前冲后的走了两个钟头，他只见他的面前现出了一块大大的空地来。月光的凉影，同各种物体的黑影，混作了一团，映到了他的眼里。

"此地大约已经是女子医学专门学校了吧。"

这样的想了一想，神志清了一清，他的脑里，又起了痉挛，他又不是现在的他了。几天前的一场情景，又同电影似的，飞到了他的眼前。

天上飞满暗灰色的寒云，北风紧得很，在落叶萧萧的树影里，他站在上野公园的精养轩的门口，在那里接客。这一天是他们同乡开会欢迎 W 氏的日期，在人来人往之中，他忽然看见一个十七八岁的女子，穿了女子医学专门学校的制服，不忙不迫的走来赴会。他起初见她面的时候，不觉呆了一呆。等那女子走近他身边的时候，他才同梦里醒转来的人一样，慌慌忙忙走上前去，对她说：

"你把帽子外套脱下来交给我吧。"

两个钟头之后，欢迎会散了。那时候差不多已经有五点钟的光景。出口的地方，取帽子外套的人，挤得厉害。他走下楼来的时候，见那女子还没穿外套，呆呆的立在门口，所以他就走上去问她说：

"你的外套去取了没有？"

"还没有。"

"你把那铜牌交给我，我替你去取吧。"

"谢谢。"

在苍茫的夜色中，他见了她那一副细白的牙齿，觉得心里爽快得非常。

把她的外套帽子取来了之后，他就跑过后面去，替她把外套穿上了。她回转头来看了他一眼，就急急的从门口走了出去。他追上了一步，放大了眼睛看了一忽，她那细长的影子，就在黑暗的中间消失了。

想到这里，他觉得她那纤软的身体似乎刚在他面前擦过的样子。

"请你等一等吧！"

这样的叫了一声，上前冲了几步，他那又瘦又长的身体，就横倒在地上了。

月亮打斜了。女子医学校前的空地上，又增了一个黑影，四边静寂得很。银灰色的月光，洒满了那一块空地，把世界的物体都净化了。

下

十二月二十六日的早晨，太阳依旧由东方升了起来，太阳的光线，射到牛込区役所前的揭示场的时候，有一个区役所老仆，拿了一张告示，正在贴上揭示场的板去。那一张告示说：

行路病者，年龄约可二十四五之男子一名，身长五尺五寸，貌瘦；色枯黄，颧骨颇高，发长数寸，乱披额上，此外更无特征。

衣黑色哔叽旧洋服一袭。衣袋中有 Ernest Dowson's *Poems and Prose*[①] 一册，五角钞票一张，白绫手帕一方，女人物也，上有 S.S. 等略字。身边遗留有黑色软帽一顶，脚穿黄色浅皮鞋，左右各已破损了。

病为脑溢血。本月二十六日午前九时，在牛込若松町女子医学专门学校前之空地上发见，距死时约可四小时。固不知死者姓名住址，故为代付火葬。

牛込区役所示

一九二〇年作

---

① 英文：英国诗人欧内斯特道生（1867–1900）著的《诗歌散文集》。

附记

The reader must bear in mind that this is an imaginary tale after all,the author can not be responsible to its reality. One word, however, must be mentioned here that he owes much obligation to R. L. Stevenson's A Lodging for the Nightand the life of Ernest Dowson for the plan of this unambitious story.[①]

感悟名家经典

152

---

① 英文：以上英文附记人意为：读者须知，这只是一则虚构的故事，作者毕竟不育教对其直实性负责。然而必须在此提及的是，这篇室无野心的小说之构思，很多者都原自罗伯特·路易斯·史蒂文森的《宿夜》与欧内斯特道生的生平。

十一月初三

一

　　自己因为和自己的女人同居的期间很短，所以每遇到心境有什么变更波动的时节，第一个想起来的，总离不了她。想到人家的女人的时候，虽然也有，但是这大抵是以酒阑兴动，或睡余梦足时为限，到了悲怀难遣，寂寞得同棺材里的朽钉似的时候，第一个想起来的，总还是自家的女人，还是我的那个不能爱而又不得不爱的她。

　　今天也是这样的呀！这样的天气，这样的大风天气，又况在这一个时候，这一个黄昏时候，若是我的女人在我的边上，那么我所爱吃的几碗菜，和我所爱喝的那一种酒，一定会不太冷也不太热的摆在我的面前；而她自家一定是因为晓得我不喜欢和她见面的原因，要躲往厨下去；一边她若知道我的烟又快完了，那么必要暗暗里托我所信用的年老的女底下人去买一罐我所爱吸的烟来，不声不响的搁在我的手头……啊啊！这些琐碎的事情，描写起来，就是写一千张原稿纸也写不完，即使写完了，对于现在的我，又有什么补益？……我不说了，不愿意再说了，总之现在我是四海一身，落落寞寞，同枯燥的电杆一样，光泽泽的在寒风灰土里冷颤。眼泪也没有，悲叹也没有，称心的事业，知己的朋友，一点儿也没有，没有没有没有……什么也没有，所有的就是一个空洞的心！同寒灰似的一个心！

　　这样枯寂的我，依理应该完全化成一块化石，兀兀的塞死一切情感，然而有时又会和常人一样，和几年前的我一样，变得非常的感伤。

二

　　在眼睛开闭了几次的中间，时光又匆匆的跑了速步。晚秋寥落的风情，又不知在什么时候，换了个风雪盈途的残年急景。我今天早晨，独睡在寒冷的棉花被里，看看窗外的朝阳，听听狭巷里车轮碾冰冻泥路的声音，忽而想起了"今夕是何年""我与岁月，现在是怎么一个关系"等事情来。不晓是"幸"呢还是"不幸"？向床前的那个月份牌一看，我忽发见了今天是阴历的十一月初三。二十八年前的昨天，像我这样的一个不生羽翼的两脚动物，的确是不存在在这苦恼的世上的，而当时的这世间又的确比现在还要安泰快乐得多，究竟是"幸"呢还是"不幸"？我忽想起了今天是我的诞生日子！

一只癞蛤蟆的诞生，不过是会说几句话的，一只猫狗的诞生，在世界历史上更不要提起，就是在自家的家谱上，能不能登载上去，也是说不定的。一个小人物的诞生，究竟值得些什么？所以在过去的二十八年中间，没有知识的时候，不用说了，就是有知识以后，我在我自家的诞生日里，从来也没有发生过什么感想。那么今天何以会注意到自家的生日上去的呢？这却是有原因的。

半个月前头，N埠的一个小学教员A君，寄了一篇小说来给我，这篇小说的名称，叫作《生日》。里边所描写的是一位二十一岁的多情多感的青年，当他诞生之日，他胸里的一腔郁闷，只觉得无处可泄。又遇着这一天学校内全体放假，他既没有女友，同事中又没有和他谈话解闷的人。满怀了寂寞，他只好向街头去瞎走。无心中遇见了一位卖花的少女，他自家欺慰自家，就想和这位少女谈几句知心的密话，而这位少女又哪里能够了解他，所以他只好闷闷的回来。

我躺在床上，看了日历，想起了这篇小说，同时又记起了十一月初三的我的生日，不消说这时候我的心里，比那小说的主人公还要郁闷，还要无聊。

感悟名家经典

154

三

大约现在的一班绝无聊赖，年纪和我相上下的中年人，都应该有这一种脾气：一天到晚，四六时中，总是自家内省的时候多，外展的时候少，自家责备自家的时候多，模仿那些伟人杰士的行为的时候少。愈是内省，愈觉得自家的无聊，愈是愤怒，而其结果，性格愈变得古怪，愈想干那种隐遁的生涯。我的这一种内省病，和烟酒的嗜好一样，只是一天一天的深沉起来，近来弄得连咳嗽一声，都怕被人家知道，就是路上叫洋车的时候，也声气放得很幽。

今天早晨，千不该万不该，总不该把那张日历来看一眼的，因为自从我记起我自家的生日以后，本来心上常常垂在那里的一块铅锤，忽而加了千百斤的重量。起床之后，漱完了口，吃完了早饭，本来不得不马上就去学校上课的，然而心地像这样灰暗的时候，就是上讲堂去讲也讲不出什么来，所以只好打电话去请了假。

枯坐在家里，更是无聊，打完电话，就跑出去想找一个地方好好儿的去快乐快乐。然而心灵的眼睛上，已经戴上了黄灰色的眼镜的我，看出去世界上哪里还有一块不是黄灰色的呢？

出了前门，在大街上跑来跑去的跑了两遍，看见的除了许多戴皮帽大刀的军人以外，嚷嚷来往的都是些同我一样，毫无目的的两脚走兽。有一排在棺材前头吹打的行列，于烦忙短促的这午前一两个钟头里，在汽车马车如龙如水的中间，竟同棺材一样的慢慢儿在那儿蠢动。这一种奇特的现象，一时吸引了我的三分注意，然而停住了脚一看，也觉得平淡无味，不得已我就进了一家酒馆。

不晓在什么地方听见过的一位俄国的革命家说，我们若想得着生命的安定，于皈依宗教，实行革命，痛饮酒精的三件事情中，总得拣一件干干。头上的两件，我都已没有能力去干了，那么第三件对我最为适宜。并且忧闷不深的时候，我也常常用过这个手段，觉得很有效验，不过今天是不行了，怎么也不行了，我接连喝了几壶白酒，却一点儿也不醉。

四

十二点钟打后，出了酒馆，依旧是闷闷的寻往戏园中去。大街上狭巷里的车铃声叫唤声和不能归类的杂遝的哄号声，扑面的迎来。听说这一次战争时，死了的人数总在五六万人以上，为这战争的原因，虽不上战场上去，牵连而死的人，也有几千，而这前门外的一廓，太阳光的底下，凉风灰土的中间，熙来攘往的黄色人还是这样的多。尤其是惹人注意的，是许多许多戴皮帽着灰色黄色制服的兵士。我在大街旁的步道上，擦了一擦眼睛，被车马人群推来攘去的越过了中街，便往东的寻上一家新开的戏园里去。

买定了一个座儿，向我的周围及二层三层楼一望，紧挤着的男女，五颜六色的绣缎皮毛，一时使我辨不出哪一块是人的肉哪一块是衣服的材料来。"啊啊！"我不知不觉的心里想了一下，"中国人还是有钱的，富的人还是不少，大约内乱总还可以继续几年。"

铜锣大鼓的雷鸣，胡琴弦子的谐调，清脆高亮的肉声和周围的一种欢乐场中特有的醉人的空气，平时对我非常有催眠魔力的这戏园里的一切，今天也不行了，我的感受性完全消退了。

喝了一壶茶。听了几句青衣独唱的高音，我觉得自家的身体渐渐的和周围远隔了开来。又向四周环视了一遍，我索性自管自的沉入我的空想里去了：

"啊啊！这里不少的中年的男女，这些人若说他们个个都是快乐的，我也不敢相信。其中大约也有和我一样的人在那里。他们惟其在人生的里头找不到安慰，所以才到这里来的呀！脸上的笑容，强装的媚态，哪里是真真的心的表白？若以外貌来论，那么有谁识得破我是人类中最不幸最孤独的一个？若讲到衣服呢，那么我的这件棉袍，也不能显示我的经济拮据的状态。我且慢慢的找吧！在这热闹场中找出一个和我一样的人来吧！……"

喧罩的一响，把我的沉思的连续打断了。向台上一望，看见一个绿脸红须的人在那里乱跳乱舞。因为前后的情节接不上，看戏的兴趣较前更没有了，我就问看座的人要了帽子围脖，慢慢的走出场来。

"嗳，今天是我的生日，一天已有大半天过去了，有使我快乐的可能的地方，我总算都已去过，到了此刻，我胸中抱着的仍是一个空洞的心，灰土似的一个心！……噢，还有什么可以去的地方没有？……"

俯了头想到此地，我已走近了门口。嗡嗡的一声，刹刹喀单的一响，我正要走下台阶来的时候，门前一辆黑漆的汽车里，走下了一个人来。我先看见了一双狭长穿蓝绣花缎鞋的女脚，把头抬高了一点，我又看见了一件金团花锦丝缎淡红色的幔都——斗篷？一口钟？女外套？——若再把头抬高几分，马上就可以看出一个粉白的脸子来，但心里忽而想了一想：

"噢呵，又来了一只零卖的活猪！"

我仍复把头低了下去，绕过汽车的后面，慢慢的走出了巷来。

五

太阳打斜了，空中浮罩着一层黄色的霞盖，老住北京的人，知道这是大风袭来的预兆。我若有兴致，袋里的钱却也够我在胡同里一宵的花费，但是这一种欢乐的魔醉力，能不能敌得过我现在的懒性，却是一个问题。走到正阳桥上，雇好了洋车，跑回家来的路上，我对于今天的一日，颇有依依不舍的神情，仿佛一回到家里，就什么事情也完了似的。

独坐在洋车上，向来往的人丛里往北的奔跑，我的旧习的那一种反省病，又自悼自伤的发起来了：

"若把这世界当作个舞台，那么这些来往的行人，都是假装的优孟，而这个半死半生的我，也少不得是一个登场的傀儡。若以所演的角色而论，那么自家的确是一个小丑的身分。为陪衬青衣花旦，使她们的美妙的衣裳，粉白的脸子，与我相形之下，愈可见得出美来的小丑。为增加人家的美处而存在的小丑，啊啊！我的不遇，我的丑陋，正是人家的幸运，人家的美妙吓！你这前生注定的小丑的身分哟，我想诅咒你，然而诅咒你，就是诅咒我自己吓！

"我这个飘流不定的身子，若以物件来比拟，那么我想再比中心点失掉了的半把剪刀相像的物件是没有了，是的，中间的那一个莲花瓣没有的半把剪刀。这半把剪刀，物件虽是物件，然而因为中心点已经失掉，用处是完全没有的。啊啊！若有一个人能告诉我说：'你的其他的半把剪刀是在某处，你的中心点是在某地。'那么我就是赴汤蹈火，也愿意去寻着它们来，和它们结合在一处。但是这中心点，这半把剪刀，大约是已经作了殉葬之物，已经不存在在这世上了吧！何以我寻了这许多年数，会一点儿消息也没有的呢？

"等一等，不对不对，这半把剪子的譬喻，有点不妥，我好像是想讲爱情的样子，难道我长到了这样的年纪，还能同五六年前一样'失恋呀！''无恋呀！''想恋呀！'的乱叫么？不能的，不能的，自家是老了，不中用了，而……"

喀单嘭的一响，洋车经过了一块高低不平的地方，我的身子竟从车座子里跳起来，跳得有一尺多高。

"啊啊！可怜身病轻如叶，扶上金鞍马不知。老了，衰弱了，消瘦了。就是以我这一个身体而论，也不配讲什么恋爱，算了吧，还是再回到前门胡同里去闹它一晚罢，谁保得风尘中就找不出一个知己来？谁敢说以金钱买来的不是恋爱？"

想到此地，我想叫车夫仍复拉我回前门去，率性去花它一晚的钱。

"喂！"我说，"你是哪儿的车吓？"

"我是平则门里儿的车。"

"你再拉我回去，拉我回前门去！"

"先生！我可不能拉。这是人家的车，四点钟要缴车的，拉你回前门，可来不及了，先生！"

下车来再叫洋车，却是麻烦不过，所以我也没有方法，只好由他往西北的拉回家来，然而我的心里却很不平的在问：

"今天的一天，就此完了么？这就算把我的生日度过了么？"

六

洋车走近西四牌楼的时候，风沙渐渐的大起来了，太阳的光线，也变起颜色来了。午膳后天上看得出来的那一层黄尘霞障，大约就此要发生应验了吧。但是由它刮风也好，下雨也好，我仍复这样的抱了一个闷闷的心，跑回家去，是不甘心的，我还是出平则门去吧，上红茅沟去探探那个姑娘的消息看吧！

七

去年秋天，我在上海想以文艺立身的计划失败之后，不得已承受了几位同学的好意，勉强的逃到北京来。这正是杨槐榆树，一天天的洒脱落叶，垂杨野草，一天天的萎黄下去的十月中旬。那时候我于败退之余，托身远地，又逢了凋落的季节。苍茫四顾，一点儿希望也没有，一点儿生趣也没有。每天从学校里教书回来，若不生病，脚能跑路的时候，不跑上几位先辈的家里去闲谈，就跑出城外的山野去乱撞乱走。当时的我的心境，实在是太杂乱了，太悲凉了，所以一天到晚，我一刻也静不下来。并且又因为长期失眠，和在上海时的无节制的生活的结果，弄得感情非常脆弱，一受触拨，就会同

十一月初三

郁达夫

157

女人似的盈盈落泪。记得有一次当一天晚来欲雪的日暮，我在介绍我到北京来的 C 君家里吃晚饭，听了 C 夫人用着上海口音讲给我听的几句慰安我的话的时候，我竟呜呜的哭了起来。

那时候我的寸心的荒废，实在是没有言语可以形容，正在那个时候，是到北京没有满一月的时候，有一天我因为苦闷的结果，一晚没有睡觉。如年的长夜，我守着时钟滴答的摆动，看见窗外一层一层的明亮起来了，几声很轻很轻的鸟鹊声响了。我不等家里的底下人起来，就悄悄的开了门，跑到大街上去。路上一片浓霜加雪，到处都有一层薄冰冻着。呼一口气，面前就凝着一道白雾，两只耳朵和鼻尖好像是被许多细针在那里乱刺。平则门大街上，只铺着一道淡而无力的初阳，两旁的店铺，都还没有开门，来往的行人车马，一个也没有。老远老远，有一个人在那里行走，然而他究竟是向这一边来的呢或是往那一边去的？却看不出来。我因为昨夜来的苦闷，还盘踞在胸中，所以想出城去，在没有人听见看见的地方，去号泣一场，因此顺脚就向西的走向平则门外。城外的几家店铺，也还没有起来，冰冻的大道上，我只遇见了几乘独轮的车。从城外的国道上折向南去，走不多远，我就发见我自家已经置身在高低不平的黄沙田里。田的前后，散播着一堆堆的荒冢。坟地沙田的中间，有几处也有数丛叶子脱落的树干，在那里承受朝阳。地上的浓霜，一粒一粒反射着阳光，也有发放异样的光彩的。几棵椿树，叶子还没有脱尽的，时时也在把它们的病叶，吐脱下来。在早晨的寂静中，这几张落叶的微音，听起来好像是大地在叹息。我在这些天然的野景里，背了朝阳，尽向西南的曲径，乱跑乱走。一片青天，弯盖在我头上，好像在那里祝福，也好像在那里讥笑。

我行行前进，忽在我的前面发见了几家很幽雅的白墙瓦屋。参差不齐的这些瓦屋的前后，有许多不识名的林木枯干，横画在空中。这些房屋林木，断岸沙丘，都受着朝阳的烘染，纵横错落的排列在那里，一无不当，好像是出于名画师的手笔。顺道走到了这几家瓦屋的前头，我在路旁高岸上，忽而又发现了一个在远处看不出来的井架。在这井架旁立着汲水的，是一个十五六岁的，衣服虽则没有城内的上流妇女那么华丽，却也很整洁时髦的女子。我走到高岸下她身旁的时候，不便抬起头来看她，直到过去了五六步路，方才停住了脚，回头来看了个仔细。啊啊！朝阳里照出来的这时候的她的侧面，马独恩娜，皮阿曲利斯，墨那利赛，我也不晓得叫她什么才好！一双眼睛，一双瞳人很黑，眼毛很多的眼睛，在那里注视水桶。大约是因为听了我忽而停住了脚步的缘故吧？这一双黑晶晶的大眼，竟回过来向我看了一眼；肉色虽则很细白，然而她这一种细白，并不是同城内的烟花深处的女人一样，毫不带着病的色彩。还有那一条鼻梁哩！大约所谓"希腊式的"几个字，就是指这一类的鼻梁而讲的吧？从远处看去，并不十分的高突，不过不晓怎么的，总觉得是棱棱一角，正配压她那一个略带长方的脸子。我虽没有福分看见她的微笑，然而她那一张嘴，尤其是上下唇的二条很明显的曲线，我想表现得最美的，当在她的微笑的时候。头发是一把往后梳的，背后拖着的是一条辫子。衣服的材料想不起来了，然而大袖短衫的样子，却是很时髦的，颜色的确是淡青色。

我被她迷住了，站住后就走不开了。我看她把一小桶水，从井架旁带回家去。我记得她将进门的时候，又朝转来看了我一眼，而她的脸上好像是带了一点微红。她从门里消失了以后，我在朝阳里呆立了许多时，因为西边来了一个农夫，我就回转脚尖，走到刚才的那个井架旁边，从路旁爬上高岸，将她刚才用过的那只吊桶放下了井去。我向井里一望，头一眼好像是看见她的容貌还反射在井里。再仔细看的时候，我才知道是一圈明蓝的天色。汲起了井水，先漱了口，我就把袋里的手绢拿出来擦脸。虽则是井水，但我也觉得凉得很，等那西来的农夫从高岸下过去了，我就慢慢的走向她那间屋子的门口去。门里有一堵照墙站着，所以看不见里边的动静。这一所房屋系坐北朝南的，沿了东边的墙往北走去，墙上有二个玻璃窗，可以看得出来，这窗大约是东配房的窗，明净雅致得很。这时候太阳已经升高了一点，我看见我自家的影子，夹了许多疏林的树影，也倒射在墙上。空中忽而起了一阵驯鸽的飞声，我才把我的迷梦解脱，慢慢的从屋后的一条斜低下去的小路，走回到正道上来。这一天我究竟是什么时候回家的，从那里又跑上了什么地方等事情，我现在想不起来了。

八

自从那一天以后，去年冬天竟日日有风沙浅雪，我虽屡次想再出城去找我那个不相识的女子，但终于没有机会做到。

是今年的春初，也是一天云淡风清的日子，树木刚有一点嫩绿起来，不过叶子还没有长成，看去还是晚秋的景象，我因为有点微事，要去找农科大学里的一位朋友。早晨十点多钟，从平则门口雇驴出去，走不上二十分钟，赶驴的使我离开西行的大道，又入了一条向西南的小路。这时候太阳已高，我觉得身上的羊皮袍子有点热起来了，所以叫赶驴的牵住驴儿，想下驴来脱去一件衣服。赶驴的向前面指着说：

"前面是红茅沟，我要上那儿的一家人家去一去，你在红茅沟下来换衣服成不成？"

我向他指着的地方一看，看出了一处高墩，数丛树木，和树丛里的几家人家。再注意一看，我就看出路西墩上，东面的第一家，就是那间白墙的瓦屋，就是那个女孩进去的地方。

"噢，这地方叫红茅沟么？"

"是啊！"

"东面的那一家姓什么？"

"姓宋。"

"干什么的？"

"是庄家，他家里是很有钱的。"

我微笑了，想再问下去，但觉得有点不好意思，所以就默默的骑驴走了过去，在那里下驴之后，我看见宋家门前的空地上，有一只黑狗躺在阳光里。门内门外，也没有什么动静。前面井架旁，有两个农妇在那里汲水谈天。

在农科大学吃了午饭，到前后的野塘小土堆中去玩了一回，大约是三点多钟的时候，我只说想看看野景，故意车也不坐，驴也不骑，一个人慢慢的走回家来。过了钓鱼台以东，野田里有些农夫在那里工作，然而太阳光下所看得出来的，还是黄色的沙田，坟堆，和许多参差不齐的枯树与枯树的黑影。

渐渐的走近红茅沟了，我心里忽而跳了起来，从正路上爬上高岸，将过宋家门口的时候，午前看见的那只黑狗，向我迎吠了好几声。我谨谨慎慎的过了门口，又沿东墙往北走过第一个玻璃窗的时候，不知不觉的抬起头来看了一眼。啊啊！这幸福的一瞬间！她果然从窗里也在对外面探看。可是她的眼睛，遇见了我的时候，她那可爱的脸子就电光似的躲藏下去了，啊啊！这幸福的一瞬间！在这夕阳婉婉的日暮，当这春意微萌的时节，又是这四面无人的村野里，居然竟会第二次遇见我这梦里的青花，水中的明月？我想当这时候谁也应该艳羡我的吧！

这一次以后，我为了种种事情，没有再去找她的机会。她并不知道我是何许人，当然也不会来找我。而年光如水，今年的一年又将暮了。

九

风愈刮愈大了，一阵阵的沙石，尽往车上扑来。斜阳的光线，也为这些尘沙所障，带着了惨淡的黄色。我以围脖包住了口鼻，只想车夫拉得快一点，好早一点到平则门，早一点出城，上红茅沟去。好容易到了平则门，城洞里的洋车驴马一只也没有。空中呜呜的暴吼声，一阵紧似一阵。沙石的乱飞，行人的稀少，天地的惨黄颜色，在惨黄的颜色里看得出来的模糊隐约的城郭行人，好像是已经到了世界末日的样子。我勉强的出了城门，一面与大风决斗，一面向西前进了几步。走到城濠桥上，我觉得这红茅沟的探访，终究是去不成了，不知不觉，就迎着大风向西狂叫了好几声，嘴里眼里，飞进了许多沙石，而今天自早晨以来，常感着的这一种不可形容的悒郁，好像是因此几声狂叫而减轻了几分。在桥上想进不能进想退不愿退的立了一会，我觉得怎么也不能如此的折回家中。

"勇气，要勇气，放出勇气来！"

我又朝转了身子，把围脖重新紧紧的包住口鼻，奋勇的前进了几步。大风的方向转换了，本来是从北偏西的吹的，现在变成了西风，正对我的面上扑掠而来。太阳的余光，也似乎消失尽了。城外的空气，本来是混着黄沙的空气，一步步的变成了黝黑，走过京绥路支线的铁轨的时候，匆促的冬日，竟阴森的晚了。两旁稀落的人家屋里，也有一处两处，已经点上灯的。头上的呜呜的风势，周围的暗暗的尘寰，行人不多的这条市外的长街，和我自家的孤单的身体，合成了一块，我好像是在地狱里游行。

背后几辆装货的马车来了，车轮每转一转，地上就发出一种很沉闷的声音来。我听见这样的闷音一次，胸前就震荡一次。等车逼近我的身旁的时候，我好像是躺在地下，在受这些车马的辗磨。

货车过去了，天也完全黑下来了，我又慢慢的逆风行了几百步，觉得风势也忽而小了下去。张开眼睛来一看，黑黝黝的天上，竟有几点明星在那里摇动。我站住了脚，打开口鼻上的围脖，拿手绢出来，将脸上的灰沙和鼻涕擦了一擦，我觉得四围的情形，忽而变了。空中的黄沙，竟不留一点踪影，茫茫的天空中，西南角上，还有指甲痕似的一弯新月，挂在那里。然而大风的余波，还依然存在，一阵一阵，中间有几分钟间隔的冷风，还在吹着。像这样的一阵风起，黑暗里的树叶息索息索的响一阵，我的面前也有一层白茫茫的灰土起来，但是这些冷风，这些灰土，并不像前几刻钟的那么可怕了。

十

走到了九道庙前折入南行的小道，从我的左手的远空中，忽而传了一阵火车的车轮声和汽笛声过来。接着又来了一阵风，树木又震动了一次，又一阵萧萧落叶的声音。这一次风声车轮声过后，大地却完全静默了，周围断绝了活着的物事，高低凹凸的道路上，只剩了我一个人的轻轻的脚步声。暴风过后的沉寂，和冬夜黄昏的黑暗，忽而在我的脑里吹进了一种恐怖的念头，两旁的墓田里，好像有人在那里爬出来的样子。我举头一望，南边天际，有几点明星，西南的淡月影里，有许多枯枝，横叉在空间。我鼓励着自家的勇气，硬是一步一步的走向前去。但这时候，我心里实在已经有点后悔了起来。

到了红茅沟，从后边的小道走上了高墩，我看见宋家的东墙上的小窗，已经下了木板的窗户，一点儿灯光也看不出来。在窗下凝神站住，我正想偷听屋内动静的时候，一阵犬吠声，忽而迎上了前来，同时有二三只远近的家犬，也在响应狂吠。我在墙下的黑影里，不能久立，只好放大了胆子，一步步走向南面的犬吠声很多的方向，寻上高墩下的正道上去。在正道上徘徊了一回，待犬吠声杀了一点声势，我注意着向宋家门口望去，仍是看不出什么动静来。

这时候月亮已经下山了，天上的繁星，增了光辉，撑出在晴空里的远近的树枝，一束一束的都带起恶意来。尚未歇尽的凉风，又加了势力，吹向我的脸上。我打了几个冷噤，想哭又哭不出来，想跑又跑不了，只得向天呆看了一忽，慢慢的仍复寻了原路，走回寓所。

回到了我这孤冷的寓居，在一支洋烛光的底下——因为电线已经被风吹断，电灯灭了——一边吸烟，一边写出来的，就是这一篇东西。在这时候，我的落寞的情怀，如何的在想念我的女人，如何的在羡慕一个安稳的家庭生活，又如何的觉着人生的无聊，我想就是世界上想象力最强的人，也揣摸不出来，啊啊，我还要说它干什么！

一九二四年的诞生日作于北京

微雪的早晨

这一个人,现在已经不在世上了;而他的致死的原因,一直到现在还没有明白。

他的面貌很清秀,不像是一个北方人。我和他初次在教室里见面的时候,总以为他是江浙一带的学生;后来听他和先生说话的口气,才知道他是北直隶产。在学校的寄宿舍里和他同住了两个月,在图书室里和他见了许多次数的面,又在一天礼拜六的下午,和他同出西便门去骑了一次骡子,才知道他是京兆的乡下,去京城只有十八里地的殷家集的农家之子,是在北京师范毕业之后,考入这师范大学里来的。

一般新进学校的同学,都是趾高气扬的青年,只有他,貌很柔和,人很谦逊,穿着一件青竹布的大褂,上课的第一天,就很勤恳的拿了一支铅笔和一册笔记簿,在那里记录先生所说的话。

当时我初到北京,朋友很少。见了一般同学,又只是心虚胆怯,恐怕我的穷状和浅学被他们看出,所以到学校后的一个礼拜之中,竟不敢和同学攀谈一句话。但是对于他,我心里却很感着几分亲热,因为他的座位,是在我的前一排,他的一举一动,我都默默的在那里留心的看着,所以对于他的那一种谦恭的样子,及和我一样的那种沉默怕羞的态度,心里却早起了共鸣。

是我到学校后第二个星期的一天早晨,我一早就起了床,一个人在操场里读英文。当我读完了一节,静静地在翻阅后面的没有教过的地方的时候,我忽而觉得背后仿佛有人立在那里的样子。回头来一看,果然看见他含了笑,也拿了一本书,立在我的背后去墙不过二尺的地方,在那里对我看着。我回过头来看他的时候,同时他就对我说:"您真用功啊!"我倒被他说得脸红了,也只好笑着对他说:"您也用功得很!"

从这一回之后,我们俩就谈起天来了。两个月之后,因为和他在图书室里老是在一张桌上看书的原因,所以交情尤其觉得亲密。有一天礼拜六,天气特别的好,前夜下的雨,把轻尘压住,晚秋的太阳晒得和暖可人,又加以午后一点钟教育史,先生请假,吃了中饭之后,两个人在阅报室里遇见了,便不约而同的说出了一句话来:

"天气真好极了,上哪儿去散散步罢!"

我北京的地理不熟悉,所以一个人不大敢跑出去。到京住了两月之久,在礼拜天和假日里去过的地方,只有三殿和中央公园。那一天因为天气太好，很想上郊外去走走，一见了他，就临时想定了主意，喊出了那一句话来。同时他也仿佛在那里想上城外去跑，见了我，也自然而然的发了这一个提议，所以我们俩不待说第二句话，就走上了向校门的那条石砌的大路。走出校门之后，第二个问题就起来了，"上哪里去呢？"

在琉璃厂正中的那条大道上，朝南迎着日光走了几步，他就笑着问我说：

"李君，你会骑骡儿不会？"

我在苏州住中学住过四年，骡子是当然会骑的，听了他那一句话，忽而想起了中学时代骑骡子上虎丘去的兴致来，所以马上就赞成说：

"北京也有骡子么？让我们去骑骑试试！"

"骡儿多得很，一出城门就有，我就怕你不会骑呀。"

"我骑倒是会骑的。"

两人说说走走，到西便门附近的时候，已经是快两点了。雇好了骡子，骑向白云观去的路上，身上披满了黄金的日光，肺部饱吸着西山的爽气，我们两人觉得做皇帝也没有这样的快乐。

北京的气候，一年中以这一个时期为最好。天气不寒不热，大风期还没有到来。净碧的长空，反映着远山的浓翠，好像是大海波平时的景象。况且这一天午后，刚当前夜小雨之余，路上微尘不起，两旁的树叶还未落尽的洋槐榆树的枝头，青翠欲滴，大有首夏清和的意思。

出了西便门，野田里的黍稷都已收割起了，农夫在那里耕锄播种的地方也有，但是大半的地上都还清清楚楚的空在那里。

我们骑过了那乘石桥，从白云观后远看西山的时候，两个人不知不觉的对视了一回，各作了一种会心的微笑，又同发了一声赞叹：

"真好极了！"

出城的时候，骡儿跑得很快，所以在白云观里走了一阵出来，太阳还是很高。他告诉我说：

"这白云观，是道士们会聚的地方。清朝慈禧太后也时常来此宿歇。每年正月自初一起到十八止，北京的妇女们游冶子来此地烧香驰马的，路上满都挤着。那时候桥洞底下，还有老道坐着，终日不言不语，也不吃东西，说是得道的。老人堂里更坐着一排白发的道士，身上写明几百岁几百岁，骗取女人们的金钱不少。这一种妖言惑众的行为，实在应该禁止的，而北京当局者的太太小姐们还要前来膜拜施舍，以夸她们的阔绰，你说可气不可气？"

这也是令我佩服他不止的一个地方，因为我平时看见他尽是一味的在那里用功的，然而谈到了当时的政治及社会的陋习，他却慷慨激昂，讲出来的话句句中肯，句句有力，不像是一个读死书的人。尤其是对于时事，他发的议论，激烈得很，对于那些军阀官僚，骂得淋漓尽致。

我们走出了白云观，因为时候还早，所以又跑上前面天宁寺的塔下去了一趟。寺里有兵驻扎在那里，不准我们进去，他去交涉了一番，也终于不行。所以在回来的路上，他又切齿的骂了一阵：

"这些狗东西，我总得杀他们干净。我们百姓的儿女田庐，都被他们侵占尽了。总有一天报他们的仇。"

经过了这一次郊外游行之后，我们的交情又进了一步。上课的时候，他坐在我的前头，我坐在他的后一排，进出当然是一道。寝室本来是离开两间的，然而他和一位我的同房间的办妥了交涉，竟私下搬了过来。在图书室里，当然是一起的。自修室却没有法子搬拢来，所以只有自修的时候，我们两人不能同伴。

每日的日课，大抵是一定的。平常的时候，我们都到六点半钟就起床，拿书到操场上去读一个钟头。早饭后上课，中饭后看半点钟报，午后三点钟课余下来，上图书室去读书。晚上自修两个钟头，洗一个脸，上寝室去杂谈一会，就上床睡觉。我自从和他住在一道之后，觉得兴趣也好得多，用功也更加起劲了。

可是有一点，我时常在私心害怕，就是中学里时常有的那一种同学中的风说。他的相儿，虽则很清秀，然而两道眉毛很浓，嘴唇极厚，一张不甚白皙的长方脸，无论何人看起来，总是一位有男性美的青年。万一有风说起来的时候，我这身材矮小的南方人，当然要居于不利的地位。但是这私心的恐惧，终没有实现出来，一则因为大学生究竟比中学生知识高一点，二则大约也是因为他的勤勉的行为和凛不可犯的威风可以压服众人的缘故。

这样的又过去了两个月，北风渐渐的紧起来，京城里的居民也感到寒威的逼迫了，我们学校里就开始考试，到了旧历十二月底边，便放了年假。

同班的同学，北方人大抵回家去过年；只有贫而无归的我和其他的二三个南方人，脸上只是一天一天的枯寂下去，眼看得同学们一个一个的兴高采烈地整理行箧，心里每在洒丧家的苦泪。同房间的他因为看得我这一种状况，也似乎不忍别去，所以考完的那一天中午，他就同我说：

"年假期内，我也不打算回去，好在这儿多读一点书。"但考试完后的两天，图书室也闭门了，同房间的同学只剩了我和他的两个人。又加以寝室内和自修室里火炉也没有，电灯也似乎灭了光，冷灰灰的垫伏在那里，看书终究看不进去。若去看戏游玩呢，我们又没有这些钱；上街去走走呢，冰寒的大风灰沙里，看见的又都是些残年的急景和来往忙碌的行人。

到了放假后的第三天，他也垂头丧气的急起来了。那一天早晨，天气特别的冷，我们开了眼，谈着话，一直睡到十点多钟才起床。饿着肚在房里看了一回杂志，他忽儿对我说：

"李君，我们走吧，你到我们乡下去过年好不好？"

当他告诉我不回家去过年的时候，我已经看出了他对我的好意，心里着实的过意不去，现在又听了他这话，更加觉得对他不起了，所以就对他说：

"你去吧！家里又近，回家去又可以享受夫妇的天伦之乐，为什么不回去呢？"

但他无论如何总不肯一个人回去，从十点半钟讲起，一直讲到中午吃饭的时候止，他总要我和他一道，才肯回去。他的脾气是很古怪的，平时沉默寡言，凡事一说出口，却不肯改过口来。我和他相处半年，深知他有这一种执拗不弯的习气，所以到后来就终究答应了他，和他一道上他那里去过年。

那一天早晨很冷，中午的时候，太阳还躲在灰白的层云里，吃过中饭，把行李收拾了一收拾，正要雇车出去的时候，寒空里却下起鹅毛似的雪片来了。

雇洋车坐到永定门外，从永定门我们再雇驴车到殷家集去。路上来往的行人很少，四野寥阔，只有几簇枯树林在那里点缀冬郊的寂寞。雪片尽是一阵一阵的大起来，四面的野景，渺渺茫茫，从车篷缺处看出去，好像是披着了一层薄纱似的。幸亏我们车是往南行的，北风吹不着，但驴背的雪片积得很多，溶化的热气一道一道的偷进车厢里来，看去好像是驴子在那里出汗的样子。

冬天的短日，阴森森的晚了，驴车里摇动虽则很厉害，但我已经昏昏的睡着。到了他摇我醒来的时候，我同做梦似的不晓得身子在什么地方。张开眼睛来一看，只觉得车篷里黑得怕人。他笑着说：

"李君！你醒醒吧！你瞧，前面不是有几点灯火看见了么？那儿就是殷家集呀！"

又走了一阵，车子到了他家的门口，下车之后，我的脚也盘坐得麻了。走进他的家里去一看，里边却宽敞得很。他的老父和母亲，喜欢得了不得。我们在一盏煤油灯下，吃完了晚饭，他的媳妇也出来为我在一张暖炕上铺起被褥来。说起他的媳妇，本来是生长在他家里的童养媳，是于去年刚合婚的。两只脚缠得很小，相儿虽则不美，但在乡下也不算很坏。不过衣服的样子太古，从看惯了都会人士的我们看来，她那件青布的棉袄，和紧扎着脚的红棉裤，实在太难看了。这一晚因为日间在驴车上摇摆了半大，我觉得有点倦了，所以吃完晚饭之后，一早就上炕去睡了。他在里间房里和他父母谈了些什么，和他媳妇在什么时候上炕，我却没有知道。

在他家里过了一个年，住了九天，我所看出的事实，有两件很使我为他伤心：第一是婚姻的不如意，第二是他家里的贫穷。

北方的农家，大约都是一样的，终岁劳动，所得的结果，还不够供政府的苛税。他家里虽则有几十亩地，然而这几十亩地的出息，除了赋税而外，他老父母的饮食和媳妇儿的服饰，还是供给不了的。他是独养儿子，父亲今年五十多了。他前后左右的农家的儿子，年纪和他相上下的，都能上地里去工作，帮助家计；而他一个人在学校里念书，非但不能帮他父亲，并且时时还要向家里去支取零用钱来买书购物。到此，我才看出了他在学校里所以要这样减省的原因。唯其如此，我和他同病相怜，更加觉得他的人格的高尚。

到了正月初四，旧年的雪也融化了，他在家里日日和那童养媳相对，也似乎十分的不快，所以我就劝他早日回京，回到学校里去。

正月初五的早晨，天气很好，他父亲自家上前面一家姓陈的人家，去借了骡儿和车子，送我们进城来。

说起了这姓陈的人家，我现在还疑他们的女儿是我同学致死的最大原因。陈家是殷家集的豪农，有地二百多顷。房屋也是瓦屋，屋前屋后的墙围很大。他们有三个儿子，顶大的却是一位女儿。她今年十九岁了，比我那位同学小两岁。我和他在他家里住了九天，然而一半的光阴却是在陈家费去的。陈家的老头儿，年纪和我同学的父亲差不多，可是娶了两次亲，前后都已经死了。初娶的正配生了一个女儿，继娶的续弦生了三个男孩，顶大的还只有十一岁。

我的同学和陈家的惠英——这是她的名字——小的时候，在一个私塾里念书；后来大了，他就去进了史官屯的小学校。这史官屯在殷家集之北七八里路的地方，是出永定门以南的第一个大村庄。他在史官屯小学里住了四年，成绩最好，每次总考第一，所以毕业之后，先生就为他去北京师范报名，要他继续的求学。这先生现在也已经去世了，我的同学一说起他，还要流出眼泪来，感激得不了。从此他在北京师范住了四年，现在却安安稳稳的进了大学。读书人很少的这村庄上，大家对于他的勤俭力学，当然是非常尊敬。尤其是陈家的老头儿，每对他父亲说：

"雅儒这小孩，一定很有出息，你一定培植他出来，若要钱用，我尽可以为你出力。"

我说了大半天，把他的名姓忘了，还没有告诉出来。他姓朱，名字叫"雅儒"。我们学校里的称呼本来是连名带姓叫的，大家叫他"朱雅儒""朱雅儒"；而他叫人，却总不把名字放进去，只叫一个姓氏，底下添一个君字。因此他总不直呼其名的叫我"李厥明"，而以"李君"两字叫我。我起初还听不惯，觉得有点儿不好意思；后来也就学了他，叫他"朱君""朱君"了。

陈家的老头儿既然这样的重视他，对于他父亲提出的借款问题，当然是百无一拒的。所以我想他们家里，欠陈家的款，一定也是不在少数。

那一大，正月初五的那一天，他父亲向陈家去借了驴车驴子，送我们进城来，我在路上因为没有话讲，就对他说：

"可惜陈家的惠英没有读书，她实在是聪明得很！"

他起初听了我这一句话，脸上忽而红了一红，后来觉得我讲这话时并没有恶意含着，他就叹了一口气说：

"唉！天下的恨事正多得很哩！"

我看他的神气，似乎他不大愿意我说这些女孩儿的事情，所以我也就默默的不响了。

那一天到了学校之后，同学们都还没有回来，我和他两个人逛逛厂甸，听听戏，也就猫猫虎虎将一个寒假过了过去。开学之后，又是刻板的生活，上课下课，吃饭睡觉，一直到了暑假。

暑假中，我因为想家想得心切，就和他别去，回南边的家里来住了两个月。上车的时候，他送我到车站上来，说了许多互相勉励的话，要我到家之后，每天写一封信给他，报告南边的风物。而我自家呢，说想于暑假中去当两个月家庭教师，好弄一点零用，买一点书籍。

我到南边之后，虽则不天天写信，但一个月中间，也总计要和他通五六封信。我从信中的消息，知道他暑假中并不回家去，仍住在北京一家姓黄的人家教书，每月也可得二十块钱薪水。

到阳历八月底边，他写信来催我回京，并且说他于前星期六回到殷家集去了一次，陈家的惠英还在问起我的消息呢。

因为他提起了惠英，我倒想起当日在殷家集过年的事情来了。惠英的貌并不美，不过皮肤的细白实在是北方女子中间所少见的。一双大眼睛，看人的时候，使人要惧怕起来；因为她的眼睛似乎能洞见一切的样子。身材不矮不高，一张团团的面使人一见就觉得她是一个忠厚的人。但是人很能干，自她后母死后，一切家计都操在她的手里。她的家里，洒扫得很干净。西面的一间厢房，是她的起坐室，一切账簿文件，都搁在这一间厢房里。我和朱君于过年前后的几天中老去坐谈的，也是在这间房里。她父亲喜欢喝点酒，所以正月里的几天，他老在外头。我和朱君上她家里去的时候，不是和她的几个弟弟说笑话，谈故事，就和她讲些北京学校里的杂事。朱君对她严谨沉默，和对我们同学一样。她对朱君亦没有什么特别的亲热的表示。

只有一天，正月初四的晚上，吃过晚饭之后，朱君忽而从家中走了出去。我和他父亲谈了些杂天，抽了一点空，也顺便走了出去，上前面陈家去，以为朱君一定在她那里坐着。然而到了那厢房里，和她的小兄弟谈了几句话之后，问他们"朱君来过了没有？"他们都摇摇头说"没有来过"。问他们的"姐姐呢？"他们回答说："病着，睡觉了。"

我回到朱家来，正想上炕去睡的时候，从前面门里朱君却很快的走了进来。在煤油灯底下，我虽看不清他的脸色，然而从他和我说话的声气及他那双红肿的眼睛上看来，似乎他刚上什么地方去痛哭了一场似的。

我接到了他催我回京的信后，一时联想到了这些细事，心里倒觉得有点好笑，就自言自语的说了一句：

"老朱！你大约也掉在恋爱里了吧？"

阳历九月初，我到了北京，朱君早已回到学校里来，床位饭案等事情，他早已为我弄好，弄得和他在一块。暑假考的成绩，也已经发表了。他列在第二，我却在他的底下三名的第五，所以自修室也合在一块儿。

开学之后，一切都和往年一样，我们的生活也是刻板式的很平稳的过去了一个多月。北京的天气，新考入来的学生，和我们一班的同学，以及其他的一切，都是同上学期一样的没有什么变化，可是朱君的性格却比从前有点不同起来了。

平常本来是沉默的他，入了阳历十月以后，更是闷声不响了。本来他用钱是很节省的，但是新学期开始之后，他老拖了我上酒店去喝酒去。拼命的喝几杯之后，他就放声骂社会制度的不良，骂经济分配的不均，骂军阀，骂官僚，末了他尤其攻击北方农民阶级的愚昧，无微不至。我看了他这一种悲愤，心里也着实为他所动，可是到后来只好以顺天守命的老生常谈来劝他。

本来是勤勉的他，这一学期来更加用功了。晚上熄灯铃打了之后，他还是一个人在自修室里点着洋蜡，在看英文的爱伦凯，倍倍儿，须帝纳儿等人的书。我也曾劝过他好几次，教他及时休养休养，保重身体。他却昂然的对我说：

"像这样的世界上，像这样的社会里，我们偷生着有什么用处？什么叫保重身体？你先去睡吧！"

礼拜六的下午和礼拜天的早晨，我们本来是每礼拜约定上郊外去走走的；但他自从入了阳历十月以后，不推托说是书没有看完，就说是身体不好，总一个人留在寝室里不出去。实际上，我看他的身体也一天一天的瘦下去了。两道很浓的眉毛，投下了两层阴影，他的眼窝陷落得很深，看起来实在有点怕人，而他自家却还在起早落夜的读那些提倡改革社会的书。我注意看他，觉得他的饭量也渐渐的减下去了。

有一天寒风吹得很冷，天空中遮满了灰暗的云，仿佛要下大雪的早晨，门房忽而到我们的寝室里来，说有一位女客，在那里找朱先生。那时候，朱君已经出去上操场上去散步看书去了。我走到操场上，寻见了他，告诉了他以后，他脸上忽然变得一点血色也没有，瞪了两眼，同呆子似的尽管问我说：

"她来了么？她真来了么？"

我倒被他骇了一跳，认真的对他说：

"谁来谎你，你跑出去看看就对了。"

他出去了半日，到上课的时候，也不进教室里来；等到午后一点多钟，我在下堂上自修室去的路上，却遇见了他。他的脸色更灰白了，比早晨我对他说话的时候还要阴郁，锁紧了的一双浓厚的眉毛，阴影扩大了开来，他的全部脸上都罩着一层死色。我遇见了他，问他早晨来的是谁，他却微微的露了一脸苦笑说：

"是惠英！她上京来买货物的，现在和她爸爸住在打磨厂高升店。你打算去看她么？我们晚上一同去吧！去和他们听戏去。"

听了他这一番话，我心里倒喜欢得很，因为陈家的老头儿的话，他是很要听的。所以我想吃过晚饭之后，和他同上高升店去，一则可以看看半年多不见的惠英，二则可以托陈家的老头儿劝劝朱君，劝他少用些功。

吃过晚饭，风刮得很大，我和他两个人不得不坐洋车上打磨厂去。到高升店去一看，他们父女二人正在吃晚饭，陈老头还在喝白干，桌上一个羊肉火锅烧得满屋里都是火锅的香味。电灯光为火锅的热气所包住，照得房里朦朦胧胧。惠英着了一件黑布的长袍，立起来让我们坐下喝酒的时候，我觉得她的相儿却比在殷家集的时候美得多了。

陈老头一定要我们坐下去喝酒，我们不得已就坐下去喝了几杯。一边喝，一边谈，我就把朱君近来太用功的事情说了一遍。陈老头听了我的话，果然对朱君说：

"雅儒！你在大学里，成绩也不算不好，何必再这样呢？听说你考在第二名，也已经可以了，你难道还想夺第一名么？……总之，是身体要紧。……你的家里，全都在盼望你在大学里毕业后，赚钱去养家。万一身体不好，你就是学问再好一点，也没有用处。"

朱君听了这些话，尽是闷声不语，一杯一杯的在俯着头喝酒。我也因为喝了一点酒，头早昏痛了，所以看不出他的表情来。一面回过头来看看惠英，似乎也俯着了头，在那里落眼泪。

这一天晚上，因为谈天谈得时节长了，戏终于没有去听。我们坐洋车回校里的时候，自修的钟头却已经过了。第二天，陈家的父女已经回家去了，我们也就回复了平时的刻板生活。朱君的用功，沉默，牢骚抑郁的态度，也仍旧和前头一样，并不因陈家老头儿的劝告而减轻些。

时间一天一天的过去，又是一年将尽的冬天到了。北风接着吹了几天，早晚的寒冷骤然增加了起来。

年假考的前一个星期，大家都紧张起来了，朱君也因这一学期看课外的书看了太多，把学校里的课本丢开的原因，接连有三夜不睡，温习了三夜功课。

正将考试的前一天早晨，朱君忽而一早就起了床，袜子也不穿，蓬头垢面的跑了出去。跑到了门房里，他拉住了门房，要他把那一个人交出来。门房莫名其妙，问他所说的那一个人是谁，他只是拉住了门房吵闹，却不肯说出那一个人的姓名来。吵得声音大了，我们都出去看，一看是朱君在和门房吵闹，我就夹了进去。这时候我一看朱君的神色，自家也骇了一跳。

他的眼睛是血胀得红红的，两道眉毛直竖在那里，脸上是一种没有光泽的青灰色，额上颈项上胀满了许多青筋。他一看见我们，就露了两列雪白的牙齿，同哭也似的笑着说：

"好好，你们都来了，你们把这一个小军阀看守着，让我去拿出手枪来枪毙他。"

说着，他就把门房一推，推在我和另外两个同学的身上；大家都不提防他的，被他这么一推，四个人就一块儿的跌倒在地上。他却哈哈的笑了几声，就一直的跑了进去。

我们看了他这一种行动，大家都晓得他是精神错乱了，就商量叫校役把他看守在养病室里，一边去通知学校当局，请学校里快去请医生来替他医治。

他一个人坐在养病室里不耐烦，硬要出来和校役打骂，并且指看守他的校役是小军阀，骂着说：

"混蛋，像你这样的一个小小的军阀，也敢强取人家的闺女么？快拿手枪来，快拿手枪来！"

校医来看他的病，也被他打了几下，并且把校医的一副眼镜也扯下来打碎了。我站在门口，含泪的叫了几声：

"朱君！朱君！你连我都认不清了么？"

他光着眼睛，对我看了一忽，就又哈哈哈哈的笑着说：

"你这小王八，你是来骗钱的吧！"

说着，他又打上我的身来，我们不得已就只好将养病室的门锁上，一边差人上他家里去报信，叫他的父母出来看护他的病。

到了将晚的时候，他父亲来了，同来的是陈家的老头儿。我当夜就和他们陪朱君出去，在一家公寓里先租了一间房间住着。朱君的病愈来愈凶了，我们三个人因为想制止他的暴行，终于一晚没有睡觉。

第二天早晨，我一早就回学校去考试，到了午后，再上公寓里去看他的时候，知道他们已经另外租定了一间小屋，把朱君捆缚起来了。

我在学校里考试考了三天，正到考完的那一日早晨一早就接到一个急信，说朱君已经不行了，急待我上那儿去看看他。我到了那里去一看，只见黑漆漆的一间小屋里，他同鬼也似的还被缚在一张板床上。房里的空气秽臭得不堪，在这黑臭的空气里，只听见微微的喘气声和腹泻的声音。我在门口静立了一忽，实在是耐不住了，便放高了声音，"朱君""朱君"的叫了两声。坐在他脚后的他那老父，马上举起手来阻止我发声。朱君听了我的唤声，把头转过来看我的时候，我只看见了一个枯黑得同髑髅似的头和很黑很黑的两颗眼睛。

我踏进了那间小房，审视了他一回，看见他的手脚还是绑着，头却软软的斜靠在枕头上面。脚后头坐在他父亲背后的，还有一位那朱君的媳妇，眼睛哭得红肿，呆呆的缩着头，在那里看守着这将死的她的男人。

我向前后一看，眼泪忽而涌了出来，走上他的枕头边上，伏下身去，轻轻的问了他一句话"朱君！你还认得我么？"底下就说不下去了。他又转过头来对我看了一眼，脸上一点儿表情也没有，但由我的泪眼看过去，好像他的眼角上也在流出眼泪来的样子。

我走近他父亲的身边，问陈老头哪里去了。他父亲说：

"他们惠英要于今天出嫁给一位军官，所以他早就回去料理喜事去了。"

我又问朱君服的是什么药，他父亲只摇摇头，说："我也不晓得。不过他服了药后，却泻到如今，现在是好像已经不行了。"

　　我心里想，这一定是服药服错了，否则，三天之内，他何以会变得这样的呢？我正想说话的时候，却又听见了一阵腹泻的声音，朱君的头在枕头上摇了几摇，喉头咯咯的响起来了。我的毛发竦竖了起来，同时他父亲，他媳妇儿也站起来赶上他的枕头边上去。我看见他的头往上抽了几抽，喉咙头格落落响了几声，微微抽动了一刻钟的样子，一切的动静就停止了。他的媳妇儿放声哭了起来，他的父亲也因急得痴了，倒只是不发声的呆站在那里。我却忍耐不住了，也低下头去在他耳边"朱君！朱君！"的绝叫了两三声。

　　第二天早晨，天又下起微雪来了。我和朱君的父亲和他的媳妇，在一辆大车上一清早就送朱君的棺材出城去。这时候城内外的居民还没有起床，长街上清冷得很。一辆大车，前面载着朱君的灵柩，后面坐着我们三人，慢慢的在雪里转走。雪片积在前面罩棺木的红毡上，我和朱君的父亲却包在一条破棉被里，避着背后吹来的北风。街上的行人很少，朱君的媳妇幽幽在哭着的声音，觉得更加令人伤感。

　　大车走出永定门的时候，黄灰色的太阳出来了，雪片也似乎少了一点。我想起了去年冬假里和朱君一道上他家去的光景，就不知不觉的向前面的灵柩叫了两声，忽儿按捺不住地哗的放声哭了起来。

一九二七年七月十六日

落 日

一

　　太阳就快下山去了。初秋的晴空，好像处女的眼睛，愈看愈觉得高远而澄明。立在这一处摩天的 W 公司的屋顶上，前后左右看得出来的同巴诺拉马似的上海全市的烟景，溶解在金黄色的残阳光里。若向脚底下马路上望去，可看见许多同虫蚁似的人类，车马，簇在十字路口蠕动。断断续续传过来的一阵市廛的嚣声，和微微拂上面来的凉风，不晓是什么缘故，总觉得带有使人落泪的一种哀意。

　　他们两个——Y 和 C——离开了嘈杂的人丛，独站在屋顶上最高的一层，在那里细尝这初秋日暮的悲凉情味。因为这一层上没有什么娱乐的设备，所以游人很少。有时虽有几个男女，从下层走上他们的身边来，然而看看他们是不易移动的样子，就对他们丢一眼奇异的眼光，走开去了，他们却落得清闲自在。

　　他们两人站在那里听从下一层的游戏场里传过来的煞尾的中国乐器声，和听众的哄笑声，更使他们觉得落寞难堪。半年来因失业的结果，为贫病所迫，脸面上时常带着愁容的 Y，当这初秋的日暮，站在这样的高处，呆呆的向四边的烟景望着，早已起了身世之悲，眼睛里包着一泓清泪，有话说不出来了。站在 Y 的右边的那少年 C，因为暑假期满，几点钟后不得不离上海，乘海船赴 N 地的中学校去念书，桃红的双颊，受着微风，晶润的眼睛，望着远处，胸中也觉得有无限的悲哀，在那里振荡。

　　他们默默地立了一会，C 忽而走近来捏了 Y 的手说：

　　"我们下去罢，若再站一忽，我觉得好像脑子要破裂的样子。"

　　Y 朝转来向 C 一看，看见 C 的一双水盈盈的眼睛，含了哀恳的表情，在那里看他。他忽然觉得 C 脸上表现出来的那一种少年的悲哀，无限的可爱，向 C 的脸上摸了一摸，便把 C 的身体紧紧的抱住了。

二

　　C 的哥哥，与 Y 是上下年纪。他（C 的哥哥）去年夏天将上美国去的时候，Y 正从日本回来。那时候 C 和他哥哥的居所，去 Y 的寓舍，不过几步路，所以 Y 和 C 及 C 的哥哥，时常往来。C 自从见了 Y 以后，不知不觉的受了许多 Y 的感化。后来他哥哥上了赴美国的船，他也考入了 N 地的 C 中学，要和 Y 分别的时候，却独自一个洒了许多眼泪。Y 以为他是小孩子脾气，在怕孤寂，所以临别的时候，说了许多安慰他的话。C 听了 Y 的叮嘱，反而更觉得伤痛了，竟拉了 Y 的衣裳，大哭了一场，方才分开。

C 去 N 地后，Y 也上 A 地去教了半年书。去年年底，Y 因被一个想谋校长做的同事嫉妒不过，便辞了职，到上海来闲住。他住在上海，一直到今年暑假，终找不着适当的职业。

这一回 Y 住的是上海贫民窟的一间同鼠穴似的屋顶房间。有一天夏天的早晨，他正躺在床上在那里打算"今天的一天怎么过去"的大问题的时候，C 忽而闯进了他的房来。Y 好像当急处遇了救一样，急忙起来穿了破旧的衣服，和 C 跑来跑去跑了一天，原来 C 是放暑假回来了。

三

"无聊的白昼，应该如何的消磨？"对于现在无职业的 Y，这却是一个天大的问题。当去年年底，他初来上海的时候，他的从 A 地收来的薪金，还没有用尽，所以他只是出了金钱来慰他的无聊。一天到晚，在头等电车上，面上装了好像很忙的样子，实际上却一点事情也没有。他尽伏在电车头上的玻璃窗里随电车跑来跑去的跑，在那里看如流水似的往后退去的两旁的街市。有时候看街市看得厌烦了，他就把目光转到同座的西洋女子或中国女子的腰上，肩上，胸部，后部，脚肚，脚尖上去。过了几天，他觉得几个电车上的卖票者和查票者，都记熟了他的面貌；他上车时，他们老对他放奇异的眼光，因此他就不敢再坐电车了，改坐了人力车。实际上那些查票卖票者，何尝认得他，不过他的病的神经起了作用，在那里自家惊恐而已。后来他坐了几天人力车，有几次无缘无故的跑上火车站上去，好像是去送人的样子。有时在半夜里他每雇了人力车跑上黄浦滩的各轮船公司的码头上，走上灯火辉煌，旅人嘈杂的将离岸的船上去。又过了几天，他的过敏的神经，怕人力车夫也认得他了，所以他率性不坐车子，慢慢的步行起来。他在心里，替他自己的行动取了几个好名称，前者叫作走马看花，后者叫作徒步旅行。徒步旅行，以旅行的地段作标准时，可分作市内旅行，郊外旅行的两种。以旅行时的状态作标准时，可分作无事忙行，吃食旅行的两种。无事忙行便是一点事情也没有，为欺骗路上同行者的缘故，故意装出一种好像很忙的样子来的旅行。吃食旅行，便是当晚上大家睡尽之后的街上，或当白天在僻静的地方，袋里藏些牛奶糖，花生糖，橘子之类，一边吃一边缓步的旅行。

时间一天一天的过去，他的床头的金钱渐渐的少了下去，身边值钱的物事也一件一件的不见了。于是他的徒步旅行，也改变了时间和地点。白天热闹的马路两旁的样子间，他不敢再去一间一间的看了，因为正当他在看的一瞬间，心里若感得有一个人的眼光在疑他作小盗窃贼，或看破他是一点儿事情也没有的时候，他总要挺了胸肚，进到店里去买些物事提在手里，才能放心，所以没钱的时候，去看样子间是很危险的。有一次他在马路上走来走去的走了几回，一个香烟店里的伙友，偶然对他看了一眼，他就跑进了那家店里，去买了许多他本来不爱吸的雪茄烟卷。从 A 地回到上海，过了两个月之后，他的钱已用完，因而他的徒步旅行，白天就在僻静的地方举行，晚上必等大家睡静的时候，方敢上马路上去。

半年以来，他的消磨时间的方法，已经一个一个的试完了，所以到了今年夏天，身边的金钱什器已经用尽，他每天早晨醒来，胸中打算最苦的，就是"今天的一天，如何消磨过去？"的问题。

<h2 style="text-align:center">四</h2>

那一天早晨，他正躺在床上在打算的时候，年轻的 C 忽而闯进了他的房里，他觉得非常快乐，因为久别重逢的 C 一来，非但那一天的时间可以混过去，就是有许多朋友的消息，也可以从 C 口里探听出来。他自到上海以后，便同失踪的人一样，他的朋友也不知他住在什么地方，他自己也懒得写信，所以"C 的哥哥近来怎么样了？在 N 地的 C 中学里的他的几个同学和同乡怎么样了？"的这些消息，都是他很想知道而无从知道的事情。当他去典卖一点值钱的物事，得到几个钱的时候，他便忙着去试他的"走马看花"和"徒步旅行"，没有工夫想到这些朋友故旧的身上去。当钱用完后，他虽想着这些个个在拼命奋斗的朋友，但因为没有钱买信纸信封和邮票的缘故，也只能凭空想想，而不能写信。他现在看见了 C，一边起来穿衣，一边就"某某怎么样了？某某怎么样了？"的问个不住。他穿完了衣服，C 就急着催他出去，因为他的那间火柴箱式的房间里，没有椅子可以坐，四边壁上只叠着许多卖不出去的西洋书籍，房间里充塞了一房的由旧书里蒸发出来的腐臭气，使人难耐。

这一天是六月初旬的一天晴热的日子，瘦弱的 Y，和 C 走上马路的时候，见了白热的阳光，忽而眼睛眩晕了起来，就跌倒在地上。C 慢慢的扶他起来，等他回复了常态，仍复向前进行的时候，就问他说：

"你何以会衰弱到这个地步？"

Y 在嘴唇上露了一痕微笑，只是摇头不答。C 从他那间房子里的情形和他的同髑髅似的面貌上看来，早已晓得他是营养不良了，但又恐惹起他的悲感，不好直说。所以两人走了一段，走到三叉路口的时候，C 就起了一个心愿，想请 Y 饱吃一次，因即站住了脚，对他说：

"Y 君，我刚从学校里回来，家里寄给我的旅费，还没有用完，今天我请你去吃饭，吃完饭之后，请你去听戏，我们来大大的享乐它一下罢！"

Y 对 C 呆看了一会，青黄的脸上，忽而起了一层红晕。因为他平常有钱的时候，最爱瞎花，对于他所爱的朋友，尤其是喜欢使他们快乐。现在他黄金用尽，倒反而不得不受这一个小朋友的供养了，而且这小朋友的家里也是不甚丰厚，手头的钱也是不甚多的。他迟疑了一会，要想答应，终于不忍，呆呆的立了三四分钟，他才很决绝的说：

"好好，让我们享乐一天罢！但是我还有一件衣服要送还朋友，忘记在家里，请你在这里等我一等，我去拿了来。"

五

Y 把 C 剩在三叉路口的步道树荫下，自己便急急的赶回到房间里，把他家里新近寄来的三件夏衣，拿上附近的一家他常进出的店里去抵押了几块钱，仍复跑回到 C 立着的地方来。他脸上流出了一脸的油汗，一边急急的喘气，一边对 C 说：

"对不起，对不起，累你等了这么长久。"

Y 和 C 先坐电车到 P 园去逛了几点钟，就上园里的酒楼吃了两瓶啤酒，一瓶汽水，和几碗菜饭。Y 吃了个醉饱，立时恢复了他的元气，讲了许多牢骚不平的话，给正同新开眼的鸡雏一样，不知道世间社会究竟如何的 C 听。C 虽听不懂 Y 的话，但看看 Y 的一时青一时红的愤激的脸色，红润的双眼，和故意装出来的反抗的高笑，也便沉郁了下去。Y 发完了牢骚，一个人走上窗口去立了一忽，不声不响的用手向他的眼睛上揩了一揩，便默默的对窗外的阳光，被阳光晒着的花木，和远远在那里反射日光的屋瓦江流，起了一种咒诅的念头。一瞬间后，吹来了几阵凉风，他的这种咒诅的心情也没有了，他的心境就完全成了虚白。又过了几分钟，他回复了自觉，回复了他平时的态度。他觉得兴奋已经过去了，就回到他的座上来，C 还是瞪着了盈盈的两眼，俯了首呆在那里，Y 一见 C 的这种少年的沉郁的样子，心里倒觉得难过起来，便很柔和的叫他说：

"C ！你为什么这样的呆在这里？我错了，我不该对你讲那些无聊的话的，我们下楼去罢！去看戏罢！"

Y 付了酒饭钱，走下楼来，却好园外来了一乘电车，他们就赶上 K 舞台去听戏去。

六

这一天是礼拜六，戏园里人挤得很，Y 和 C 不得已只能买了两张最贵的票子，从人丛中挨上前去。日戏开场已久，Y 和 C 在座上坐定之后，向四围一看，前后左右，都是些穿着轻软的衣服的贵公子和富家的妻女。Y 心里顿时起了一种被威胁的恐惧，好像是闯入了不该来的地方的样子。慢慢把神经按捺了下去，向舞台注视了几分钟。Y 只觉得一种枯寂的感情，连续的逼上心来：

"啊啊！在这茫茫的人海中间，哪一个人是我的知己？哪一个人是我的保护者？我的左右前后，虽有这许多年青的男女坐着，但他们都是和我没有关系的，我只觉得置身在浩荡的沙漠里！"

舞台上嘹亮的琴弦响了，铜锣大鼓的噪音，一时平静了下去。他集中了注意力向舞台上一看，只见刘璋站在孤城上发浩叹，他唱完了一声哀婉的尾声便把袖子举向眼睛上揩去，Y 不知不觉地也无声的滚下了两粒眼泪来。听完了《取成都》，Y 觉得四面空气压迫得厉害，听戏非但不能使他心绪开畅，愈听反愈增加了他的伤感，所以他就促 C 跑出戏园来。万事都很柔顺的 C，与一般少年不同，对戏剧也无特别的恋念，便也跟了 Y 走出来了。

这一天晚上，他们逛逛吃吃，到深夜一点钟的时候，才分开了手，C 回到他的朋友那里去宿，Y 一个人慢慢的摸到他那间同鸟笼似的房里去。

七

C 的故乡是在黄浦江的东岸，他自从那一晚上和 Y 别后，第二天就回故乡去住了两个月。在这两个月中间，Y 因为身体不好，他的徒步旅程，一天一天的短缩起来，并且旅行的时间，也大抵限于深夜二点钟以后了。

昨天的早晨，C 一早就跑上 Y 的室里来说：

"你还睡着么？你睡罢！暑假期满了，我今天自故乡来，打算明天上船到 N 地去。"

Y 糊糊涂涂的和 C 问答了几句，便又睡着，直到第二次醒来的时候，Y 方认清 C 坐在他的床沿上，在那里守着他睡觉。Y 张开眼来一看，看见了 C 的笑容，心里就立刻起了一种感谢和爱欲的心思。在床上坐起，向 C 的肩上拍了几下，他就同见了亲人一样，觉得一种热意，怎么也不能对 C 表现出来。

Y 自去年年底失业以来，与他的朋友，虽则渐渐的疏远了，但他的心里，却在希望有几个朋友来慰他的孤寂的。后来经几次接触的结果，他才晓得与社会上稍微成功一点的朋友相处，这朋友对他总有些防备的样子，同时他不得不感到一种反感；其次与途穷失业的朋友相处，则这朋友的悲感和他自家的悲感，老要溶合在一起，反使他们各人各感到加倍的悲哀。因此他索性退守在愁城的一隅，不复想与外界相往来了。与这一种难以慰抚的寂寞心境最适宜的是这一个还带着几分孩童气味的 C。C 对他既没有戒严的备心，又没有那一种与他共通的落魄的悲怀，所以 Y 与 C 相处的时候，只觉得是在别一个世界里。并且 C 这小孩也有一种怪脾气，对 Y 直如驯犬一样，每有恋恋不忍舍去的样子。

昨天早晨 Y 起来穿衣洗面之后，便又同 C 出去上吴淞海岸去逛了一天。午后回到上海来，更在游戏场里消磨了半夜光阴，后来在歧路上将分手的时候，C 又约 Y 说：

"我明天一早再来看你罢！"

八

太阳离西方的地平线没有几尺了。从 W 公司屋顶上看下来的上海全市的烟景，又变了颜色。各处起了一阵淡紫的烟霞，织成了轻罗，把这秽浊的都市遮盖得缥缈可爱。在屋顶上最后的残阳光里站着的 Y 和 C，还是各怀着了不同的悲感，在那里凝望远处，高空落下了微风，吹透了他们的稀薄的单衫，刺入他们的心里去。

"啊啊！已经是秋天了！"

他们两人同时感得了这一种感觉。又默默立了一会，C 看看那大轮的赤日，敛了光辉，正将落入地下去的时候，忽而将身子投靠在 Y 的怀里，紧紧的把 Y 的手捏住，并且发着颤动幽戚的声音说：

"我……我这一次去后，不晓得什么时候再能和你同游！你……你年假时候，还在上海么？"

Y 静默了几秒钟，方拖着了沉重的尾声，同轻轻敲打以布蒙着的大鼓似的说：

"我身体不好，你再来上海的时候，又哪里知道我还健在不健在呢？"

"这样我今天不走了，再和你玩一天去。"

"再玩十天也是一样，旧书上有一句话你晓得么？叫'世间哪有不散的筵席'，我们人类对于运命的定数，终究是抵抗不过的呀！"

C 的双眼忽而红润起来了，他把头抵在 Y 的怀里，索性同不听话的顽皮孩子似的连声叫着说：

"我不去了，我不去了，我怎么也不去了，……"

Y 轻轻抚摸着他的肩背，也发了颤声安慰他说：

"你上船去罢！今天不是已经和我多玩了几个钟头了么？要是没有那些货装，午后三点钟，你的船早已开走了。……我们下去罢！吃一点点心，我好送你上船，现在已经快七点半了。"

C 还硬是不肯下去，Y 说了许多劝勉他的话，他们才慢慢的走下了 W 公司屋顶的最高层。

黄昏的黑影，已经从角头角脑爬了出来，他们两人慢慢的走下扶梯之后，这一层屋顶上只弥漫着一片寂静。天风落处，吹起了一阵细碎的灰尘。

屋顶下的市廛的杂噪声，被风搬到这样的高处，也带起幽咽的色调来，在杳无人影的屋顶上盘旋。太阳的余辉，也完全消失了，灰暗的空气里，只有几排电灯在那里照耀空处，这正是白天与暗夜交界的时候。

一九二三年九月十日上海

落 日

郁 达 夫

179

逃　走

　　圆通庵在东山的半腰。前后左右参差掩映着的竹林老树，岩石苍苔等，都像中国古画里的花青赭石，点缀得虽很凌乱，但也很美丽。

　　山脚下是一条曲折的石砌小道，向西是城河，虽则已经枯了，但秋天的实实在在的一点芦花浅水，却比什么都来得有味儿。城河上架着一根石桥，经过此桥，一直往西，可以直达到热闹的 F 市的中心。

　　半山的落叶，传达了秋的消息，几日间的凉意，把这小小的 F 市也从暑热的昏乱里唤醒了转来，又是市民举行盂兰盆会的时节了。

　　这一年圆通庵里的盂兰盆会，特别的盛大，因为正和新塑的一尊韦驮佛像开光并合在一道。庵前墙上贴在那里的那张黄榜上写着有三天三夜的韦驮经忏和一堂大施饿鬼的平安焰口。

　　新秋七月初旬的那天晴朗的早晨，交错在 F 市外的几条桑麻野道之上，便有不少的善男信女，提着香篮，套着黄袋，在赴圆通庵去参与胜会，其中尤以年近六十左右的老妇人为最多。

　　在这一群虔诚的信者中间，夹着在走的，有一位体貌清癯，头发全白，穿着一件青竹布衫蓝夏布裙，手里支着一支龙头木杖的老妇人。在她的面前，有一位十二三岁的清秀的孩子，穿了一件竹布长衫，提着香篮，在作她的先导。她似乎是本地的缙绅人家的所出，一路上来往的行人，见了她和她招呼问答的很多很多。她立住了脚在和人酬应的中间，前面的那小孩子，每要一个人远跑开去，这时候她总放高了柔和可爱的喉音叫着：

　　"澄儿啊！走得那么快干什么？"

　　于是被叫作澄儿者，总红着脸，马上就立下来静站在道旁等她慢慢的到来。

　　太阳已经很高了，野路上摇映着桑树枝的碎影。净碧的长空里，时时飞过一块白云，野景就立刻会变一变光线，高地和水田中间的许多绿色的生物，就会明一层暗一层的移动一回。树枝上的秋蝉也会一时噤住不响，等一忽再一齐放出声来。

　　这一次澄儿又被叫了，他就又静站在道旁的野草中间等她。可是等她慢慢的走到了他面前的时候，他却脸上露着了一脸不耐烦的神气，光着了他黑晶晶的两只大眼对她说：

　　"奶奶！你走得快一点罢，少和人家说几句话，我的两只手提香篮已经提得怪酸痛了。"

说着他就把左手提着的香篮换入了右手。他的奶奶——祖母——听了他这怨声，心里也似乎感到了痛惜他的意思，所以就作了满脸慈和的笑容安抚他说：

"乖宝，今天可难为你了。"

走到将近石桥旁边的三岔路口的时候，澄儿偶然举起头来，在南面的那条沿山的小道上，远远却看见了一位额上披着黑发，皮肤洁白，衣服很整洁的小姑娘也在向着到圆通庵去的大道上走。在这小姑娘前面走着的，他一眼看了就晓得是她家里的使唤丫头，后面慢慢跟着的，当然是她的母亲。澄儿的心跳跃起来了，脸上也立时涨满了血潮。他伏倒了头，加紧了脚步，拼命的往石桥上赶，意思是想跑上她们的先，追过她们的头，不被她们看见这一种窘状。赶走了十几步路，果然后面他的祖母又叫起他来了；这一回他却不再和从前一样的柔顺，不再静站在道旁等她了，因为他心里明明知道，祖母又在和陶家的寡妇谈天了，而这寡妇的女儿小莲英哩，却是使他感到窘迫的正因。

他急急的走着，一面在他昏乱的脑里，却在温寻他和莲英见面的前后几回的情景。第一次的看到莲英，他很明细地记着的，是在两年前的一天春天的午后。他刚从小学校放学出来，偶尔和几位同学，跑上了轮船码头，想打那里经过之后，就上东山前的雷祖殿去闲耍的，可是汽笛叫了两声，晚轮船正巧到了码头了，几位朋友就和他一齐上轮船公司的码头岸上去看了一回热闹。在这热闹的旅客丛中，他突然看见了这一位年纪和他相仿，头上梳着两只丫髻，皮肤细白得同水磨粉一样的莲英。他看得疯魔了，同学们在边上催他走，他也没有听到。一直到旅客走尽，莲英不知走向了什么地方去的时候，他的同学中间的一个，拉着他的手取笑他说：

"喂！树澄！你是不是看中了那个小姑娘了？要不要告诉你一个仔细？她是住在我们间壁的陶寡妇的女儿小莲英，新从上海她叔父那里回来的。你想她么？你想她，我就替你做媒。"

听到了这一位淘气同学的嘲笑，他才同醒了梦似的回复了常态，涨红了脸，和那位同学打了起来。结果弄得雷祖殿也没有去成，他一个人就和他们分了手跑回到家里来了。

自从这一回之后，他的想见莲英的心思，一天浓似一天，可是实际上的他的行动，却总和这一个心思相反。莲英的住宅的近旁，他绝迹不敢去走，就是平时常常进出的那位淘气同学的家里，他也不敢去了。有时候到了忍无可忍的时候，他就在昏黑的夜里，偷偷摸摸的从家里出来，心里头一个人想了许多口实，路线绕之又绕，捏了几把冷汗，鼓着勇气，费许多顾虑，才敢从她的门口走过一次。这时候他的偷视的眼里所看到的，只是一道灰白的围墙，和几口关闭上的门窗而已。可是关于她的消息，和她家里的动静行止，他却自然而然不知从哪里得来地听得十分的详细。他晓得她家里除她母亲而外，只有一个老佣妇和一个使唤的丫头。他晓得她常要到上海的她叔父那里去住的。他晓得她在 F 市住着的时候，和她常在一道玩的，是哪几个女孩。他更晓得一位他的日日见面，再熟也没有的珍珠，是她的最要好的朋友。而实际上有许多事情，他却也是在装作无意的中间，从这位珍珠那里听取了来的。不消说对珍珠启口动问的勇气，他是没有的，就是平时由珍珠自动地说到莲英的事情的时候，他总要装出一脸毫无兴趣绝不相干的神气来；而在心里呢，他却只在希望珍珠能多说一点陶家家里的家庭琐事。

第二次的和她见面，是在这一年的九月，当城隍庙在演戏的晚上。他也和今天一样，在陪了他的祖母看戏。他们的座位却巧在她们的前面，这一晚弄得他眼昏耳热，和坐在针毡上一样，头也不敢朝一朝转来，话也不敢说一句。昏昏的过了半夜，等她们回去了之后，他又同失了什么珍宝似的心里只想哭出来。当然看的是什么几出戏，和那一晚是什么时候回来的那些事情，他是茫然想不起来了。

第三次的相见，是去年的正月里，当元宵节的那一天早晨，他偶一不慎，竟跟了许多小孩，和一群龙灯乐队，经过了她的门口。他虽则在热闹乱杂之中瞥见了她一眼，但当他正行经过她面前的时候，却把双眼朝向了别处，装作了全没有看见她的样子。

"今天是第四次了！"他一边急急的走着，一边就在昏乱的脑里想这些过去的情节。想到了今天的逃不过的这一回公然的相见，他心里又起了一种难以名状的苦闷。"逃走罢！"他想，"好在圆通庵里今天人多得很，我就从后门逃出，逃上东山顶上去罢！"想定了这一个逃走的计策之后，他的脚步愈加走得快了。

赶过了几个同方向走去的香客，跑上山路，将近庵门的台阶的时候，门前站着的接客老道，早就看见了他了。

"澄官！奶奶呢？你跑得那么快赶什么？"

听到了这认识的老道的语声，他就同得了救的遇难者一样，脸上也自然而然的露了一脸笑容。抢上了几步，将香篮交给了老道，他就喘着气，匆促地回答说：

"奶奶后面就到了，香篮交给你，我要上山去玩去。"

这几句话还没有说完，他就挤进了庵门，穿过了大殿，从后面一扇朝山开着的小门里走出了庵院，打算爬上山去，躲避去了。

F 市是钱塘江岸的一个小县城，市上倒也有三四千户人家。因为江流直下，到此折而东行，所以在往昔帆船来往的时候，F 市却是一个停船暂息的好地方。可是现在轮船开行之后，F 市的商业却凋敝得多了。和从前一样地清丽可爱的只是环绕在 F 市周围的旧日的高山流水。实在这 F 市附近的天然风景，真有秀逸清高的妙趣，决不是离此不远的浓艳的西湖所能比得上万分之一的。一条清澄彻底的江水，直泻下来，到 F 市而转换行程，仿佛是南面来朝的千军万马。沿江的两岸，是接连不断的青山，和遍长着杨柳桃花的沙渚。大江到岸，曲折向东，因而江心开畅，比扬子江的下流还要辽阔。隔岸的烟树云山，望过去飘渺虚无，只是青青的一片。而这前面临江的 F 市哩，北东西三面，又有蜿蜒似长蛇的许多山岭围绕在那里。东山当市之东，直冲在江水之中，由隔岸望来，绝似在卧饮江水的蛟龙的头部。满山的岩石，和几丛古树里的寺观僧房，又绝似蛟龙头上的须眉角鼻，各有奇姿，各具妙色。东山逶迤北延，愈进愈高，连接着插入云峰的舒姑山岭，兀立在 F 市的北面，却作了挡住北方烈悍之风的屏障。舒姑山绕而西行，像一具长弓，弓的西极，回过来遥遥与大江西岸的诸峰相接。

像这样的一个名胜的 F 市外，寺观庵院的毗连兴起原是当然的事情。而在这些南朝四百八十的古寺中间，楼台建筑得比较完美的，要算东山头上高临着江渚的雷祖师殿，和殿后的恒济仙坛，与在东山西面，靠近北郊的这一个圆通庵院。

树澄逃出了庵门，从一条斜侧的小道，慢慢爬上山去。爬到了山的半峰，他听见脚下庵里亭铜亭铜的钟磬声响了。渐爬渐高，爬到山脊的一块岩石上立住的时候，太阳光已在几棵老树的枝头，同金粉似的洒了下来。这时候他胸中的跳跃，已经平稳下去了。额上的珠汗，用长衫袖子来擦了一擦，他又回头来向西望了许多时候。脚下圆通庵里的钟磬之声，愈来愈响了，看将下去，在庵院的瓦上，更有几缕香烟，在空中飞扬缭绕，虽然是很细，但却也很浓。更向西直望，是一块有草树长着的空地，再西便是 F 市的万千烟户了。太阳光平晒在这些草地屋瓦和如发的大道之上，野路上还有络绎不绝的许多行人，如小动物似的拖了影子在向圆通庵里走来。更仰起头来从树枝里看了一忽茫苍无底的青空，不知怎么的一种莫名其妙的淡淡的哀思，忽然涌上了他的心头。他想哭，但觉得这哀思又没有这样的剧烈，他想笑，但又觉得今天的遭遇，并不是快乐的事情。一个人呆呆的在大树下的岩石上立了半天，在这一种似哀非哀，似乐非乐的情怀里惝恍了半天，忽儿听见山下半峰中他所刚才走过的小径上又有人语响了，他才从醒了梦似的急急跑进了山顶一座古庙的壁后去躲藏了。

这里本来是崎岖的山路，并且又径仄难行，所以除樵夫牧子而外，到这山顶上来的人原是很少。又因为几月来夏雨的浇灌，道旁的柴木，也已经长得很高了。他听见了山下小径上的人语，原看不出是怎样的人，也在和他一样的爬山望远的；可是进到了古庙壁后去躲了半天，也并没有听出什么动静来。他正在笑自己的心虚，疑耳朵的听觉的时候，却忽然在他所躲藏的壁外窗下，有一种极清晰的女人声气在说话了。

"阿香！这里多么高啊，你瞧，连那奎星阁的屋顶，都在脚下了。"

听到了这声音，他全身的血液马上就凝住了，脸上也马上变成了青色。

他屏住气息，更把身子放低了一段，可以不使窗外的人看见听见，但耳朵里他却只听见自己的心脏鼓动得特别的响。咬紧牙齿把这同死也似的苦闷忍抑了一下，他听见阿香的脚步，走往南去了，心里倒宽了一宽。又静默挨忍了几分钟如年的时刻，他觉得她们已经走远了，才把身体挺直了起来，从瓦轮窗的最低一格里，向外望了出去。

他的预算大错了，离窗外不远，在一棵松树的根头，莲英的那个同希腊石刻似的侧面，还静静地呆住在那里。她身体的全部，他看不到，从他那窗眼里望去，他只看见了一头黑云似的短发和一只又大又黑的眼睛。眼睛边上，又是一条雪白雪白高而且狭的鼻梁。她似乎是在看西面市内的人家，眼光是迷离浮散在远处的，嘴唇的一角，也包得非常之紧，这明明是带忧愁的天使的面容。

他凝视着她的这一个侧面，不晓有多少时候，身体也忘了再低伏下去了，气息也吐不出来了，苦闷，惊异，怕惧，懊恼，凡一切的感情，都似乎离开了他的躯体，一切的知觉，也似乎失掉了。他只同在梦里似的听到了一声阿香在远处叫她的声音，他又只觉得在他那窗眼的世界里，那个侧面忽儿消失了。不知她去远了多少时候，他的睁开的两只大眼，还是呆呆的睁着在那里，在看山顶上的空处。直到一阵山下庵里的单敲皮鼓的声音，隐隐传到了他的耳朵里的时候，他的神思才恢复了转来。他撇下了他的祖母，撇下了他祖母的香篮，撇下了中午圆通庵里飨客的丰盛的素斋果实，一出那古庙的门，就同患热病的人似的一直一直的往后山一条小道上飞跑走了，头也不敢回一回，脚也不敢息一息地飞跑走了。

一九二八年九月作

采石矶

文章憎命达，魑魅喜人过。

——杜甫

一

自小就神经过敏的黄仲则 [①]，到了二十三岁的现在，也改不过他的孤傲多疑的性子来。他本来是一个负气殉情的人，每逢兴致激发的时候，不论讲得讲不得的话，都涨红了脸，放大了喉咙，抑留不住的直讲出来。听话的人，若对他的话有些反抗，或是在笑容上，或是在眼光上，表示一些不赞成他的意思的时候，他便要拼命的辩驳，讲到后来他那双黑晶晶的眼睛老会张得很大，好像会有火星飞出来的样子。这时候若有人出来说几句迎合他的话，那他必喜欢得要奋身高跳，他那双黑而且大的眼睛里也必有两泓清水涌漾出来，再进一步，他的清瘦的颊上就会有感激的眼泪流下来了。

像这样的发泄一回之后，他总有三四天守着沉默，无论何人对他说话，他总是嚛口不作回答的。在这沉默期间内，他也有一个人关上了房门，在那学使衙门东北边的寿春园西室里兀坐的时候，也有青了脸，一个人上清源门外的深云馆怀古台去独步的时候，也有跑到南门外姑熟溪边上的一家小酒馆去痛饮的时候。不过在这期间内他对人虽不说话，对自家却总是一个人老在幽幽的好像讲论什么似的。他一个人，在这中间，无论上什么地方去，有时或轻轻的吟诵着诗或文句，有时或对自家嘻笑嘻笑，有时或望着了天空而作叹惜，竟似忙得不得开交的样子。但是一见着人，他那双呆呆的大眼，举起来看你一眼，他脸上的表情就会变得同毫无感觉的木偶一样，人在这时候遇着他，总没有一个不被他骇退的。

学使朱笥河 [②]，虽则非常爱惜他，但因为事务烦忙的缘故，所以当他沉默忧郁的时候，也不能来为他解闷。当这时候，学使左右上下四五十人中间，敢接近他，进到他房里去与他谈几句话的，只有一个他的同乡洪稚存。与他

---

① 黄景仁：1749—1783，字汉铺，一字仲则，阳湖（今江苏省常州市）人。少年时即负诗名，但一生怀才不遇，穷困潦倒，病逝时年仅 35 岁。

② 朱笥：1729—1781，字竹君，又字美叔，号笥河。清代学者，诗文家。

自小同学，又是同乡的洪稚存，很了解他的性格。见他与人论辩，愤激得不堪的时候，每肯出来为他说几句话，所以他对稚存比自家的弟兄还要敬爱。稚存知道他的脾气，当他沉默起头的一两天，故意的不去近他的身。有时偶然同他在出入的要路上遇着的时候，稚存也只装成一副忧郁的样子，不过默默的对他点一点头就过去了。待他沉默过了一两天，暗地里看他好像有几首诗做好，或者看他好像已经在市上酒肆里醉过了一次，或在城外孤冷的山林间痛哭了一场之后，稚存或在半夜或在清晨，方敢慢慢的走到他的房里去，与他争诵些《离骚》或批评韩昌黎、李太白的杂诗，他的沉默之戒也就能因此而破了。

学使衙门里的同事们，背后虽在叫他作黄疯子，但当他的面，却个个怕他得很。一则因为他是学使朱公最钟爱的上客，二则也因为他习气太深，批评人家的文字，不顾人下得起下不起，只晓得顺了自家的性格，直言乱骂的缘故。

他跟提督学政朱笥河公到太平，也有大半年了，但是除了洪稚存、朱公二人而外，竟没有一个第三个人能同他讲得上半个钟头的话。凡与他见过一面的人，能了解他的，只说他恃才傲物，不可订交，不能了解他的，简直说他一点儿学问也没有，只仗着了朱公的威势爱发脾气。他的声誉和朋友一年一年的少了下去，他的自小就有的忧郁症反一年一年的深起来了。

二

乾隆三十六年的秋也深了。长江南岸的太平府城里，已吹到了凉冷的北风，学使衙门西面园里的杨柳、梧桐、榆树等杂树，都带起鹅黄的淡色来。园角上荒草丛中，在秋月皎洁的晚上，凄凄唧唧的候虫的鸣声，也觉得渐渐的幽下去了。

昨天晚上，因为月亮好得很，仲则竟犯了风露，在园里看了一晚的月亮，在疏疏密密的树影下走来走去的走着，看看地上同严霜似的月光，他忽然感触旧情，想到了他少年时候的一次悲惨的爱情上去。

"唉唉！但愿你能享受你家庭内的和乐！"

这样的叹了一声，远远的向东天一望，他的眼睛，忽然现出了一个十六岁的伶俐的少女来。那时候仲则正在宜兴氿里读书，他同学的陈某、龚某都比他有钱，但那少女的一双水盈盈的眼光，却只注视在瘦弱的他的身上。他过年的时候因为要回常州，将别的那一天，又到她家里去看她，不晓是什么缘故，这一天她只是对他暗泣而不多说话。同她痴坐了半个钟头，他已经走到门外了，她又叫他回去，把一条当时流行的淡黄绸的汗巾送给了他。这一回当临去的时候，却是他要哭了，两人又拥抱着痛哭了一场，把他的眼泪，都揩擦在那条汗巾的上面。一直到航船要开的将晚时候，他才把那条汗巾收藏起来，同她别去。这一回别后，他和她就再没有谈话的机会了。他第二回重到宜兴的时候，他的少年的悲哀，只成了几首律诗，流露在抄书的纸上：

大道青楼望不遮，年时系马醉流霞。
风前带是同心结，杯底人如解语花。
下杜城边南北路，上阑门外去来车。
匆匆觉得扬州梦，检点闲愁在鬓华。
唤起窗前尚宿醒，啼鹃催去又声声。
丹青旧誓相如札，禅榻经时杜牧情。
别后相思空一水，重来回首已三生。
云阶月地依然在，细逐空香百遍行。
遮莫临行念我频，竹枝留涴泪痕新。
多缘刺史无坚约，岂视萧郎作路人？
望里彩云疑冉冉，愁边春水故粼粼。
珊瑚百尺珠千斛，难换罗敷未嫁身。
从此音尘各悄然，春山如黛草如烟。
泪添吴苑三更雨，恨惹邮亭一夜眠。
讵有青鸟缄别句，聊将锦瑟记流年。
他时脱便微之过，百转千回只自怜。

后三年，他在扬州城里看城隍会，看见一个少妇，同一年约三十左右，状似富商的男人在街上缓步。她的容貌绝似那宜兴的少女，他晚上回到了江边的客寓里，又做成了四首感旧的杂诗。

风亭月榭记绸缪，梦里听歌醉里愁。
牵袂几曾终絮语，掩关从此入离忧。
明灯锦帷珊珊骨，细马春山剪剪眸。
最忆濒行尚回首，此心如水只东流。
而今潘鬓渐成丝，记否羊车并载时。
挟弹何心惊共命，抚柯底苦破交枝。
如馨风柳伤思曼，别样烟花恼牧之。
莫把鹍弦弹昔昔，经秋憔悴为相思。
柘舞平康旧擅名，独将青眼到书生。
轻移锦被添晨卧，细酌金卮遣旅情。
此日双鱼寄公子，当时一曲怨东平。
越王祠外花初放，更共何人缓缓行。
非关惜别为怜才，几度红笺手自裁。

湖海有心随颖士，风情近日逼方回。

多时掩慢留香住，依旧窥人有燕来。

自古同心终不解，罗浮冢树至今哀。

他想想现在的心境，与当时一比，觉得七年前的他，正同阳春暖日下的香草一样，轰轰烈烈，刚在发育。因为当时他新中秀才，眼前尚有无穷的希望，在那里等他。

"到如今还是依人碌碌！"

一想到现在的这身世，他就不知不觉的悲伤起来了。这时候忽有一阵凉冷的西风，吹到了园里。月光里的树影索索落落的颤动了一下，他也打了一个冷噤，不晓得是什么缘故，觉得毛细管都竦竖了起来。

"似此星辰非昨夜，为谁风露立中宵？"

于是他就稍微放大了声音把这两句诗吟了一遍，又走来走去的走了几步，一则原想藉此以壮壮自家的胆，二则他也想把今夜所得的这两句诗，凑成一首全诗。但是他的心思，乱得同水淹的蚁巢一样，想来想去怎么也凑不成上下的句子。园外的围墙衖里，打更的声音和灯笼的影子过去之后，月光更洁练得怕人了。好像是秋霜已经下来的样子，他只觉得身上一阵一阵的寒冷了起来。想想穷冬又快到了，他筐里只有几件大布的棉衣，过冬若要去买一件狐皮的袍料，非要有四十两银子不可，并且家里他也许久不寄钱去了，依理而论，正也该寄几十两银子回去，为老母辈添置几件衣服，但是照目前的状态看来，叫他能到何处去弄得这许多银子？他一想到此，心里又添了一层烦闷。呆呆的对西斜的月亮看了一忽，他却顺口念出了几句诗来：

"茫茫来日愁如海，寄语羲和快着鞭。"

回环念了两遍之后，背后的园门里忽而走了一个人出来，轻轻的叫着说：

"好诗好诗，仲则！你到这时候还没有睡么？"

仲则倒骇了一跳，回转头来就问他说：

"稚存！你也还没有睡么？一直到现在在那里干什么？"

"竹君要我为他起两封信稿，我现在刚搁下笔哩！"

"我还有两句好诗，也念给你听罢，'似此星辰非昨夜，为谁风露立中宵？'"

"诗是好诗，可惜太衰飒了。"

"我想把它们凑成两首律诗来，但是怎么也做不成功。"

"还是不做成的好。"

"何以呢？"

"做成之后，岂不是就没有兴致了么？"

"这话倒也不错，我就不做了吧。"

"仲则，明天有一位大考据家来了，你知道么？"

"谁呀？"

"戴东原①。"

"我只闻诸葛的大名，却没有见过这一位小孔子，你听谁说他要来呀？"

"是北京纪老太史给竹君的信里说出的，竹君正预备着迎接他呢！"

"周秦以上并没有考据学，学术反而昌明，近来大名鼎鼎的考据学家很多，伪书却日见风行，我看那些考据学家都是盗名欺世的。他们今日讲诗学，明日弄训诂，再过几天，又要来谈治国平天下，九九归原，他们的目的，总不外乎一个翰林学士的衔头，我劝他们还是去参注酷吏传的好，将来束带立于朝，由礼部而吏部，或领理藩院，或拜内阁大学士的时候，倒好照样去做。"

"你又要发痴了，你不怕旁人说你在妒忌人家的大名的么？"

"即使我在妒忌人家的大名，我的心地，却比他们的大言欺世，排斥异己，光明得多哩！我究竟不在陷害人家，不在卑污苟贱的迎合世人。"

"仲则，你在哭么？"

"我在发气。"

"气什么？"

"气那些挂羊头卖狗肉的未来的酷吏！"

"戴东原与你有什么仇？"

"戴东原与我虽然没有什么仇，但我是疾恶如仇的。"

"你病刚好，又愤激得这个样子，今晚上可是我害了你了，仲则，我们为了这些无聊的人怄气也犯不着，我房里还有一瓶绍兴酒在，去喝酒去吧。"

他与洪稚存两人，昨晚喝酒喝到鸡叫才睡，所以今朝早晨太阳射照在他窗外的花坛上的时候，他还未曾起来。

门外又是一天清冷的好天气。绀碧的天空，高得渺渺茫茫。窗前飞过的鸟雀的影子，也带有些悲凉的秋意。仲则窗外的几株梧桐树叶，在这浩浩的白日里，虽然无风，也萧索地自在凋落。

一直等太阳射照到他的朝西南的窗下的时候，仲则才醒，从被里伸出了一只手，撩开帐子，向窗上一望，他觉得晴光射目，竟感觉得有些眩晕。仍复放下了帐子，闭了眼睛，在被里睡了一忽，他的昨天晚上的亢奋状态已经过去了，只有秋虫的鸣声，梧桐的疏影和云月的光辉，成了昨夜的记忆，还印在他的今天早晨的脑里，又开了眼睛呆呆的对帐顶看了一回，他就把昨夜追忆少年时候的情绪想了出来。想到这里，他的创作欲已经抬头起来了。从

---

① 戴震：1724—1777，字东原，安徽休宁隆阜人。清代乾隆年间百科全书的著名学者、思想家。

被里坐起，把衣服一披，他拖了鞋就走到书桌边上去。随便拿起了一张桌上的破纸和一支墨笔，他就又手写出了一首诗来：

> 络纬啼歇疏梧烟，露华一白凉无边。
> 纤云微荡月沉海，列宿乱摇风满天。
> 谁人一声歌子夜，寻声宛转空台榭。
> 声长声短鸡续鸣，曙色冷光相激射。

三

仲则写完了最后的一句，把笔搁下，自己就摇头反复的吟诵了好几遍。呆着向窗外的晴光一望，他又拿起笔来伏下身去，在诗的前面填了"秋夜"两字，作了诗题。他一边在用仆役拿来的面水洗面，一边眼睛还不能离开刚才写好的诗句，微微的仍在吟着。

他洗完了面，饭也不吃，便一个人走出了学使衙门，慢慢的只向南面的龙津门走去。十月中旬的和煦的阳光，不暖不热的洒满在冷清的太平府城的街上。仲则在蓝苍的高天底下，出了龙津门，渡过姑熟溪，尽沿了细草黄沙的乡间的大道，在向着东南前进。道旁有几处小小的杂树林，也已现出了凋落的衰容，枝头未坠的病叶，都带了黄苍的浊色，尽在秋风里微颤。树梢上有几只乌鸦，好像在那里赞美天晴的样子，呀呀的叫了几声。仲则抬起头来一看，见那几只乌鸦，以树林作了中心，却在晴空里飞舞打圈。树下一块草地，颜色也有些微黄了。草地的周围，有许多纵横洁净的白田，因为稻已割尽，只留了点点的稻草根株，静静的在享受阳光。仲则向四面一看，就不知不觉的从官道上，走入了一条衰草丛生的田塍小路里去。走过了一块干净的白田，到了那树林的草地上，他就在树下坐下了。静静地听了一忽鸦噪的声音，他举头却见了前面的一带秋山，划在晴朗的天空中间。

"相看两不厌，只有敬亭山。"

这样的念了一句，他忽然动了登高望远的心思。立起了身，他就又回到官道上来了。走了半个钟头的样子，他过了一条小桥，在桥头树林里忽然发见了几家泥墙的矮草舍。草舍前空地上一只在太阳里躺着的白花犬，听见了仲则的脚步声，呜呜的叫了起来。半掩的一家草舍门口，有一个五六岁的小孩跑出来窥看他了。仲则因为将近山麓了，想问一声上谢公山是如何走法的，所以就对那跑出来的小孩问了一声。那小孩把小指头含在嘴里，好像怕羞似的一语也不答又跑了进去。白花犬因为仲则站住不走了，所以叫得更加厉害。过了一会，草舍门里又走出了一个头上包青布的老农妇来。仲则作了笑容恭恭敬敬的问她说：

"老婆婆，你可知道前面的是谢公山不是？"

老妇摇摇头说：

"前面的是龙山。"

"那么谢公山在哪里呢？"

"不知道，龙山左面的是青山，还有三里多路啦。"

"是青山么？那山上有坟墓没有？"

"坟墓怎么会没有！"

"是的，我问错了，我要问的，是李太白的坟。"

"噢噢，李太白的坟么？就在青山的半脚。"

仲则听了这话，喜欢得很，便告了谢，放轻脚步，从一条狭小的歧路折向东南的谢公山去。谢公山原来就是青山，乡下老妇只晓得李太白的坟，却不晓得青山一名谢公山，仲则一想，心里觉得感激得很，恨不得想拜她一下。他的很易激动的感情，几乎又要使他下泪了。他渐渐的前进，路也渐渐窄了起来，路两旁的杂树矮林，也一处一处的多起来了。又走了半个钟头的样子，他走到青山脚下了。在细草簇生的山坡斜路上，他遇见了两个砍柴的小孩，唱着山歌，挑了两肩短小的柴担，兜头在走下山来。他立住了脚，又恭恭敬敬的问说：

"小兄弟，你们可知道李太白的坟是在哪里的？"

两小孩好像没有听见他的话，尽管在向前的冲来。仲则让在路旁，一面又放声发问了一次。他们因为尽在唱歌，没有注意到仲则；所以仲则第一次问的时候，他们简直不知道路上有一个人在和他们兜头的走来，及走到了仲则的身边，看他好像在发问的样子，他们才歇了歌唱，忽而向仲则惊视了一眼。听了仲则的问话，前面的小孩把手向仲则的背后一指，好像求同意似的，回头来向后面的小孩看着说：

"李太白？是那一个坟吧？"

后面的小孩也争着以手指点说：

"是的，是那一个有一块白石头的坟。"

仲则回转了头，向他们指着的方向一看，看见几十步路外有一堆矮林，矮林边上果然有一穴，前面有一块白石的低坟躺在那里。

"啊，这就是么？"

他的这叹声里，也有惊喜的意思，也有失望的意思，可以听得出来。他走到了坟前，只看见了一个杂草生满的荒冢。并且背后的那两个小孩的歌声，也已渐渐的幽了下去，忽然听不见了，山间的沉默，马上就扩大开来，包压在他的左右上下。他为这沉默一压，看看这一堆荒冢，又想到了这荒冢底下葬着的是一个他所心爱的薄命诗人，心里的一种悲感，竟同江潮似的涌了起来。

"啊啊，李太白，李太白！"

不知不觉的叫了一声，他的眼泪也同他的声音同时滚下来了。微风吹动了墓草，他的模糊的泪眼，好像看见李太白的坟墓在活起来的样子。他向坟的周围走了一圈，又回到墓门前来跪下了。

他默默的在墓前草上跪坐了好久，看看四围的山间透明的空气，想想诗人的寂寞的生涯，又回想到自家的现在被人家虐待的境遇，眼泪只是陆陆续续的流淌下来。看看太阳已经低了下去，坟前的草影长起来了，他方把今天睡到了日中才起来，洗面之后跑出衙门，一直还没有吃过食物的事情想了起来，这时候却一忽儿的觉得饥饿起来了。

四

他挨了饿，慢慢的朝着了斜阳走回来的时候，短促的秋日已经变成了苍茫的白夜。他一面赏玩着日暮的秋郊野景，一面一句一句的尽在那里想诗。敲开了城门，在灯火零星的街上，走回学使衙门去的时候，他的吊李太白的诗也想完成了。

192

束发读君诗，今来展君墓。
清风江上洒然来，我欲因之寄微慕。
呜呼！有才如君不免死，我固知君死非死。
长星落地三千年，此是昆明劫灰耳。
高冠岌岌佩陆离，纵横学剑胸中奇。
陶镕屈宋入大雅，挥洒日月成瑰词。
当时有君无着处，即今遗躅犹相思。
醒时兀兀醉千首，应是鸿蒙借君手。
乾坤无事入怀抱，只有求仙与饮酒。
一生低首唯宣城，墓门正对青山青。
风流辉映今犹昔，更有灞桥驴背客①。
此间地下真可观，怪底江山总生色。
江山终古月明里，醉魄沉沉呼不起。
锦袍画舫寂无人，隐隐歌声绕江水。
残膏剩粉洒六合，犹作人间万余子。
与君同时杜拾遗，窆石却在潇湘湄。
我昔南行曾访之，衡云惨惨通九疑。
即论身后归骨地，俨与诗境同分驰。
终嫌此老太愤激，我所师者非公谁？
人生百年要行乐，一日千杯苦不足。

---

① 贾岛墓亦在侧。——原诗注

笑看樵牧语斜阳，死当埋我兹山麓。

仲则走到学使衙门里，只见正厅上灯烛辉煌，好像是在那里张宴。他因为人已疲倦极了，所以便悄悄的回到了他住的寿春园的西室。命仆役搬了菜饭来，在灯下吃一碗，洗完手面之后，他就想上床去睡。这时候稚存却青了脸，张了鼻孔，作了悲寂的形容，走进他的房来了。

"仲则，你今天上什么地方去了？"

"我倦极了，我上李太白的坟前去了一次。"

"是谢公山么？"

"是的，你的样子何以这样的枯寂，没有一点儿生气？"

"唉，仲则，我们没有一点小名气的人，简直还是不出外面来的好。啊啊，文人的卑污呀！"

"是怎么一回事？"

"昨晚上我不是对你说过了么？那大考据家的事情。"

"哦，原来是戴东原到了。"

"仲则，我真佩服你昨晚上的议论。戴大家这一回出京来，拿了许多名人的荐状，本来是想到各处来弄几个钱的。今晚上竹君办酒替他接风，他在席上听了竹君夸奖你我的话，就冷笑了一脸说'华而不实'。仲则，叫我如何忍受下去呢！这样卑鄙的文人，这样的只知排斥异己的文人，我真想和他拼一条命。"

"竹君对他这话，也不说什么么？"

"竹君自家也在著《十三经文字同异》，当然是与他志同道合的了。并且在盛名的前头，哪一个能不为所屈。啊啊，我恨不能变一个秦始皇，把这些卑鄙的伪儒，杀个干净。"

"伪儒另外还讲些什么？"

"他说你的诗他也见过，太少忠厚之气，并且典故用错的也着实不少。"

"混蛋，这样的胡说乱道，天下难道还有真是非么？他住在什么地方？去去，我也去问他个明白。"

"仲则，且忍耐着吧，现在我们是闹他不赢的。如今世上盲人多，明眼人少，他们只有耳朵，没有眼睛，看不出究竟谁清谁浊，只信名气大的人，是好的，不错的。我们且待百年后的人来判断罢！"

"但我总觉得忍耐不住，稚存，稚存。"

"……"

"稚存，我我……我想……想回家去了。"

"……"

"稚存，稚存，你……你……你怎么样？"

"仲则，你有钱在身边么？"

"没有了。"

"我也没有了。没有川资，怎么回去呢？"

<h2 style="text-align:center">五</h2>

仲则的性格，本来是非常激烈的，对于戴东原的这辱骂自然是忍受不过去的，昨晚上和稚存两人默默的在房间里走来走去走了半夜，打算回常州去，又因为没有路费，不能回去。当半夜过了，学使衙门里的人都睡着之后，仲则和稚存还是默默的背着了手在房里走来走去的走。稚存看看灯下的仲则的清瘦的影子，想叫他睡了，但是看看他的水汪汪的注视着地板的那双眼睛，和他的全身在微颤着的愤激的身体，却终说不出话来，所以稚存举起头来对仲则偷看了好几眼，依旧把头低下去了。到了天将亮的时候，他们两人的愤激已消散了好多，稚存就对仲则说：

"仲则，我们的真价，百年后总有知者，还是保重身体要紧。戴东原不是史官，他能改变百年后的历史么？一时的胜利者未必是万世的胜利者，我们还该自重些。"

仲则听了这话，就举起他的一双水汪汪的眼睛，对稚存看了一眼。呆了一忽，他才对稚存说：

"稚存，我头痛得很。"

这样的讲了一句，仍复默默的俯了首，走来走去走了一会，他又对稚存说：

"稚存，我怕要病了。我今天走了一天，身体已经疲倦极了，回来又被那伪儒这样的辱骂一场，稚存，我若是死了，要你为我复仇的呀！"

"你又要说这些话了，我们以后还是务其大者远者，不要在那些小节上消磨我们的志气吧！我现在觉得戴东原那样的人，并不在我的眼中了。你且安睡吧。"

"你也去睡吧，时候已经不早了。"

稚存去后，仲则一个人还在房里俯了首走来走去的走了好久，后来他觉得实在是头痛不过了，才上床去睡。他从睡梦中哭醒来了好几次。到第二天中午，稚存进他房去看他的时候，他身上发热，两颊绯红，尽在那里讲谵语。稚存到他床边伸手到他头上去一摸，他忽然坐了起来问稚存说：

"京师诸名太史说我的诗怎么样？"

稚存含了眼泪勉强笑着说：

"他们都在称赞你，说你的才在渔洋 ① 之上。"

"在渔洋之上？呵呵，呵呵。"

---

① 王世禛：1634—1711，原名王士慎，世称王渔洋。清初诗人、文学家、诗词理论家。

稚存看了他这病状，就止不住的流下眼泪来。本想去通知学史朱笥河，但因为怕与戴东原遇见，所以只好不去。稚存用了湿毛巾把他头脑凉了一凉，他才睡了一忽。不上三十分钟，他又坐起来问稚存说：

"竹君……竹君怎么不来？竹君怎么这几天没有到我房里来过？难道他果真信了他的话了么？我要回去了，我要回去了，谁愿意住在这里！"

稚存听了这话，也觉得这几天竹君对他们确有些疏远的样子，他心里虽则也感到了非常的悲愤，但对仲则却只能装着笑容说：

"竹君刚才来过，他见你睡着在这里，叫我不要惊醒你来，就悄悄的出去了。"

"竹君来过了么？你怎么不讲？你怎么不叫他把那大盗赶出去？"

稚存骗仲则睡着之后，自己也哭了一个爽快。夜阴侵入到仲则的房里来的时候，稚存也在仲则的床沿上睡着了。

六

岁月迁移了。乾隆三十七年的新春带了许多风霜雨雪到太平府城里来，一直到了正月尽头，天气方才晴朗。卧在学使衙门东北边寿春园西室的病夫黄仲则，也同阴暗的天气一样，到了正月尽头却一天一天的强健了起来。本来是清瘦的他，遭了这一场伤寒重症，更清瘦得可怜。但稚存与他的友情，经了这一番患难，倒变得是一天浓厚似一天了。他们二人各对各的天分，也更互相尊敬了起来，每天晚上，各讲自家的抱负，总要讲到三更过后才肯入睡，两个灵魂，在这前后，差不多要化作成一个的样子。

二月以后，天气忽然变暖了。仲则的病体也眼见得强壮了起来。到二月半，仲则已能起来往浮邱山下的广福寺去烧香去了。

他的孤傲多疑的性子经了这一番大病，并没有什么改变。他总觉得自从去年戴东原来了一次之后，朱竹君对他的态度，不如从前的诚恳了。有一天日长的午后，他一个人在房里翻开旧作的诗稿来看，却又看见去年初见朱竹君学使时候的一首《上朱笥河先生》的柏梁古体诗。他想想当时一见如旧的知遇，与现在的无聊的状态一比，觉得人生事事，都无长局。拿起笔来他就又添写了四首律诗到诗稿上去。

> 抑情无计总飞扬，忽忽行迷坐若忘。
> 遁拟凿坏因骨傲，吟还带索为愁长。
> 听猿讵止三声泪，绕指真成百炼钢。
> 自傲一呕休示客，恐将冰炭置人肠。
> 岁岁吹箫江上城，西园桃梗托浮生。
> 马因识路真疲路，蝉到吞声尚有声。

长铗依人游未已，短衣射虎气难平。
剧怜对酒听歌夜，绝似中年以后情。
鸢肩火色负轮囷，臣壮何曾不若人。
文倘有光真怪石，足如可析是劳薪。
但工饮啖犹能活，尚有琴书且未贫。
芳草满江容我采，此生端合付灵均。
似绮年华指一弹，世途惟觉醉乡宽。
三生难化心成石，九死空尝胆作丸。
出郭病躯愁直视，登高短发愧旁观。
升沉不用君平卜，已办秋江一钓竿。

七

天上没有半点浮云，浓蓝的天色受了阳光的蒸染，蒙上了一层淡紫的晴霞，千里的长江，映着几点青螺，同逐梦似的流奔东去。长江腰际，青螺中一个最大的采石山前，太白楼开了八面高窗，倒影在江心牛渚中间；山水、楼阁，和楼阁中的人物，都是似醉似痴的在那里点缀阳春的烟景，这是三月上巳的午后，正是安徽提督学政朱笥河公在太白楼大会宾客的一天。翠螺山的峰前峰后，都来往着与会的高宾，或站在三台阁上，在数水平线上的来帆，或散在牛渚矶头，在寻前朝历史上的遗迹。从太平府到采石山，有二十里的官路。澄江门外的沙郊，平时不见有人行的野道上，今天热闹得差不多路空不过五步的样子。八府的书生，正来当涂应试，听得学使朱公的雅兴，都想来看看朱公药笼里的人才。所以江山好处，蛾眉燃犀诸亭都为游人占领去了。

黄仲则当这青黄互竞的时候，也不改他常时的态度。本来是纤长清瘦的他，又加以久病之余，穿了一件白夹春衫，立在人丛中间，好像是怕被风吹去的样子。清癯的颊上，两点红晕，大约是薄醉的风情。立在他右边的一个肥矮的少年，同他在那里看对岸的青山的，是他的同乡同学的洪稚存。他们两人在采石山上下走了一转回到太白楼的时候，柔和肥胖的朱笥河笑问他们说：
"你们的诗做好了没有？"
洪稚存含着微笑摇头说：
"我是闭门觅句的陈无己。"
万事不肯让人的黄仲则，就抢着笑说：
"我却做好了。"
朱笥河看了他这一种少年好胜的形状，就笑着说：
"你若是做了这样快，我就替你磨墨，你写出来吧。"
黄仲则本来是和朱笥河说说笑话的，但等得朱笥河把墨磨好，横轴摊开来的时候，他也不得不写了。他拿起笔来，往墨池里扫了几扫，就模模糊糊

的写了下去:

> 红霞一片海上来，照我楼上华筵开，
> 倾觞绿酒忽复尽，楼中谪仙安在哉！
> 谪仙之楼楼百尺，笥河夫子文章伯，
> 风流仿佛楼中人，千一百年来此客。
> 是日江上彤云开，天门淡扫双蛾眉，
> 江从慈母矶边转，潮到燃犀亭下回。
> 青山对面客起舞，彼此青莲一抔土，
> 若论七尺归蓬蒿，此楼作客山是主。
> 若论醉月来江滨，此楼作主山作宾，
> 长星动摇若无色，未必常作人间魂。
> 身后苍凉尽如此，俯仰悲歌亦徒尔！
> 杯底空余今古愁，眼前忽尽东南美。
> 高会题诗最上头，姓名未死重山丘，
> 请将诗卷掷江水，定不与江东向流。

不多几日，这一首太白楼会宴的名诗，就喧传在长江两岸的士女的口上了。

一九二二年十一月二十日午前

采石矶

郁达夫

197

唯命论者

在××市立第十七小学教书的李德君先生，今天又满怀了不快，从家里闷闷地走上了学校；原因是当他在吃泡饭的时候，汤水太热，舌头上烫起了一个泡。而"福无双至，祸不单行"的两句老话，却是他最佩服的定命哲学。

出胡同，转了一个弯，正走到了河沿边上的时候，河边大树上刚要飞走的一只老鸦，又呱呱呱的向他叫了两三声。一边走着，一边张了怒目，正在瞋视着这只老鸦的去向，初出屋顶的太阳光线，又无端射进了他的眼睛。双眼一感到眩惑，脚步乱了，拍搭一钩，铺路的乱石，又攀住了他那双头上早已开了大口的旧皮鞋脚。

"晦气晦气！真真是祸不单行！"

嘴里呸呸地向地上唾出了两口唾沫，心里这样转着，他想马上跑回家去，寻出他那位也是小学教员出身，虽则是去年年底刚满二十六岁，但已经生下了六个小孩，衰老得像六十二岁的老太太似的夫人来，大闹一场，问她为什么泡饭要烧得那么的热。可是时间来不及了，八点半就要上课的，头次预备钟已经在打起来了；铛铛铛铛的钟声，只在晴空里缭绕，又轻松又快活，好像在嘲笑李德君先生的不幸。

急忙赶到了休息室里，把头上压在那里的那顶黄色旧黑呢帽一除，他的秃顶的头上放出了一层蒸笼馒头似的热气；三脚两步抢上课堂，亮光光的馒头上，热气已经结成了珠汗了。

"诸位小朋友，唉喝，唉喝，诸位小朋友……今天……今天读的，是一只小鸟的故事……"

正讲到这一个题目，坐在第二排末尾的那个最顽皮的小孩，却举起了手来。

"李先生！我要撒鸟！"

李先生气起来了，放下了书本，就张大了眼，大声对这小孩喝着说：

"刚上着课，就要撒鸟？不准去！"

小孩也急起来了，又叫说：

"李先生，我要撒出来了！"

李先生低头想了一想，结果没有法子，终究还只好让他出课堂去。

午前三个钟头的课上完之后，李先生的嘴颚骨感到了酸痛，亮晶晶的光头上似乎也消去了一层亮光。手里夹着了一大堆要改的日记簿，曲着背，低着头，走回家来吃中饭的时候，他的第五位公子正因为撒出了大便在换衣服；夫人烧饭，自然也为此而挨迟了钟点。

不得已，李德君先生只好饿着肚皮，先去改学生的卷子。一卷，二卷，三卷，四卷，改到后来，他也气起来了，拿起了边上的一张白纸，就顺笔的写了下去：

我李德君，系出陇西，家传柱下；少年进学，早称才气无双，老去依人，岂竟前程有限？每周所入，养一妻数子尚堪虞，此日所遭，竟五角六张之更甚。冯唐易老，李广难封，虽曰人事，讵非天命？视彼轻佻劣子，坐拥多金，樗栎庸材，高驰驷马，则名教模楷，自只能呜咽作五知先生传矣。况复三成四折，一欠再延，枵腹从公，低眉渡世，若再稽迟十日之薪，势将索我于枯鱼之肆，呜呼痛哉！亦唯命耳。

写完了这一篇唯命论后，读了一遍，想想前两月的薪水，还没有发下，而明天四块半钱的房租，却不得不付了，心里自然同麻绳初卷似的绞榨了起来，于是卷子也改不下去了。

"吃饭，还是吃饭罢！……"心里想着就叫出了口来，"喂！饭有没有烧好？……你，你，你近来，老是像没头苍蝇似的，什么都弄不好。譬如今天早晨的泡饭罢，就烧得太烫，而这中饭哩，又烧得这么的迟。"

他对夫人的态度，每次总是这样的；在心里，他简直要一把拖起来打她一顿，可是潜意识里的"她也真可怜，嫁了我这一个年龄比她大一倍的老秀才，过的真不是人的生活。一家八口，穷得连雇一个使用人的钱都没有。还是忍耐些罢！"等想头，终于使他压住了气，只虎头蛇尾地说几句埋怨的话了事。但有时候，他说一句，她倒要回复他到两句三句之多，结果还是他先住了嘴，这就是他的所谓和夫人的大闹。在学校的同事之间，他的地位，也只和在家庭里的一样。轻薄的少年同事，卑污的当局人等，都不把他当作人看。他心里虽则如火如荼地在气在恼，但结果只唉喝唉喝的空咳几声，就算出了气。他在这小学里勤劳了二十年了，眼见得同事的及学生之中的狡猾者，一个一个都钻入了社会，攫取了富贵，而他自己的一点点薄俸，反而一年一年的减少了下去。幸亏二十几年前的那一张师范讲习所的证书在帮他的忙，所以每次校长更换的时候，他还保留了那个三十八元六角的位置，否则恐怕早连烫舌尖的泡饭，都要向施粥厂去乞取了。

因为肚子的饿和下午怕赶不着去上课的心里的急，使他想起了几十年来的生涯大事。十六岁的那一年进学，总算是一件喜事，十余年前的和现在这一位夫人初次结婚，总算也是一件喜事。此外则想来想去，终于没有一件称心的事情。现在老了，脸上虽则还没有养起须子，但眉毛中间的直纹和眼角鼻下的斜皱，分明证实了孔子说他的"四十五十而无闻焉"的一生。本来是不高不胖的身体，近来更曲了背瘦了肉，那一套七八年前做的粗呢中山装，挂在身上，像是一面不吃风的风帆。黄而且黑的那一张脸，自己在镜子里看起来，也像是一个老婆婆。左右的几个盘牙掉了以后，颧骨愈显得高，颧下的两个深窝愈陷得黑了。少年的痕迹，若还有一点残留在他的脸上的话，那只可以举出他的长眉下的一双棱形的眼睛来，就是这一双眼睛，近来也只变成了撞墙的急狗似的阴狠而可怕，那一种飒爽的英气，早就消失了。

"唉喝，唉喝！饭究竟怎么样了？"

可是奇怪得很，今天他这样的接二连三地催了几声，他的夫人却并无恼怒的回话。不但她并不恼怒，一只手抱了一个周岁的小孩，一只手拿菜和饭给他。她的脸上，并且还满含了一脸神秘的微笑。他摸了几下秃头，一边吃饭，一边在那里猜，猜她今天有了什么喜事。"大约是她的娘要从乡下来吧？"但她的来，每次总是突如其来的，从来也没有预先使她女婿女儿知道过一次。"或者是又有了孕了么？"不对不对，这并不是喜事。默默地吃完了饭，猜了许多次的哑谜，觉得都不很像，结果他也忍不住了，就开了口："喂！你在那里笑什么？"

"你三点钟回来的时候，我再同你说。"

李先生的下午的授课，显见得露出了慌张。等三点的下课钟打后，他又夹了一大堆草簿回到屋里的时候，他的脸上也满含了一种微笑。这一回是轮到他的夫人来猜谜了，但她可聪明得很，一猜就猜中了他的喜事，"前两月的薪水发下来了"。从破中山装的袋里，将几张旧钞票拿出来交给他夫人的瞬间，他夫人也将她的隐藏了一个多月的秘密告诉了他。前回她娘上城里来买东西，曾在店头给了她手里抱着的小儿子一块钱。她下了绝大的决心，将这一块钱去买了一张航空券，今天就是这航空券开奖的日子。

唯命论者的李先生，到此也有点动摇起来了，因而他所确信的哲学，也因果颠倒了一下，仿佛是变成了"祸无双至，福不单行"的样子；今天既发了薪水，这奖券当然是也可以中得的。很满足地吃过了早夜饭，他嘴里念着一四零三二零，一四零三二零的号码，就匆匆走到了大街的一家卖奖券的店头。在灯烛辉煌，红纸金字的招牌挂得满满的这一家店门口，他走来走去先走了好几遍。因为从来也没有买过什么奖券，他心里实在有点害怕，怕上这店里去碰一个钉子。最后，鼓起了绝大的勇气，把眼睛眨了几眨，唉喝唉喝的空咳了几声，他才上柜前幽幽地问了一声："今天开奖的号码，有没有晓得？"店里的一位年轻的伙计，估量了他一眼，似乎看了他的神气有点觉得好笑的样子，只微笑着摇了一摇头。他微微感到了一点失望，底下当然是不敢问下去了，不得已就离开了店，但心里却在打算再上另一家去试问一下。

低着头，转了几个弯，正走入市里顶热闹的那条大街的时候，他在左手的一家单间门面的店门口，忽而看见了一块红牌上用白水粉写着的号码，

"一四零三二零"。他啊的一声叫了起来，更张了大眼，向电灯光下，重新看了一遍。这家店明明是一家卖奖券的店；红牌上的水粉还没有干，这号码一定是今天开奖的上海电话里来的号码。一四零三二零，一四零三二零，决没有错。他浑身发起抖来了，脸上立时变成了苍白。"这五万块钱！啊啊，这五万块钱！"他呆立在街上，不知立了几分钟，忽而又有三五个人走拢来看了。有一个说：

"一四零三二零，这次的头奖不知落在什么地方？"另一个说：

"底下的几个小奖，我不知有没有买着？"

听了这几句话，他抖得更是厉害，简直是站也站不稳，走也走不动的样子。不得已，只能叫一乘黄包车坐回家来，这虽是他二三年来仅有的一次奢侈的破例，但不要紧，头奖已经中了。坐在车上，发抖还是不止，有几次抖得凶，险些儿身体都抖出到了车外。血气回复了一点常态，他头脑里又忽而感到了一阵烘烘然的胀热，车的周围的世界，两旁的灯火，都像在跳跃舞蹈，四面的人的眼睛，似乎全在盯视住他，而他们的嘴里，又仿佛各在嗡嗡地叫说："李德君中了头奖了！李德君中了头奖了！"车到了门口，跳下踏脚板后，双脚一软，他先朝大门覆跌了下去。

"喂！喂！快点出来，快点出来！"

这样的颤声叫着他的夫人，他自己却爬起又跌倒爬起又跌倒地爬不起身来。等夫人抱着小孩，把车钱付了，他才慢慢从地上爬起，走到了室内，而那顶黄色的旧黑呢帽，却翻朝了天，被忘记在马路的黑暗的中间。

"中了！中了！一四零三二零！"

抖着说着，说了半天，他才说出了这几句不完全的话。他的发抖软脚之病，立时就传染给了他的夫人，手里抱着的小孩，哗哗的从地上哭起来了。

两人对抖着，呆视着，歇了半天，还是李先生先苏醒了转来。他说：

"喂！你那张奖券呢？让我看，号码究竟是不是一四零三二零。"

经他这么一说，夫人也醒了；抱着小孩，她就上床头去取出了那张狭狭的五颜六色的纸来。两人争夺了一下，拿近上煤油灯下去一照，仍旧是不错，是几个红的一四零三二零的阿喇伯字。于是夫人先开口说：

"这一回可好了，你久想重做过的那一套中山装好去做了。"

李先生接着也说：

"五万元！岂止一套中山装，你也可以去雇一个佣人来，买一件外面有皮的大衣。"

"还有小孩子们的衣服！"

"我们还要办一个平民小学哩！"

"娘娘她们，当然也要给她们一半。"

"一半太多，要给她们二万五千元干什么。"

"那一块钱，岂不是娘娘的么？"

"但是买总是你买的。"

　　"还有我的另外的穷亲戚也不少，就算一家给一千元罢，起码也有二十几家。"

　　"那么剩下来岂不只五千元了么？"

　　"五千元还不够么？"

　　"唉喝！唉喝！"

　　李先生的干咳，大抵是不满或不得已的心状的表示。两人沉默了下去，各怀着了不服。终于夫人硬不过李先生，等许久之后，又开始说了。

　　"这钱上哪里去拿呢？"

　　"上上海去拿，我明天就辞了职上上海去拿。"

　　"上海我也要去的。"

　　"你去干什么？"

　　"你可以去难道我不可以去？"

　　两人又反了目，又沉默了下去。煤油灯疵的响了一声，灯光暗下去了，灯里的煤油点到了九分之九。等了不久，灯完全黑了，而窗外面的亮光，也从破壁缝里透漏了进来。

　　三天之后，各奖券店里，都来了对号单，这一次开彩的结果，头奖没有售出，特奖是一四六三二六号，阿喇伯字的六字与零字原也很像。

　　市立第十七小学门前的河里，在这一天的晚上，于上海车到后不久，有一个矮矮的人投入了河。第二天早晨，校役起来扫地的时候，发见了秃头的李先生的尸体，他的手里捏着的还是一四零三二零的那一条奖券。

　　其后一两个月中间，这一条河沿上夜里就断绝了行人，说是晚上过路的人，老见有一位矮矮的穿旧中山装的秃头老先生，会唉喝唉喝地出来兜售奖券。这或许是同打花会的人一样，在利用了李先生的死，而谋生财的大道。

一九三五年二月